最恐の幽霊屋敷

大島清昭
Kiyoaki Oshima

角川書店

目次

装画　いとうあつき
装丁　原田郁麻

序章　獏《ばく》田《た》夢《ゆめ》久《ひさ》（二〇一八年）

「本日、いらっしゃる依頼人って、獏田先生の大学時代のご友人なんですよね？」

錆《さび》の浮いた古くて重い金属製のデスクの上にコーヒーを置きながら、菱川野乃子《ひしかわののこ》が確認してきた。

鼻と口は小さいのだが、目がやたらと大きく、睫毛《まつげ》も長い。

私は「そうだよ」と軽く答えてから、淹《い》れたての黒い液体を啜《すす》った。余りの熱さに、舌先に痛みが走る。菱川の淹れる温かい飲み物は、コーヒーでも、緑茶でも、紅茶でも、とにかく、熱い。

理由はわからないが、彼女は沸騰した湯を使用しなければ気が済まないようで、電気ポットで保温してある湯を使用する際にも、わざわざ再沸騰させる。当然のことだが、かなりの確率で口腔《こうこう》内の何処《どこ》かを火傷《やけど》することになるのだが、慣れてしまえば気にならない。むしろ喫茶店で適温のコーヒーが出てくると、温《ぬる》いと感じてしまう程だ。

このナイトメア探偵事務所は、中板橋《なかいたばし》の線路沿いにある。四階建てビルの二階で、南向きの窓からは、ブラインド越しに、梅雨入りしたばかりの鈍色《にびいろ》の空と東武東上《とうじょう》線の列車が行き交うのが望める。窓は二重になっていて、それなりに防音対策は講じられているが、列車が通る度に微妙に建物が振動するようで、スチール製の棚がカタカタと鳴る。

ここは私と事務員の菱川、それにアルバイトが二名の小さな事務所である。アルバイトはどちらも大学生で、今日は出勤していない。事務所の中には私と菱川だけだ。

「学生時代のご友人と今でも交流があるんですね。あたしなんか、あの頃の友人で今も付き合いがある人間なんて一人もいませんよ」

「私だってそうだよ。彼——尾形《おがた》君と会うのだって、十五年振りじゃないかな」

依頼人の尾形琳太郎《りんたろう》とは、都内にある私立大学の同期である。元々一緒の学部だったのだが、親しくなったきっかけは、バイト先が同じになったことだった。

そこは小中学生を対象とした個人経営の塾だった。個別指導の形を取っていて、成績を上げることよりも、とにかく一定の時間勉強させることに重点が置かれていたように思う。

尾形は子供たちの扱いが巧みで、気さくな性格から好かれてもいた。卒業研究が忙しくなってバイトを辞める際に知ったのだが、陰では「仏の尾形」「鬼の獏田」といわれていたらしい。

親しく付き合うようになってからは、尾形とは大学内でも一緒に過ごすようになり、コンビニで買った酒を片手に、互いの下宿を行き来したこともしばしばだった。

卒業後は、私はそのまま都内で就職したが、尾形は実家のある栃木にUターンした。父親の経営する不動産管理会社を手伝うためである。行く行くは会社を継ぐことになるというのは、私も以前から聞いていた。当初はメールで簡単な近況報告のやり取りもあったが、忙しさと物理的な距離が原因で、いつの間にか疎遠になってしまった。だから、私用のスマートフォンに尾形琳太郎から連絡があった時は大層驚いた。

「久し振り」

そういった尾形の声はあの頃のままで、何となくくすぐったいような気持ちになった。私が「よく番号がわかったな」というと、尾形は共通の友人の名前を挙げた。

「あいつからバクが探偵事務所を開いているって聞いたんだ」

そういえば、その友人とは数年前にばったり再会して、連絡先を交換した。もっとも私も相手もそれ以降連絡をしたことはなかったのだが。

「ちょっと相談したいことがあるんだ」

尾形の声は存外に深刻だった。

彼が既婚者か否かは把握していないが、声から判断して、私はパートナーの浮気調査の依頼ではないかと邪推した。しかし、次のひと言でその予想は裏切られることになる。

「実はうちで管理している物件に、幽霊屋敷があるんだ」

「ん？」

余りに非日常的な単語が出たので、私はフリーズしてしまった。

尾形の話では、その物件は元々拝み屋のような人物が住んでいた家だったが、数年前に売りに出されたそうだ。現在は近所に住んでいる人物が所有し、賃貸物件として貸し出し、家賃収入を得ているという。その仲介業務を尾形の会社が行っているそうだ。

「それはいわゆる事故物件とかそういう？」

「まあ、事故物件っていえば、その通りなんだが、ちょっと変わっててな。大家が最初から『最恐の幽霊屋敷』って触れ込みで借り手を募集しているんだ」

つまり、その物件は「出る」ことを売りにして、借り手を集めているのだという。

「まあ、短期の契約が多いんだが、何だかんだで物好きが結構いて、引っ切りなしに入居者がある」

心理的瑕疵《かし》物件で借り手がつかないのなら困るのだろうが、そうではないなら問題はないだろう。そもそも何故、私に幽霊屋敷に纏《まつ》わる相談を持ちかけようとしているのかがわからない。

私は超常現象の類《たぐい》を基本的に信じていない。百歩譲って未確認飛行物体は存在するかもしれないと思っているが、幽霊だの妖怪《ようかい》だのといわれると、絵空事のように思えてしまう。そうした私の主張は学生時代から変わっていない。尾形だってそのことは承知しているはずだ。しかし、敢《あ》えて神社や仏閣ではなく、探偵である私に相談があるというのだから、何か事情があるのだろう。

「詳しいことは直接会って話したい」

古い友人にそういわれれば、こちらだって無下にはできない。スケジュールを調整して、六月最初の金曜日である今日、尾形に事務所に来て貰《もら》うことになったのである。

私は事前にインターネットで「最恐の幽霊屋敷」というキーワードを検索してみた。すると、尾形の話していた物件はすぐに見付けることが出来た。栃木県北部のS町にある一戸建ての住宅で、外観は何の変哲もない木造二階建てのように見えた。蔦《つた》で覆われた洋館のような、おどろおどろしい場所を想像していたので、完全に拍子抜けだった。ただ、ざっと調べただけではあったが、その家が忌まわしいものであることはわかった。

人が死んでいるのだ。

それも、一人や二人ではない。

死因はまちまちで、突然死や事故、自殺が多いが、中には殺人まであって、何人もの人間がその屋敷で生命を落としているらしい。勿論《もちろん》、ネットの情報だから鵜呑《うの》みにはできないが、幾つかの事件に関しては、新聞や雑誌の記事になっているものもあり、実際に死亡者が出ていることは確かなようだ。とはいえ、やはり幽霊屋敷という言葉には胡散《うさん》臭さしか感じなかった。

「ご友人はどんなご依頼なんですか？」

菱川が尋ねた。

「いや、依頼というか、まずは相談らしいよ。私もよくわからないんだが、幽霊屋敷がどうのっていっていてね」

幽霊屋敷という言葉に、菱川は過剰に反応した。

「何です？　何です？　その面白そうな話は」

くわっと開かれた両目が物凄《ものすご》い迫力だ。まるで目に飲み込まれそうな恐怖を感じる。

「菱川さんって幽霊屋敷とか興味あるの？」

「大好物ですね。あたしの本棚、ホラー小説と怪談本しかありませんもん」

嗚呼《ああ》、厭《いや》なことを聞いた。菱川からは何となく猟奇的な匂いを感じていたが、どうやら気のせいではなかったようだ。最恐の幽霊屋敷について何か知っているかと訊《き》くと、矢庭に「超有名ですよ」と返答があった。

「旧朽城《くちしろ》家ですよね？　除霊しに行った霊能者がみんな死んでるんです。でも、まあ、『最恐』っていうのはちょっといい過ぎなんじゃないかって思いますけど」

さらりと凄いことをいう。

「霊能者が何人も死んでるの？」

「そうです。えっと、何年か前のオカルト雑誌に記事が載ってましたし、同じライターが本も書いてますよ。確か鍋島猫助《なべしまねこすけ》とかいう。えっと、三年前には心霊特番の収録中に事件が起こって、死人が出たじゃないですか。覚えてません？　元アイドルの小鳥遊羽衣《たかなしうい》が巻き込まれた事件なんですけど」

その事件についてはぼんやりと記憶にあった。どうやら私が想像していたよりも厄介な案件らしい。

午後二時になって、尾形琳太郎が事務所に現れた。久々に目にする友人は、あの頃よりもかなり恰幅《かっぷく》がよくなっていて、多分、街で擦れ違っても尾形だとは気付かないだろう。だが、「バクは変わらないな」と微笑む友人に、「君は太ったね」とはいえず、私は苦笑いでお茶を濁した。

応接用のソファーに向かい合って座ると、透かさず菱川が二人分の緑茶を出した。勿論、滅茶苦《めちゃ》茶熱い。尾形は湯呑に指先が触れると、慌てて手を引っ込めた。

「あつっ！　……えっと、今日はわざわざ時間を作ってもらって悪かったな」

「問題ないよ。それで、幽霊屋敷に関する相談だったね。まあ、その手の場所には一度も行ったことがないから、役に立てるかどうかはわからんよ」

「そうなのか？　俺はてっきり仕事で事故物件なんかにも行く機会があるんじゃないかって思ってたんだけど」

「そういうことはなくはないけど、霊が出る建物とか、心霊スポットとかに行ったことはないよ。そもそも私がそういうの好きじゃないって、君も知っているだろう？」

「ああ。だからこそ、バクに相談に来たんだ」

「ほう」

どうやら尾形はオカルト染みた悩みを打ち明けに来たのではないようだ。その点だけでも私は少し安堵《あんど》した。

「それじゃあ、詳しく聞こうじゃないか」

私がそう促すと、尾形はキョロキョロと落ち着きなく周囲を見回した。怪訝《けげん》に思って「どうしたんだ？」と尋ねると、尾形は「いや……」と僅《わず》かに逡巡《しゅんじゅん》してから、「この話をしようとすると、いつも誰かに見られているような気がするんだ」といった。

どうやら相当神経質になっているらしい。菱川が自分のデスクからこちらに向けて熱い視線を送ってきているが、恐らくそれは関係ないだろう。

尾形は何かを吹っ切るように鼻から息を出すと、ようやく話を始めた。

「電話でも少し話したが、うちの会社で扱っている物件に幽霊屋敷がある。お前は信じないだろうが、県内じゃ出るってことで有名な家でな、興味本位で近付く奴さえいないくらい、マジで恐れられているんだ」

「へえ。それはなかなかだね」

通常の心霊スポットでは、若者たちのグループが不法侵入をして、落書きやら、器物損壊やら、良からぬことをするようなイメージがある。そうでなくとも、地元の中高生ならば肝試しに訪れるのではないかと思われるが、尾形の話ではそうした軽いノリで行くような場所ではないらしい。

「元々は地元で有名な拝み屋っていうか、霊能者っていうのかな、そういう女性と家族が住んでいた家だった。朽城家っていってな、代々その場所に住んでいた農家なんだけどさ」

「昔から拝み屋みたいなことをしていた家なのかい？」

「いや、それは違うみたいだ。一人娘のキイって人が、婿を貰って家を継いでいたんだが、その人がある時突然、拝み屋みたいなことを始めたって聞いてる。それまでは普通の主婦だったみたいだ」

朽城キイは、自宅の奥座敷に祭壇を設け、年季の入った古い壺《つぼ》を祀《まつ》っていたらしい。尾形の話では、キイはその壺に狐の霊やら悪霊やらを封じ込めることで、除霊を行っていたという。

「別に金を取って相談を受けてたわけじゃなくて、地元で原因不明の病気とか、不幸とかが続いた時に、ちょっと祓《はら》ってもらうって感じだったらしい。まあ、親父の話だと世話になった住民は心付けを渡していたみたいだけどな」

時には壺を持って遠方にまで除霊に赴いていたというから、地元で有名というのは誇張ではないのだろう。

一九九四年の夏、その朽城キイが何者かによって殺害された。しかも凶器として使用されたのは、今まで除霊で使用されてきた祭壇の上の壺だったという。

「キイの屍体《したい》は祭壇の前で見つかった。頭を壺で殴られて、撲殺されてたんだ。それから、朽城家には不幸が続いて、一年もしない内に全員が死んじまった。屋敷を相続した親類は、最初は身内を住まわせたんだが、やっぱり問題が起こって、結局、貸家にすることにした」

家賃をかなり低い金額に設定したので、朽城家で起こった不幸を知っている地元の人間にも借り手がいたという。それに加えて、都会から移住してくるような家族は、何も知らずに借りてしまう。

「まあ、どの入居者も短期間で逃げるように出て行ったらしい。中には心底恐ろしい目に遭った家族もいたようだ。実際死亡者も出てる」

　やがてその屋敷は、近所からも幽霊屋敷として恐れられるようになり、所有者も貸家にすることは諦《あきら》めて、土地ごと物件を手放した。

「朽城家を買い取ったのは、近くに住んでる棘木《おどろき》って人物だ」

「その人はそこが幽霊屋敷だって知ってて買ったたってことかい？」

「勿論。だって朽城家が住んでた頃から、ずっと近所付き合いしてた家だからな。だから、買い取ってすぐに、有名な霊能者に除霊を依頼したそうだ。だが……」

　勅使川原玄奘《てしがわらげんじよう》というその霊能者は、除霊に連れてきた弟子に殺害されてしまったそうだ。その弟子自身もその場で自殺しているという。

「棘木って人は凝りもせず、また違う霊能者に除霊を頼んだ。でも、その霊能者も死んだ」

「それは……本当の話なのか？」

　私が尋ねると、尾形はうんざりした顔で頷《うなず》いた。

「いつの間にか、そこは誰にも除霊できない最恐の幽霊屋敷って呼ばれるようになった。棘木の恐ろしいところは、その噂を利用して、物件の貸し出しを始めたところだ。最初から心理的瑕疵物件だってことを標榜《ひようぼう》して、物好きな入居者を募集し始めた」

　そして、その仲介を尾形の会社が行っているのだそうだ。

「電話では借り手は引っ切りなしとかいってたけど」

「そうなんだ。俺は世の中にこんなに幽霊屋敷に住んでみたい奴がいるとは思ってもみなかったよ。勿論、みんな短期の契約なんだ。棘木からの指示で、最長でも三箇月までしか貸さないことになっているしな。今も予約待ちの客がいるくらいだ」

「人気があるならいいじゃないか。尾形君のところにもそれなりに利益があるんだろう?」

「まあな」

「それなら何の問題があるんだい? 今まで幽霊屋敷として忌避されてきた物件が、華々しく再生したわけじゃないか。いや、この場合は禍々《まがまが》しく再生したっていう方が適切かもしれないが」

冗談めかしてそういうと、尾形は厭そうな顔をした。

「入居者が何人も死んでるんだよ」

その言葉に、私も言葉を失う。

「一番多いのは、やっぱり宗教者とか霊能者だな。テレビや雑誌の取材の場合も短期間そこを借りる契約になるんだけど、その際に同伴した霊能者はみんな死んでる」

「本当に『みんな』なのかい?」

「ああ。霊能者といわれる人物は、全員死んでる」

どうやら菱川がいっていた噂は本当だったようだ。

「棘木は死亡者が続くのは、家に取り憑《つ》いた悪霊の仕業だって主張している。危険だとわかって借りているんだから、自業自得だって話だ。警察も捜査の結果、事件性はないと判断してはいる。でもな、俺は何か気になるんだよ」

私には尾形の気持ちがわかるような気がした。

旧朽城家で連続して不審死が起こっているのは事実なのだろう。しかし、それを悪霊の仕業とか、祟《たた》りのせいだと考えるのには、やはり抵抗があるのだと思う。一方で偶然と片付けるには、状況が余りにも異常だ。

尾形は不安なのだと思う。それが超自然的な現象なのか、人為的に起こされた事件なのか、はっきりとした証拠が欲しいのだろう。

「一応、警察には相談したんだが、もう捜査済みだからって突っ撥《ぱ》ねられた。どうも警察もあんまりあの家には関わり合いになりたくないようなんだ。それでお前の話を聞いてな。報酬は払う。だから、あの家で起こった過去の事件について調査して欲しいんだ」

尾形は「頼む」と頭を下げた。

私は然程《さほど》深く考えないで、依頼を受けることにした。ちょうど他の依頼はなく、時間的な余裕があったし、棘木という人物にも興味があった。幽霊屋敷を貸し出して収入を得ているような稀有《けう》な人間である。好奇心が湧かないはずはない。

礼をいいながら安堵の表情を浮かべる尾形の向こうで、菱川がにんまりとした笑みを湛《たた》えて、満足げに頷いた。

第一章　村崎紫音《むらさきしおん》（二〇〇六年）

1

結婚後は一戸建てに住めると婚約者から聞いた時、村崎紫音は全く現実感が持てなかった。

仙台《せんだい》の公営団地で生まれ育ち、宇都宮《うつのみや》の大学に進学してからは、学生寮で四年間を過ごした。卒業後は地元には戻らずに、そのまま栃木県内で就職し、今はワンルームマンションで一人暮らしをしている。そんな紫音には、戸建てに住むという感覚がよくわからない。

きっと物凄《ものすご》く広いから掃除が大変だろうなぁと、漠然とした感想は抱けるが、そこに自分が住むのを具体的に想像することがどうしてもできないのだ。

婚約者の池澤大河《いけざわたいが》とは、職場恋愛である。海なし県の栃木県であるが、県北部にある水産試験場の近くに、淡水魚をメインとした水族館がある。二人の勤務先はそこだった。といっても、どちらも飼育員ではない。紫音はミュージアムショップで物販を担当し、大河は館内のカフェの厨房《ちゅうぼう》で働いていた。

先に声をかけてきたのは大河だ。女性職員の間では大河は密《ひそ》かに人気があって、だから、紫音は自分が選ばれたことが素直に嬉《うれ》しかった。それに大河も紫音と同じように、魚――特に熱帯魚が好きだとわかり、共通の趣味で盛り上がることができた。

もっとも「好き」の度合いでいうと、遥《はる》かに大河の方が上だ。紫音は金魚鉢で青いベタを飼っている程度だが、大河はアクアリウムに凝っていて、流木や水草でディスプレイされた大きな水槽に、何種類もの魚を泳がせていた。

大河は一人暮らしの部屋に紫音を招き、よく手料理を振舞ってくれた。流石にプロの料理人だけあって、大河の作るものはどれも美味《おい》しかった。二人で水槽を眺めながら、取り留めのない会話をする時間は、紫音にとってかけがえのないものだった。

そして、三年の交際期間を経て、二人は結婚を決めた。既に互いの家族への挨拶《あいさつ》も済ませている。大河は宇都宮市の出身で、実家は両親と兄夫婦が同居していた。当然、紫音たちは結婚後に二人で暮らす新居を探さなければならない。

紫音としては、職場から近い場所でアパートを探すか、市営住宅の空きを待って応募するか、どちらかが現実的だろうと考えていた。

しかし、唐突に大河から一戸建てに住めるという話が出たのである。

「ずっと前に親父が親戚《しんせき》の家を相続したんだ。どうせ誰も住んでないから、俺たちが自由に使っていいって」

その家は水族館からは車で四十分程離れたS町にあるという。通勤は今よりも時間がかかってしまうが、その程度ならば許容範囲ではある。

聞けば、大河の兄夫婦が結婚した際も、その家に住む話が出たのだが、生憎《あいにく》、宇都宮市にある二人の職場までは車で片道一時間半かかってしまうため、断念したらしい。

「義姉《ねえ》さんからは随分羨《うらや》ましがられたんだぜ」

大河はそういって笑っていた。

それでも紫音は結婚後の生活がどうなるのか不安で、大河の提案をすんなりと受け入れることはできなかった。

「今度の休みに一緒に家を見に行こう。決めるのはそれからでいいさ」

次の休館日に、紫音は大河の運転する車で、S町にあるその家へ向かった。大河のアパートから日光《にっこう》方面へ国道を走ると、三十分程度で目的地に到着した。

山々に囲まれた閉塞《へいそく》感のある場所で、周囲には田圃《たんぼ》と畑、それにビニールハウスばかりが目立つ。

一応、途中でコンビニは見かけたが、それ以外には通り沿いに商店は見えなかった。

「お店はみんな旧道沿いにあるんだ。小さいけどスーパーもあるし、診療所も、歯医者もある。普通に生活する分には大きな不便はないよ」

大河はそういったが、全く実感が伴わない。

本当にこんな場所で新婚生活を送るのか？

わざわざ慣れない土地で、新しい生活を始めるメリットが何処にあるのだろう？

紫音の中には幾つもの疑問が膨れ上がっていった。

そして、実際に大河の父親が所有する物件を目の当たりにした紫音は……。

硬直した。

というのも、そこは彼女が想定していた一戸建てのイメージを軽く凌駕《りょうが》するような物件だったからだ。

まず敷地が余りにも広い。田圃の中に一段高くなった土地があって、そこに家が建っているのだが、母屋だけではなく、納屋や石蔵も付属している。屋根付きの車庫も完備しているし、畑やビニールハウスまであった。

庭には楓《かえで》、銀杏《いちょう》、松、柿、合歓《ねむ》の他、何本もの柘植《つげ》が植えられている。石灯籠《いしどうろう》や趣のある岩が置かれ、ピンクの花を咲かせた躑躅《つつじ》が小さな池を囲んでいた。

敷地の西には竹藪《たけやぶ》が広がり、母屋の裏手となる北は、杉林になっている。これは屋敷林といって山から吹き下ろしてくる風が直接母屋に当たるのを避ける防風林の役目を持っているそうだ。

裏庭には小さな赤い鳥居があり、稲荷《いなり》が祀《まつ》られた小社まであった。

大河の話では、庭の手入れは母親の知り合いの植木屋が定期的に行ってくれるので、こちらで心配することは何もないというのだが……。

「ここに住むの？」

訪れる前よりも、実物を目にした今の方が、現実感が遠退いた。

「古いけど、なかなかいい家だろ？」

大河が誇らしげにそういうので、紫音は曖昧《あいまい》に頷《うなず》くことしかできない。

母屋はくすんだ青いトタン屋根の木造二階建てだった。広いベランダだけが金属製で、手摺《てす》りの部分が鮮やかなパステルグリーンに塗られている。もしかしたら増築された部分なのかもしれない。

建具はどれも乾いた色をした木材で、時代を感じさせた。

ただ、古い建物ではあったが、手入れが行き届いていることもあり、紫音は清潔な印象を受けた。

自分は訪問した経験がないのだが、所謂《いわゆる》「田舎の祖父母の家」というのは、こんな感じなのだろうと思った。

南に面した玄関は一段高くなった位置にあった。木製の引き戸には曇りガラスが嵌《は》まっていて、中を窺《うかが》うことはできない。

大河が鍵《かぎ》を開けて戸を引くと、かなり広い三和土《たたき》が出迎えた。右側に大きな靴箱があるのだが、それでも大人が三人は並べる空間がある。

「この靴箱の上に、水槽を置こうかなって思うんだ」

既に大河は頭の中で新しい生活を思い描いているようだった。事前に掃除にも訪れているのだろうから、それもわからないではないが、紫音は戸惑うばかりである。

「取り敢《あ》えず上がって、中を見てくれよ」

玄関から上がってすぐが、左右に走る短い廊下になっている。左手はそのまま縁側に続き、右手には二階へと続く狭い階段が見えた。

玄関の正面は仏間で、今は障子が開け放たれている。紫音には馴染《なじ》みのない神棚と仏壇が置かれていて、何だか違う国に迷い込んでしまったような気がした。神棚にはお札《ふだ》や幣束が祀られているが、仏壇の扉は閉まっていた。

「これ、中は何も入ってないから」

大河はそういって、仏壇の扉を開けた。確かに位牌《いはい》も仏画もない。まるで仏具店にディスプレイされているような状態だった。

仏間の西側には、襖《ふすま》で仕切られた八畳の座敷が二間続いている。手前の座敷には北側に窓があって、開けると薄暗い裏庭の様子が望めた。一方、奥の座敷には床の間が設《しつら》えてあり、先祖代々の遺影が飾られている。

全く知らない人たちの遺影というのは、不気味なものだ。皆、既に死んでいる。それなのに、こうして面識のない自分がその顔と対面することになる。

これではまるで……幽霊を見るのと同じじゃないか。

しかし、大河にとっては親戚なわけだから、余計なことをいって彼の気分を損なわない方がよいと判断した。

再び仏間に戻ると、その東側には南北に延びる短い廊下がある。北の突き当りがトイレだった。入口こそ古びた木戸であったが、中には温水洗浄便座のついた真新しい便器が設置されている。

「ここと洗面所と風呂場《ふろば》は、リフォームしてあるから」

聞けば、彼の両親が二人のために、業者に依頼してくれたのだという。本当にありがたいことだと感謝すると同時に、プレッシャーも感じる。

仏間と廊下を挟んで向かい合った部屋は、十畳の茶の間。室内のやや南寄りに掘り炬燵《ごたつ》がある。ここが家族の団欒《だんらん》の場所なのだろう。

茶の間の東はガラス戸を隔てて、ダイニングキッチンになっている。

「こっちは前からシステムキッチンに交換されてたんだ」

型は若干古いと大河はいうが、紫音には十分だった。床は白と黒の市松模様で、中央にはアンティーク調のテーブルが置かれている。冷蔵庫や食洗器は大河の両親が新しく購入してくれたのでピカピカだった。

そうした現代的な雰囲気のダイニングキッチンと対照的に、東側の引き戸を開けると、古びた狭い土間があった。かつて使用されたものなのか、石造りの流し台や竈《かまど》が設えてある。

「竈は使えるかわからんけど、こっちも水は出るから」

例えば土付きの野菜などを買ったら、ここで洗うことができるし、キッチンと直結なのも利便性が高いだろう。土間からは裏庭へ出られる扉があった。

ダイニングキッチンの北には脱衣場を兼ねた洗面所と広い浴室があった。大河のいう通り、きちんとリフォームされていて、清潔感のある水回りだった。

一階をすべて見終わった頃には、紫音も徐々にこの家に住むビジョンが湧くようになってきた。

「じゃあ、今度は二階を案内するよ」

幅の狭い階段は二階に至る間際に踊り場があって、九十度折れている。踊り場には南向きの明かり窓があり、古惚《ふるぼ》けた照明が下がっていた。

二階には狭い廊下に面して、東側に八畳の和室、北側に四畳半の和室、西側に六畳の和室の三部屋があった。八畳間は東と南に窓があり、明るい空間だった。学習机が二つ置かれているところを見ると、どうやら子供部屋だったようだ。

一方の六畳間は夫婦の寝室といった雰囲気で、西と南に窓がある。南の窓は大きく、そのままベランダへ出ることができた。周囲に高い建物がないので、存外に遠くまで見渡すことができる。とても晴れた日だったので、空が妙に青く見えた。

「夏にはここから花火も見えるんだぜ」

そういった大河は、何故か自慢げというよりも、少し寂しげな表情をしていた。

八畳間と六畳間の入口はそれぞれ襖で、それを閉めると最低限のプライバシーが保たれるようになっている。

しかし、北に位置する四畳半の和室は、建具が障子で、今はそれも開け放たれていた。室内には大きな書棚と文机があるから、書斎として使用していたのかもしれない。北に面して窓はあるものの、外は薄暗い杉林が見えるだけだった。

「この部屋にも水槽を置こうと思う」

「二階まで運ぶの大変じゃない？」

「まあ、だから小さいやつだな。紫音のベタとか」

四畳半の部屋の向かい、六畳間の入口近くには収納がある。階段の上部の空き空間を利用して造られているので、内部は思ったよりも広い。

両開きの戸を開くと、廊下は完全に塞《ふさ》がれてしまう形になる。紫音たちが確認した時には、箒《ほうき》と塵取《ちりと》りがかけてあるだけで、中はがらんとしていた。すぐに使わないようなものは、ここに収納しておけるだろう。

「これで家の中は全部だ。どう？」

「やっぱりちょっと広いね」

「今は、な。その内、家族も増えるんだから、部屋数は多い方がいいだろ？」

大河ははにかみながらそういう。紫音は明るい未来を思い描くパートナーの姿が眩《まぶ》しかった。そして、彼のそのひと言で、ようやく自分が結婚することを自覚したのであった。

紫音と大河は水族館の休館日である月曜日とそれぞれの休日を利用して、新生活の準備を始めた。

家の中には大河の親戚がかつて使用していた家具や食器類がそのまま残されている。大河の両親からは自由に処分して、新しいものに買い替えてもよいと許可は得ていたが、紫音としては余計な出費は極力抑えたかったので、ほとんどのものはそのまま使用することにした。

簞笥《たんす》や棚は古いものだったが、どれも丈夫な造りだったし、紫音自身アンティーク家具には憧《あこが》れがあった。食器類は日常で使う茶碗《ちゃわん》やコップだけではなく、戸棚の奥から綺麗《きれい》な茶器や高価そうな大皿も見つけた。ただ、流石に押し入れの中の寝具を使うのには抵抗があったので、それらは新調することにした。

休館日以外の休日も、なるべく二人で合わせたかったのだが、それぞれのシフトの関係で、なかなか実現するのは難しかった。そのため、紫音はしばしば一人で新居となる家を訪れていた。

一人で引っ越し作業をしている間、紫音は何度か奇妙な体験をしている。

荷物の入った段ボールを玄関前の廊下から二階へ運んでいた時のことだ。階段を下りて、何気なく奥の座敷に視線を向けると……。

人影らしきものが見えた。

ドキッとして再度目を凝らしたが、誰もいない。

同じようなことは仏間にいた時もあった。その時は風通しをよくするため、西側にある二つの座敷の襖は開け放ってあった。

紫音は神棚の下の収納に入った座布団の選別をしていた。まだ使えそうなものと黴臭《かびくさ》くて処分しなければならないものを仕分けていると、奥の座敷で何かが動くような気配がした。

はっきりソレが見えたわけではない。

ただ、視界の隅を何かが横切ったような気がしたのである。慌ててそちらを向いたが、やはり何もない空間が広がっているだけだった。

紫音の体験を聞いた大河は、一瞬表情を引き攣《つ》らせたものの、「気のせいだよ」と白い歯を見せて笑った。

「まあ、古い家だからな、一人でいると心細くなるのはわかる」

紫音としては古さよりも、広さの方が不安の要因になっていると思う。だから、神経が過敏になっているといわれれば、そうなのかもしれない。

だが、そうした錯覚で片付けることができないような出来事もあった。

その時、紫音はキッチンの整理をしていた。調理器具の確認をしていると、たんたんたんたんと誰かが階段を上がっていく音がした。

驚いて耳を澄ましてみると、二階の廊下を歩く足音が聞こえる。

その日は暑かったから、縁側の窓を開け放っていた。紫音は家の中に誰かが侵入したのかと思い、身を強張《こわば》らせた。だが、放ってもおけないだろう。

擂粉木《すりこぎ》を片手に、恐る恐る階段を上がって二階へ行った。ドキドキしながら三つの部屋を回ったが、怪しい人物はおろか、野良猫すら見当たらなかった。

紫音は一連の体験を不思議だとは思ったが、殊更に怖いとは感じなかった。それは紫音が幼い頃に東北地方に伝わる座敷童子《わらし》の伝承を聞いていたことが影響している。

団地で暮らしていた紫音には縁のない話だったが、東北地方、殊に岩手県の家には座敷童子という、妖怪《ようかい》とも神霊ともつかない子供の姿をした存在が棲《す》んでいるという。座敷童子という呼び方は東北地方のものだが、似たような妖怪の伝承は各地に伝わっていると聞く。だから、この家にも同じような存在がいるのかもしれないと思ったのだ。

裏庭には小さいながらも稲荷の社もあるから、もしかしたらお狐様かもしれない。座敷童子のいる家は栄えるというし、稲荷の加護があるなら福が招かれるに違いない。紫音と大河の新しい生活も、きっと豊かなものになるのではないだろうか。

その時の紫音は、そんな呑気《のんき》なことを考えていたのである。

2

村崎紫音と池澤大河が新居に移り住んだのは、九月最初の月曜日だった。

二人はまず隣近所への挨拶回りをすることにした。この地区は全部で十三の班に分かれており、それぞれ近所の家々が五軒を目安に一つの班を構成している。回覧板のやり取りも、葬儀の手伝いも、すべてこの班単位で行われるらしい。

事前に挨拶に訪れた区長の話では、紫音たちの家は十二班に所属するそうで、他に四軒の家があるそうだ。

隣近所といっても田舎のことだから、一番近い隣の家とも百メートル近く離れている。他の家々とも直線距離だとその程度なのだが、間に水田やビニールハウスがあるせいで、迂回《うかい》のために農道を通ったり、県道を挟んだりすると、存外に遠かった。

紫音と大河は水族館のオリジナルクッキーを手土産に持って、十二班の家々を一軒一軒回った。平日の昼間だから留守宅が多いかもしれないと覚悟していたが、三軒は高齢の夫婦が家にいて、紫音たちに応じてくれた。ただ、若者に慣れていないためか、どの年寄りもぎこちない笑みを浮かべて、おざなりな態度であった。決して排他的ではないのだが、かといって好意的ともいえず、紫音は居心地の悪い思いがした。

同じ班で一番離れている家は、棘木という珍しい苗字《みょうじ》で、瓦《かわら》屋根の大きな平屋だった。二人が訪れると、ちょうど家主と思われる男女がジャージ姿で庭仕事をしていた。男性の方は目が細く全体的にのっぺりとした印象の容貌《ようぼう》だったので、年齢が摑《つか》み難い。しかし、女性の方は三十代半ばくらいかと思われた。丸顔で柔和な印象の女性である。

棘木家までの三軒では高齢者としか会っていなかったので、自分たちと比較的近い世代に会えたことで、紫音は安堵した。

簡単に挨拶をして、手土産を渡すと、棘木は慇懃《いんぎん》な態度で受け取った。表情は読めないが、腰が低く丁寧な人物のようだ。近くに寄ると煙草の臭いがして、ヘビースモーカーであることが推し量られた。

「何か困ったことがあったら、いつでもいってください」

棘木は町の郷土資料館の学芸員だそうで、月曜日が休みなのだという。自分たちもO市の水族館に勤務しているので月曜日が休日だと伝えると、「それはそれは」と微笑んだ。

「あそこ、いい場所ですよねぇ」

そういったのは棘木の妻の桃《もも》だった。

「あたしねぇ、ピラルクーが好きなんですよぉ」

見た目よりもやや幼い口調である。

それからは専ら紫音と桃が雑談を交わし、最終的には互いの携帯電話の番号とメールアドレスを交換した。その間、大河は手持ち無沙汰《ぶさた》に庭木を眺め、棘木は微笑みながら、紫煙を燻《くゆ》らせていた。

「買い物する場所とか、ゴミ出しのルールとか、色々教えてください」

紫音が改めてそういって頭を下げると、桃は「はいはい」と朗らかに応じた。

「あたしは専業主婦で大抵家にいますんでぇ、何かあったら気軽に連絡してくださいねぇ」

早くも近所に知り合いができたことで、紫音の中で少しだけ新しい環境への不安が軽減された。


最初の一週間は、とにかく新しい生活に慣れるのに必死だった。

この生活が始まる前から、紫音と大河は互いの部屋に行き来していたので、二人で生活することについては、何となくシミュレーションができていた。実際に同じ家に住み始めても、目立った問題はない。勿論《もちろん》、大河に対して不満が全くないといえば嘘になるが、まあ、想定の範囲内の些細《ささい》なものがほとんどだ。

しかし、通勤時間が十分から四十分と大幅に長くなったことは、わかっていたとはいえ、なかなか大変だった。出勤前は紫音が洗濯物を干している間に、大河が朝食と弁当の支度をする（ちなみに、大河は職場で賄いが出るので、弁当は紫音の分だけだ）。慌ただしく準備をして、二人一緒の車で水族館へ向かう。それぞれ車は持っているが、節約のためだ。

仕事が終わって帰宅するにも、同じだけの時間がかかる。更にいざ二人暮らしをしてみると、色々と足りないものにも気付いて、帰りがけに何度かホームセンターに足を運ぶこともあった。

環境の変化のせいか、玄関の靴箱の上に置いた水槽の中の熱帯魚が何匹か死んでしまっていた。紫音は裏庭に穴を掘って、魚たちを埋めた。早速回覧板が回ってきたので、その日の内に目を通して隣に回す。家事の合間を縫って棘木桃から届いたメールに返信をする。大河との生活は充実していたけれど、仕事とプライベートの双方が忙しく、夜になると泥のように眠っていた。

時折、奥の座敷であの妙な気配がすることはあったものの、そんな些末なことに関わっている余裕は、その時の紫音にはなかったのである。

しかし、ようやく新しい生活リズムに身体が慣れてきた頃、不可解な現象が起こることに気付いた。

真夜中に玄関のチャイムが鳴るのだ。

ピンポーン、と一度だけ。

それで紫音は目が覚めてしまう。

最初は気のせいかと思った。しかし、同じことが二度、三度と続く内に、やはり聞き間違いではないことがわかった。

チャイムが鳴る時間は、いつも同じくらいだ。逐一確認したわけではないけれど、午前二時から三時までの間に鳴らされる。時間が時間だけに、誰かの悪戯《いたずら》にしては質《たち》が悪い。

ただ、大河にそのことを告げても、「気のせいだって」とまともに取り合ってはくれなかった。

それでも紫音が食い下がると、「気のせいじゃないとしたら、ヤンキーの悪戯って可能性もあるから、下手に構わない方がいい」といわれた。確かに帰宅途中にあるコンビニの駐車場には、よく若者が屯《たむろ》しているのを見かける。

「俺らが引っ越してきたばっかりだから、ちょっかい出してるだけだよ。どうせすぐに飽きるから、あんまり心配するなって」

そういわれても、気にはなる。

五度目だったか、六度目だったか、遂《つい》に紫音はチャイムが鳴った直後に、こっそりベランダに出てみた。何者かがピンポンダッシュを繰り返しているのならば、上から逃げる姿が確認できると思ったからだ。

しかし、月明りが照らす砂利敷きの庭に人影はないし、誰かが走り去るような物音もしない。

まさか、まだ庭に留《とど》まっているの？

紫音は大河を起こさないようにして静かに寝室を出ると、階段を下りる。なるべく慎重に足を運んだつもりだったが、家が古いため、どうしたってぎしっぎしっと軋《きし》む。真夜中の静寂の中では、そんな微《かす》かな音も闇を震わせて、存外に大きく感じられた。

一階に至った紫音は、身を低くして玄関の引き戸を見て……思わず息を呑《の》んだ。

曇りガラスの向こうに、誰かが立っている。

シルエットから判断すると、小柄な人物のようだ。中高生くらいの女子だろうか。

その人物は玄関の前に佇《たたず》んだまま動こうとしない。

紫音は急に腹立たしくなった。毎晩毎晩こんな悪戯をされて安眠を妨害される筋合いはない。相手がヤンキー集団だったら怖気《おじけ》づくところだが、向こうは一人のようだし、体格も紫音と余り変わりない。ひと言ガツンといってやろう。

「ど、どなたですか！」

紫音は相手を威嚇するように、できるだけ大きな声でそういった。

しかし、玄関先に立つ人物は何も答えない。

微動だにしない。

紫音が再び声を出そうとすると、

「ダダィマァ〜！」

それは紫音の声よりも大きく、引き戸が僅《わず》かに揺れる。

その喉《のど》が潰《つぶ》れたような片言の声を聞いた瞬間、紫音は総毛立った。

聞いてはいけないものを聞いてしまったような、悍《おぞ》ましい感覚に襲われて、紫音はその場から逃げ出した。

バタバタと這《は》うようにして階段を一気に駆け上がると、二階の廊下に大河がいた。

「どうした？」

怪訝《けげん》そうに問う彼に、紫音は「し、下に、へ、変な人が……」とやっとの思いで伝えた。

「見てくる」

大河はすぐに階段を下りていった。紫音は踊り場に座って、階下の様子を見守る。そこからだと上がり框《がまち》の彼の姿が見えた。大河は首を傾げてから、サンダルを突っかけて三和土に下りていく。

鍵を開ける音と引き戸を開ける音。

駄目だよ。

そんなことしたら、あいつが入ってきちゃう！

紫音はじっとしていられなくなって、自分も再び玄関へ向かった。

大河は外灯をつけて庭に出ていた。玄関周辺を見回っていたが、すぐに戻ってくる。

「誰もいなかった」

「そう。……でも、大河も声は聞いたでしょ？」

「いや。俺、寝てたから……」

大河は踵《きびす》を返して、そそくさと玄関の戸締りをする。

その背中に、紫音は無言で疑問をぶつけた。

あんなに大きな声だったのに、本当に聞こえなかったの？

そもそも私だって結構大声出したんだよ？

幾ら眠っていても、あれだけの声なら目覚めないのは不自然だ。そう思いながらも、紫音はそれ以上大河に詰め寄るのはやめた。余りにも疲弊してしまって、とてもそんな気力が湧かなかったのである。


この家には、何かある。

奥座敷で見かける人影、階段を上る音、それに真夜中のチャイム……。

これまで大河に自分の体験を話しても、誤魔化されるだけだった。だから、直接訊《き》いたとしても、正直に話してくれるのかは疑問である。しかし、あの不気味な声を聞いてしまった後で、問題を有耶無耶《うやむや》にしたまま生活できる程、紫音の神経は図太くない。

座敷童子ではない。お狐様でもないだろう。

もっと生々しい何かが、この家にはいるような気がする。

引っ越して二週間が経過したその日、紫音は夕食の席で大河に尋ねた。この家で誰かが亡くなったんじゃないか、と。

最初、大河はいつものように誤魔化そうとした。

「昔は病気でも最期は自分の家で看取ったらしいからな、座敷にある遺影の人たちは大体この家で亡くなってるさ。でも、そんなことはこの辺じゃ当たり前だぞ。古い家で誰も死んでない物件なんてない」

「そういうことじゃなくて……！」

紫音が声を荒らげると、大河は缶ビールを呷《あお》った。

「わかった。わかった。正直に話す」

「うん」

「奥の座敷でな、叔母《おば》さんが頭を殴られて殺されたんだ。犯人はまだ捕まっていない。見つけたのは学校から帰った従姉《いとこ》だ」

「そう……なんだ」

当時はかなり大きな騒ぎになったらしい。こんな田舎でもマスコミ関係者が押し寄せてきて、近所ではだいぶ迷惑したようだ。挨拶回りで老人たちが見せたぎこちない態度は、もしかしたらそうした過去の出来事に起因しているのかもしれない。

「まあ、紫音にとっちゃ気持ち悪い話だろうから、黙ってた。それは……謝る。だけど、俺、叔母さんにはスゲー世話になったっつーか、可愛がってもらってさ。この家に遊びに来た記憶って、どれもいい思い出なんだよ。叔母さんはさ、親父の弟の奥さんだから、血は繋《つな》がってないんだけど」

「じゃあ、この家で不思議なことが起こるのは、大河の叔母さんがまだ成仏できていないからなの？」

「そうかもしんねぇな。実は、俺も何度か不思議な経験はしてる」

「え？」

「だから、紫音が同じような目に遭ったって聞いて、やっぱりなって思ったんだけど、今更いえねぇじゃん」

「最初からいってくれればよかったのに……」

そういってみたものの、逆の立場ならやはり事情を説明するのは憚《はばか》られただろう。大河の気持ちは何となくわかる気がした。

大河はもう一度ビールを飲んでから、「やっぱり気持ち悪いか？」と訊いてきた。

正直、気持ち悪くないといえば嘘になる。しかし、大河にとって殺された叔母が大切な存在だということはわかったし、これまでの体験だって、実害があったわけではない。だから紫音は「大丈夫だよ」と微笑むことにした。

3

九月最後の月曜日に、紫音の妹の藤香《とうか》が泊まりがけで遊びに来た。

藤香は現在、大学三年生である。埼玉で一人暮らしをしながら、大学に通っている。専攻は文化人類学だそうだが、紫音は実際に妹がどんなことを学んでいるのかはよく知らない。新居が一戸建てだと伝えた時から、藤香は「絶対に遊びに行く！」と何度もいっていた。

車で十五分の最寄り駅に迎えに行くと、藤香は相変わらず高いテンションで、「しお姉《ねえ》～久し振り～」と抱きついてきた。盆休みは繁忙期だから、例年実家には戻っていない。こうやって妹と直接会うのは、正月以来だった。

「あんた、荷物はそれだけ？」

藤香の持ち物は、然程《さほど》大きくないショルダーバッグと手土産の入った紙袋だけである。

「そだよ」

藤香は研究のためにしばしば地方でフィールドワークを行うそうだから、きっと旅慣れているに違いない。

藤香を連れて家に戻ると、大河の車がなかった。恐らく夕食の買い出しに行っているのだろう。今夜は奮発してすき焼きにする予定だった。

道中ずっと喋《しゃべ》りっ放しだった藤香は、家の敷地に入った途端に口数が減り、車から降りた時には思い切り顔を顰《しか》めていた。最初は車酔いかと思ったが、どうも違うようだ。

「どうかした？」

紫音が声をかけると、無理矢理笑みを作って「ううん。何でもない」という。

「もしかして何か感じたんじゃない？」

藤香には幼い頃から霊感めいたものがあった。何もない方向をじっと見ていたり、家族が聞こえない音を聞いたりしたこともしばしばだ。一緒に泊まった旅館の部屋で「気持ち悪い」といい出して、額縁の裏にお札が貼ってあるのを見つけたこともある。だから、この家の微妙な空気から、何かを感じ取ったのではないかと思ったのだ。

「しお姉、ここって……」

「あのね、実はこの家で大河の叔母さんが亡くなってるの。それも殺されちゃったんだって。だからあんたにはちょっと変なものが見えるかもしれない」

「あ、そうなんだ」

「私も不思議な体験をしたけど、大したことないから」

「わかった」

藤香はそういったが、何か釈然としない様子だった。

それでもいざ家の中に入って、あちこち見て回る内に、藤香の表情は緩んでいった。

滞在中、藤香には二階の東側の八畳間を使ってもらうことにした。来客用の布団一式は、昨日の内に運び込んである。

南と東の窓を開けると、涼やかな風が通って心地よい。庭の銀杏や楓も色づき始め、秋の到来を告げている。

「何かホントに新婚生活って感じだね〜」

「まだ婚姻届出してないけどね」

「いつ頃の予定なの？　式は？　あたしにも予定ってもんがあるんだから、早めに教えてくれないと」

「式は年が明けてからかな。二月とかなら水族館もそんなに混まないだろうし」

勤務先のシフトは紫音も大河もなかなか調整が難しいから、新婚旅行はお預けになりそうだといと、藤香は「社会人は大変だね〜」といった。

「あんただってもうすぐ社会人じゃない」

「いや、あたしは大学院まで進むつもりだから」

「え？　それ、お父さんとお母さんにはいってあるの？」

「まだだよ。っていうか、彼氏にも話してない。しお姉が初めてだよ」

そこで「彼氏ができたの？」という話題になり、顔を赤らめる藤香から相手について詳しく聞き出すことになった。藤香の交際相手は二つ年上で、同じ専攻の院生だという。韓国の祖先祭祀《さいし》が研究テーマで、藤香も現地調査に同行したことがあるらしい。

「あたしもね、韓国をフィールドにして巫俗《ムーソク》の調査をするつもり」

巫俗というのは、韓国のシャーマニズムだそうだ。研究テーマにしろ、進学の件にしろ、彼氏からの影響を強く受けているのだろうが、研究と交際相手について熱心に話をする妹の姿は、紫音には微笑ましいものに映った。実家の収入を考えると、両親の説得には多少骨が折れるかもしれないが、できるだけ力になってやろうとは思う。

大河の用意した夕食は豪勢だった。すき焼きだけではなく、鯛《たい》のカルパッチョや海老《えび》と帆立の冷製パスタも並び、三人でスパークリングワインを飲んだ。明らかにすき焼きだけが浮いているメニューだったが、どれも藤香の好きなものばかりだ。大河は以前に妹から聞いていた好みを覚えていたらしい。

茶の間の布団を外した掘り炬燵に座って、三人で食卓を囲むと、二人の時よりも家族的な雰囲気になって、この家で暮らすのも悪くないなと思えた。不可解な現象が起こるのは勘弁して欲しいけれど……。

「大学はどう？」

大河が話を振ると、藤香はワインで頬を染めながら、饒舌《じょうぜつ》に大学生活について語った。「読まなきゃいけない論文がいっぱいなんです」とか、「専門英語がマジ地獄」とか、「児童文学サークルに入ってて、この前まで学祭で売る冊子の編集してたんですけど、入稿ギリギリになっちゃってみんなで徹夜ですよ〜」とか、何処にでもいるような大学生の日常を大袈裟《おおげさ》に話す妹を見て、紫音はほっとした。

藤香は身内の前では今のように明るい性格なのだが、元来は引っ込み思案で繊細過ぎるくらい繊細な神経の持ち主だった。霊感めいた感覚も、そうした人格がなせるものなのかもしれない。大学進学が決まって一人暮らしをすると聞いた時は、果たして藤香にそんなことができるのかと心配していたが、どうやら杞憂《きゆう》だったようだ。

大河は翌日仕事なので早めに床に就いたが、紫音と藤香は風呂に入ってからも日付が変わるまで姉妹水入らずで過ごした。まだ話し足りなそうな藤香に、「明日は日光連れて行ってあげるんだから、もう寝なさい」といって、紫音も休んだ。

朝は大河を送り出すため、いつもと同じ時間に起きたのだが、かなりショッキングな出来事があった。

二階の四畳半で飼っていた熱帯魚の半数近くが死んでいたのである。紫音のベタも濁った眼をして金魚鉢に浮かんでいた。原因はよくわからない。エアーポンプは正常に動いていたし、水温もきちんと保たれている。

大河も水面に浮かぶ魚たちを見て、酷《ひど》く落ち込んでいた。ただ、出勤まで時間的な余裕がなかったので、感傷に浸る間もなく出かけて行った。

紫音が網を使って魚の死骸《しがい》を掬《すく》っていると、背後から藤香が呼び掛けてきた。

「何か、あったの？」

「うん。原因はよくわかんないんだけど、半分くらい死んじゃってて」

「しお姉、この家、ヤバいよ」

「どういうこと？」

「あのね、昨日は気のせいかと思って黙ってたんだけど、この家に着いた時、縁側のところにずぶ濡《ぬ》れの男の人が立ってるのが見えたの。それにね……」

藤香は昨夜自身が体験したことを淡々と語り出した。

玄関のチャイムが聞こえた気がして、藤香は夜中に目を覚ましたそうだ。

事前に紫音からその現象については聞いていたので、「絶対に一階に下りないぞ」と心に誓って、もう一度眠ろうとしたのだが、寝室の入口が僅かに開いているのに気付いた。

眠る前には確かに閉めたはずだ。多少酔ってはいたが、記憶は明瞭《めいりょう》である。自分が一番後に就寝したのだから、紫音や大河が開けたというのも考え難い。そんなことを思いながら視線を上に向けると……。

誰かが覗《のぞ》いていた。

ただ、一見して、それが生きている人間ではないことはわかったらしい。

何故なら、その人物の顔は激しく歪《ゆが》んでいたからだ。ちょうど顔の中心から渦を描くように、ぐにゃりと掻《か》き混ぜられていて、目も、鼻も、口も、あり得ない場所、あり得ない角度、あり得ない形で、顔貌に収まっている。

藤香が短い悲鳴を上げると、それはすぅっと後ろに下がるようにしていなくなった。

布団の中で耳を澄ましてみると、とんとんとんとんと階段を下りていく足音がはっきり聞こえたという。

「見間違えじゃ……なかったんだね」

「うん。幻覚とかでもなかった」

この魚たちが死んだのも、藤香の見たソレが原因なのだろうか？

「あんたが見たのって、大河の叔母さんなのかな」

「違うと、思う。アレは普通の幽霊なんかじゃなくて、もっと禍々《まがまが》しいモノだよ。あのさ、この家って大河さんの叔母さんが殺された以外にも、何かあったんじゃないかな」

「でも、大河からは何も……」

もしかして、まだ何か隠しているのか？

余りパートナーを疑いたくはないのだが、本当に知られたくないことを隠すために、敢えて叔母が殺害された話だけをした可能性はある。そんな話をされれば、流石にそれ以上突っ込んで事情を尋ねるのは気が退《ひ》ける。大河はそんな紫音の心理を利用したのではないか。

「ねぇ、大河さんにちゃんと訊いた方がいいよ」

「う〜ん、多分、駄目だと思う。大河はきっとまた誤魔化すと思うんだ。でも、この家で過去に何があったのか、話してくれそうな人には心当たりがある」

紫音はすぐに棘木桃にメールを送って、会って相談したいことがあると伝えた。なるべく早くがいいという文面も付け加えて。

主婦にとってはまだ朝の忙しい時間帯だったが、桃からはすぐに返信があった。十時くらいになれば時間が空くので、こちらに来てくれるとのことだった。

「あたしも同席していいんだよね？」

藤香が尋ねる。

「勿論。むしろ一緒にいてくれた方が助かる」

正直、一人で桃に話を聞くのは荷が重い。何もなければよいが、恐らく知りたくもないような、厭《いや》な話の可能性が高いだろう。今は妹の存在が心強く感じる紫音だった。

4

約束の時間ぴったりに棘木桃はやって来た。

茶の間に上がってもらい、三人分の紅茶を用意した。お茶請けは藤香が土産に買ってきた東京の銘菓である。

「へぇ、妹さんは文化人類学を専攻されてるんですかぁ。奇遇ですねぇ、うちの主人は民俗学が専門なんですよぉ」

紫音には何が奇遇なのかニュアンスがいまいちわからなかったが、藤香によれば文化人類学と民俗学は非常に近しい分野なのだそうだ。

桃と藤香が簡単な挨拶を交わしたところで、紫音は早速この家について尋ねることにした。ここで起こった不思議な現象については伏せつつも、大河がこの家の過去を隠しているようで、問い質《ただ》しても答えてくれないことを伝えた。

「それじゃあ紫音さん、何も知らないで引っ越してきたんですかぁ！」

桃の驚きが余りにも大きかったので、こちらもびっくりしてしまった。

「そっかぁ、道理で。……主人とも話してたんですよぅ。若い二人がどうしてあんな家にってぇ……あ、嗚呼《ああ》、ごめんなさい。ごめんなさい」

何故かその謝罪の言葉は、紫音に向けてというよりも、この家そのものに向けられたように感じた。

「こちらで殺人事件が起こったことは聞いているんです。犯人がまだ捕まっていないことも」

「そうなんですよぉ、もう十年以上前になるかしらねぇ、キイさん——亡くなった池澤さんの叔母様ね、とってもいい人だったのにぃ。それにこの辺じゃあ有名な拝み屋さんだったでしょう？　だから、みぃんな、キイさんが亡くなって困っちゃってぇ」

桃のその言葉を聞いて、藤香が質問した。

「亡くなったキイさんって方は、拝み屋をしていたんですか？」

「そぉそぉ。いつもは普通に専業主婦なんですけどねぇ、近所の人たちが相談にくると、お祓《はら》いとかそうゆぅのしてくれたんですよぉ。悪いことが続くとかぁ、子供が急に可怪《おか》しくなったとかぁ、原因がよくわからないことが起こった時に、キイさんに相談してたんですぅ。あれ？　池澤さんから聞いていませんでしたかぁ？」

「初耳です」

「あちゃあ、じゃあ、あたしお話ししちゃまずかったですかねぇ」

紫音が「気にしないで大丈夫ですよ」というと、桃は「そぉお？」と上目遣いにこちらを窺う。

「桃さんから聞いたってことは内緒にしますから」

「そうしてもらえるといいかなぁ。うん、それでぇ、キイさんが生きてた頃はねぇ、奥の座敷に祭壇があって、そこでお祓いしてもらったりぃ、家相とか見てもらったりぃ、子供の名前を付けてもらう人もいましたねぇ。だから、あの頃はこのお家《うち》は結構賑《にぎ》やかで、家族以外の人たちが随分出入りしていたんですよぉ」

紫音は自宅を他人が頻繁に出入りするという状況が、理解できなかった。きっとプライバシーなんて保てないだろう。しかし、それを許したということは、キイの家族が大らかだっただけではなく、地域住民同士の絆《きずな》も深かったに違いない。

「あの、基本的な質問なんですけど、こちらのお宅は何というご家族が住んでらしたんですか？」

藤香が尋ねる。

「あぁ、えっとぉ、それも聞いてないんですかぁ？」

桃は少し呆《あき》れたような表情になった。

紫音は黙って頷くしかない。

「このお家に住んでいたのは、朽城さんってご家族です。先祖代々この場所に住んでらしたみたいですよぉ。もっとも主人の話ですとぉ、この辺りのお宅はみぃんな江戸《えど》時代には今の場所で暮らしてたみたいですけどねぇ。キイさんは一人娘だったんでぇ、智政《ともまさ》さんをお婿さんにもらったって聞いていています」

その智政というのが、大河の父親の弟なのだ。大河の父親がこの家を相続したということは、智政も亡くなっているということか？　まだ話の入口なのに、不穏なものを感じてしまう。

「家族構成は？」

藤香はいつの間にかメモを取りながら質問している。どうやら妹はこうしたインタビューに慣れているようだ。

「あたしが嫁入りした時は、もうお爺《じい》ちゃんとお婆《ばあ》ちゃんは亡くなっていてぇ、キイさん夫婦と二人のお嬢さんの四人家族でしたねぇ」

「キイさんが亡くなった時の状況って、どんな感じだったのかおわかりになりますか？」

藤香が訊くと、桃は「あくまで噂っていぅか、人から聞いた話ですけどぉ……」と断ってから話し出した。

朽城キイが殺害されたのは、一九九四年七月半ばのことだという。

「キイさんは奥の座敷で倒れていたみたいですねぇ。頭を大きな壺《つぼ》で殴られちゃって、頭蓋《ずがい》骨陥没だったたって話を聞きました。屍体《したい》の周りには粉々になった壺の破片が飛び散っていたそうですよぉ」

「遺体を発見したのは娘さんですよね？」

紫音は大河から聞いた話を確認する。

「ええ、そうですぅ。確か操《みさお》ちゃん——上のお嬢さんが第一発見者じゃなかったかしら。高校三年生の。あそこの……」

桃は東の方向を指差す。

「……柿沼《かきぬま》さんちに助けを求めて駆け込んだらしいですよぉ」

柿沼家は若干距離があるものの、この家の隣に当たる。桃の話では駐在所に通報したのも柿沼家の人間だったそうだ。

「それからはもう大変でしたよぅ。パトカーが何台も来るし、テレビ局の車とか、新聞社の車とか、もうそこら中に停められちゃってぇ、手塚《てづか》さんちじゃ畑荒らされてぇ、うちも私道を塞がれちゃったからぁ、警察を通して猛抗議でしたよぉ」

その時のことを思い出したのか、桃は丸い顔を紅潮させて苛立《いらだ》った声を出した。

「でもねぇ、結局、今になっても犯人はわかっていませんしねぇ。それに、キイさんの事件よりもねぇ、その後の方が酷かったですからねぇ」

「何が……あったんですか？」

聞くのは怖い。しかし、もう何も知らないで済ますことはできなかった。

「お葬式から一週間くらい経った頃だったかなぁ、操ちゃんが学校で飛び降り自殺しちゃってぇ」

「え？」

大河の従姉が自殺？

桃の話によれば、朽城操は高校の三階の教室で、授業中に突然げらげらと笑い出したのだそうだ。教師の制止も聞かず立ち上がると、失禁した後に、笑いながら教室中を駆け回り、最後に窓から飛び降りたらしい。操はコンクリートに頭部を強打して、そのまま亡くなってしまった。

「同じクラスだった子のお母さんから直接聞いたんですけどねぇ」

表立っては母親の死にショックを受けたための自殺ということになっているが、実際にその場にいた生徒たちからは、何かが操に乗り移ったように見えたそうだ。

「キイさんが殺された時の凶器なんですけどぉ、元々は祭壇の上に祀られていたものだったんですよぅ。キイさんはその中に悪い霊を封じ込めていたみたいでぇ、それが割られちゃったからぁ、悪い霊が出てきたんじゃないかって噂になってぇ」

操は悪霊に取り憑かれて、生命を奪われた。

近所ではそういわれていたらしい。

「それから一週間もしない内に、今度は妹の七美《ななみ》ちゃんが行方不明になっちゃったんですよぉ」

七美は当時高校一年生であったが、操とは違う高校に通っていた。夏休み期間中ではあったものの、進学校だったので午前中は通常通り授業があり、午後も図書室で勉強をしていたようだ。そして、夕方のバスに乗って帰ってくるという毎日だった。

しかし、その日は智政が仕事から帰宅しても、七美の姿は見当たらなかった。学校に連絡したがとっくに下校しているという。一緒の高校に通っている中学からの同級生の家にも電話してみたが、やはり何処にも七美はいなかった。

智政はすぐに警察に連絡をすると、自身も近所を捜し回った。

「その時、うちの主人が事情を聞いて、消防団に入っているお友達に応援をお願いしたんですよぉ」

消防団のメンバーの一人の家は、七美の利用するバス停の近くにある駄菓子屋だった。本人は会社員だが、店番をしていた母親が、夕方のバスから降りる七美を目撃していた。

「だからぁ、七美ちゃんは近くまでは帰ってきているらしいってことまではわかったんですねぇ」

警察が到着する前に、近所の住民や消防団、更には七美の同級生の保護者という、かなりの人数が集まって、捜索が始まった。迅速な対応には、やはり七美に対する周囲の心配があったのだという。

「お母さんとお姉ちゃんを相次いで亡くしてますからねぇ、本人も鬱《うつ》っていうかぁ、普通の精神状態じゃいられなかっただろうしぃ」

自ら死を選ぶような可能性もあるかもしれない。それを人々は危惧《きぐ》したようだ。

「七美ちゃんは思ったよりも早く見つかったんですよぉ。この近くにある地蔵堂《じぞう》で倒れてて……」

地蔵堂は朽城家の近くの農道の脇に立っている。屋根と囲いがあるだけのお堂に、小学生くらいの大きさの地蔵菩薩《ぼさつ》が祀られているらしい。

制服姿の七美は、その地蔵に縋《すが》るような格好で倒れていたという。完全に意識はなく、涙と鼻水と唾液《だえき》で顔はぐしゃぐしゃだったそうだ。七美はすぐに救急車で病院に搬送された。

「本当に怖い目に遭ったんだろうなって、みぃんなでいってたんですけどねぇ、一番おっかなかったのは、お地蔵様の首が砕けていたことなんですよぅ」

地蔵堂の石地蔵の首は、何故か粉砕されていたという。

首が折れるとか、頭が割れるとか、そういうレヴェルではない。

まるで内側から破裂してしまったように、粉々になっていたのだそうだ。

「だからぁ、今は新しい首が付いているんですよぉ」

「七美さんはそれから？」

「あぁ、うぅん、結局ねぇ、意識は戻らなくってぇ、三日後だったか、五日後だったか、亡くなりました」

「亡くなった……」

大河の従姉は二人とも死んでいたのである。

「今度もねぇ、壺から逃げ出した悪い霊の仕業じゃないかって話になってぇ」

七美が地蔵堂で倒れていたことについては、幾つか不可解な点がある。

まず地蔵堂の立地だ。七美が利用するバス停から朽城家までのルートの先に地蔵堂はある。だから、帰宅途中でそこに立ち寄ったとすると不自然なのだ。むしろ一度帰宅した後に、地蔵堂まで向かったと考えた方が妥当である。

もう一つは、地蔵堂の前の農道は、決して人通りがないわけではないということだ。自動車が通るのは稀《まれ》だが、平生から歩行者や自転車は頻繁に利用する。それにも拘《かか》わらず、七美が発見されたのは陽が沈んで、捜索隊が組まれてからのことである。

こうしたことから、七美は一度家に帰ったものの、庭先で何かと遭遇し、地蔵堂まで逃げたと推測された。そして、発見が遅れたことや地蔵の頭部が粉砕されていたことから、地蔵菩薩が七美を悪霊から隠したのだが、力及ばず頭部を砕かれたと噂されるようになったそうだ。

「七美ちゃんのお葬式も終わって一段落したら、いつの間にか智政さんの姿を見ないようになってねぇ、最初はショックで引き籠《こ》もっていると思っていたんですけどねぇ」

桃は溜息《ためいき》を吐く。

「まさか亡くなっているなんてねぇ」

智政の屍体は、この家の庭にある池で見つかった。

今は干上がっているが、当時は水が湛《たた》えられていて、錦鯉《にしきごい》を飼っていたという。智政は俯《うつぶ》せの格好で、上半身が池の中に沈んでいたそうだ。死因は溺死《できし》だったが、自殺なのか他殺なのかは判然としなかった。

「警察も随分捜査したみたいですけどぉ、他殺の証拠はでなかったみたいですぅ。最終的には、奥さんと二人のお嬢さんを失ったショックから自殺したってことになったみたいですねぇ」

智政の死に様を聞いて、紫音は藤香がこの家に到着した時に見たというずぶ濡れの男性のことを思い出した。

「それじゃ、短い間に一家全員亡くなったってことですか？」

「そうねぇ、智政さんが見つかったのはちょうど今くらいの時期だったはずだからぁ、キイさんが殺されて二箇月ちょっとで、みぃんな亡くなったってことになりますねぇ」

桃は遠くを見るような目でそういった。

とはいえ、この家で実際に死んでいるのはキイと智政の二人である。更に厳密にいうならば、家の中で死んでいたのはキイ一人となる。ある意味で、大河は嘘を吐いてはいない。しかし、操と七美の死がこの家で起きた事件と無関係だとも思えない。

壺の中の悪霊……。

藤香が昨夜見た歪んだ顔の人物は、その悪霊なのだろうか？

奥座敷で感じる人の気配も、悪い霊が原因なのか？

そういえば……そこで紫音は真夜中のチャイムを思い出す。

階下に下りて確認した時、玄関先にいた人物が口にしていた言葉、あれは「ただいま」ではないのか？

だとしたら、アレは操か七美の霊がこの家に帰ってきていたということではないだろうか？

桃からこの家の過去を聞いたことで、何となくではあるが怪異の正体は掴めたような気がする。

恐らくこの家には得体の知れない何かと、それによって死に至らしめられた朽城家の人々が彷徨《さまよ》っているのだろう。

ただ、それにも拘わらず、この家で暮らすことを選んだ大河のことがよくわからない。

桃のような他人でさえ、この家の詳しい事情を知っているのだ。身内の大河ならもっと細かい経緯まで知っているだろう。

知っていて、どうして？

紫音は婚約者の真意が見えずに、戸惑うばかりだった。

5

棘木桃が帰ると、時刻は十一時半だった。

あんな話を聞いた後に家の中にいるのは抵抗があったので、予定より遅くなったが日光観光へ出発することにした。

途中で地元では有名な蕎麦《そば》屋に寄って昼食をとり、一時少し過ぎには日光東照宮《にっこうとうしょうぐう》に到着した。平日ではあったが、かなり混雑していて、紫音は有料駐車場に何とかスペースを見つけて車を停めた。

日光の二社一寺には学生時代に一度と社会人になってから一度訪れていたが、初めての訪問のはずの藤香の方がずっと詳しかった。

彼女の一番の目当ては、日光山輪王寺《にっこうさんりんのうじ》の大猷院《たいゆういん》であった。ここは江戸幕府の三代将軍徳川家光《とくがわいえみつ》の廟所《びょうしょ》である。家光が遺言で東照宮を凌《しの》いではならぬといったことから、陽明門《ようめいもん》のような煌《きら》びやかな建築ではなく、黒と金の重厚感のある色彩をしているそうだ。藤香はその中でも四体の夜叉《やしゃ》が守る夜叉門《やしゃもん》が見たかったのだという。

それから二荒山《ふたらさん》神社に詣《もう》で、その後に日光東照宮に向かった。自分だったら絶対に逆のルートで巡ったはずだ。幼い頃から紫音と藤香は対照的なところがあったが、こんなところにも性格が出るのかと思うと妙に可笑《おか》しかった。

眠り猫の下を潜って奥宮へ向かう途中で、藤香が「もう一泊しよっか？」といった。紫音にとってはその申し出はとてもありがたかったが、「ううん。大丈夫」とやんわり断った。これ以上、妹を巻き込みたくないという思いと、やはり大河の胸の内には自分一人で向き合う必要があるという思いがあったからだ。

「でも……」

藤香は心配そうな眼差《まなざ》しを送ってくる。

「大丈夫だって！」

紫音は努めて笑顔を作った。

「帰ったら大河ときちんと話してみる。私たちにとっては他人でも、大河にとっては大切な親戚だったみたいだし。それに、過去には色々あったんだろうけど、今のところ実害は熱帯魚が死んじゃったたけだしね」

「それはそうかもしれないけど……」

「ちょうど神社にいるんだから、お守りを買っていくよ。まあ、ホントに気持ち悪かったら引っ越しすればいいだけだし」

とはいえ、結婚式と披露宴のための貯蓄はあるものの、改めて引っ越しをする金銭的な余裕はなかった。余り不可解な現象が続くのならば、寺院か神社にお祓いを頼むという手もある。幾許《いくばく》か謝礼は必要だろうが、引っ越すことを考えるならば安いものだろう。

輪王寺の三仏堂《さんぶつどう》を見終わる頃には、紫音はある程度楽観的に物事を考えられるようになっていた。確かにあの家に以前住んでいた家族には不幸な出来事が起こった。しかし、それは十年以上も昔の話だし、この一箇月あの家で暮らしてみて、深刻な事態に遭遇した経験はない。

このまま何の対策もしないで生活するのは憚られるが、亡くなった四人への供養だとか、厄除《やくよ》けのお札だとか、そうしたものを準備するならば、殊更に騒ぎ立てることもないような気がする。何より紫音には、引っ越しをする前から今に至るまであそこで無事に過ごしたという実績がある。それは将来への自信に繋がった。


藤香を私鉄の駅まで送って、夕食の材料を買い出してから帰宅した。

既に辺りは薄暗く、無人の家には暗闇が漂っている。

紫音は荷物を持って車から降りると、努めて平静を装いながら鍵を開けて、玄関の照明をつけた。いつもの習慣で靴箱の上の水槽の熱帯魚を確認する。

「よし！　死んでない！」

わざとらしくそういって、家に上がった。

大河の帰宅を待つ間、紫音はキッチンで料理に勤《いそ》しんだ。今夜はカレーライスとサラダの予定だ。包丁で野菜の皮を剝《む》き、肉を切り、煮込む。一つ一つの工程に集中していると、余計なことを考えないで済む。

時折、座敷の方で物音がしたけれど、敢えて無視することにする。これまでだってそうしてきたのだ。過去を知ったからといって、こちらが態度を変える必要はない。それに、紫音のポケットには日光で買った厄除けのお守りが入っている。それだけでも随分心強い気がした。

帰ってきた大河はいつもよりも暗い表情だった。二階の死んだ魚たちについて尋ねられたので、朝の内に裏庭に埋葬したことを伝えた。

それでも夕食の席では「藤香ちゃんは、昨日の晩飯の感想、何かいってなかったか？」とか、「日光はどうだった？」とか、努めて明るく振舞っているようだった。それは平生と変わらない大河なのだけれど、紫音の目には朝までの大河とは違って映っている。勿論、錯覚だ。それはわかっているのだが、目の前の恋人が妙に遠くに感じてしまうのも事実である。

食事の後に、紫音は意を決して話を切り出した。

「あのさ、今日、朽城さん一家のこと聞いたんだけど……」

大河の顔色を窺うが、殊更に表情は変わらない。「誰に？」とも尋ねなかった。大方いつかは紫音の耳に入るとわかっていたのだろう。

「どうして黙ってたの？」

「話してたら、ここに住んだか？」

「それは……。じゃあ、逆にどうしてそこまでして、ここに住みたいって思ったの？」

「俺は呪いとか、祟りとか、そういうのは信じねぇ。この家で起こったことには全部説明がつくと思ってる」

真剣な表情で大河はそういった。

「どういうこと？」

思いがけない返答に、紫音は首を傾げる。

大河はコップに残っていたビールで口を湿らせてから、朽城家で起こった悲劇について解説を始めた。

「まず叔母さんが殺された事件についてだ。凶器がこの家にあった壺ってことは、犯行は突発的だったと考えられる」

「うん」

「事件があったのは夏だったから、叔母さんは窓も玄関も開けっ放しだったんだと思う。この辺りの家じゃ、それが普通だからな。でも、その日はこの家に泥棒が忍び込んだ。叔母さんは運悪くそいつと鉢合わせしちまって、あんなことになった」

悲劇の発端である朽城キイの死そのものについては、不思議な点はない。単純に犯人が明らかになっていないということだけが謎なのだ。

「次に操ちゃんが教室の窓から飛び降りた件。近所じゃ悪霊に取り憑かれたなんて噂してる奴らがいるけど、ナンセンスだ。操ちゃんは叔母さんの遺体の第一発見者になって、心に傷を負ってたんだと思う」

「でも、それだけであんな亡くなり方するの？」

操は死の直前、かなり異常な言動を取っている。だからこそ、周囲では悪霊の仕業とされているのだ。しかし、大河はそれを否定する。

「俺はさ、操ちゃんは叔母さんを殺した犯人を見ちまったんじゃねぇかって思うんだ。もしも犯人が操ちゃんと親しい人物だったとしたら、精神の均衡を崩しちまうのも理解できる」

「それじゃあ、操さんは……」

「散々思い悩んで、結局自分が壊れたんじゃないかな。そう考えると、七美ちゃんが地蔵堂で意識不明で見つかったのも、説明ができる」

「七美さんの件も関係するの？」

「ああ。叔母さんを殺した犯人は、操ちゃんに見られていたことに気付いた。それで、操ちゃんが家族にそのことを話したんじゃねぇのかって疑った。だから、七美ちゃんと叔父さんの口を封じようとした。犯人は七美ちゃんが帰ってくるのをこの家の庭で待っていた。そして、隙を見て殺そうとしたけど、七美ちゃんに逃げられたんだ。まあ、結局七美ちゃんは地蔵堂で追いつかれて、首を絞められるとか、殴られるとかして、意識を失った」

「それは……何となくわかるけど、でも、地蔵堂の七美さんは夜まで発見されなかったっていうじゃない？　私はそれが不思議だなって思ったんだけど」

「七美ちゃんが襲われたのは、夏休み期間中だぞ。地蔵堂の周りだって結構草が生えてたはずだ。草が邪魔で七美ちゃんの姿が見えなかった可能性は十分にある。それに普通はそんな場所に女の子が倒れてるなんて思わないだろ？　だから、通行人の視界にも入っていなかったんだ」

　確かにそれならば夜まで七美が発見されなかった理由にはなる。そもそも石でできた地蔵菩薩の首が粉砕されていたのも、悪霊などではなく何者かがハンマーなどの鈍器を使って破壊したと考える方が自然だろう。

「そして、叔父《おじ》さんもそいつに殺された。だって可怪しいだろ？　自分の家で自殺するのに、わざわざ鯉が泳いでる池に顔を突っ込んだりしないって。普通は首を吊《つ》るとか、手首を切るとか、睡眠薬飲むとか、そういう方法を考えるんじゃないか？　百歩譲って溺死しようとするなら、風呂場で死ぬだろうよ」

「でもさ、それじゃ、この家で起こる不思議な現象についてはどう説明するの？」

「紫音が一人でいた時に体験したやつはさ、正直、見間違いとか空耳だと思うよ。悪いけど。こんな広い家に一人でいたことってなかったんだからさ、神経が過敏になっても仕方がないっつーか」

　その言葉に紫音は少しむきになった。

「真夜中にチャイムが鳴らされてるのは、大河だって知ってるよね？」

　大河は「ああ」と初めてそのことを認めた。

「だけどな、俺はあれこそ叔母さんを殺した犯人の仕業じゃないかって思ってる。ずっと空き家だった場所に、朽城家の親戚が越してきた。もしかしたら、過去の事件の手掛かりを見つけてしまうかもしれない。だから、厭がらせをして追い出そうとした」

「今朝、上の魚が死んだことは？」

「玄関のだってちょいちょい死んじゃってるだろ？　上の奴らも新しい環境が合わなかったんだ」

紫音は徐々に冷静さを取り戻してきた。

確かに大河の話には、なるほどと頷ける点が多々ある。キイが拝み屋だったからといって、朽城家に起こった一連の悲劇の原因を超自然的なものに求める必要はない。短い期間で死者が相次いだのは、何者かが関与していたと考えれば、十分に説明がつく。

しかし、そうなると紫音の不可思議な体験や藤香が見たモノは一体何なのだろうか？　自分の体験はあくまで主観的なものだし、気配や音といった些細なものだから、気のせいとか錯覚だと済ませることもできるだろう。だが、藤香ははっきりと霊らしきモノを見ているではないか。

否、待て。もしも、藤香が嘘を吐いていたとしたらどうだろうか。

結婚を間近に控えて一戸建てに引っ越した姉に嫉妬《しっと》して、わざと怖がらせようと思ってあんなことをいったとしたら？　彼氏ができたというのも嘘で、本当は寂しい学生生活を送っていたとしたら、そういう厭がらせをすることもあるかもしれない。勿論、藤香がそんなことをするとは思いたくないが、時々理解し難い言動をとることは昔からあった。

そこまで考えて、紫音は思考をはたと中断する。大河のいう通り、今まで怪異だと思っていたことには、ある程度合理的な説明が付けられる。それは確かだろう。しかし、それと新婚生活の新居にこの家を選んだことには、余り関係がないのではないだろうか。

ここに住んでいた家族が全員死亡しているのは事実であり、何故わざわざそんな不吉な家で二人の新しい生活を始めようと考えたのだろうか？

紫音がその点を尋ねようとした刹那《せつな》、座敷の方からばたんっばたんっと大きな音がした。

「何だ？」

大河も怪訝な表情を浮かべ、立ち上がる。そのまま茶の間のガラス戸を開けた。

見ると、仏間から奥座敷までの襖が、すべて開いている。

帰宅した時には、襖は閉まっていたはずだ。奥座敷が忌まわしいものに思えて、きちんと襖が閉まっているのか確認したのだから間違いない。

大河も同じ疑問を持ったらしく、こちらを見て「襖、閉まってたよな？」といった。

「うん」

大河は声を潜めて「誰かいるのか？」と呟《つぶや》く。紫音も立ち上がると、大河の背中に縋るような格好になった。

「ちょっと見てくる」

「わ、私も一緒に行く」

この状況で大河と離れるのは不安だ。

「わかった。何かあったらすぐ逃げろよ」

「うん」

仏間の蛍光灯をつけるが、部屋の中や隣の座敷に、誰かがいるような気配はない。物音がしてから大河が襖の開いているのを確認するまでは、僅かな時間だったから、とても神棚の下の収納に隠れるような余裕はなかったと思う。

二人で隣の八畳間に進み、こちらも電気をつけた。

「誰かいるのか！」

大河が呼び掛ける。しかし何の反応もない。

様子を窺いながら奥座敷の蛍光灯の紐《ひも》を引っ張ったが、灯《あか》りはつかなかった。

首を傾げる大河の背後で、紫音は不気味なものを見てしまった。

「大河、あれ……」

紫音が指差したのは、長押《なげし》に並んだ遺影である。

隣の部屋の照明を受けたそれらは皆、大きな口を開けて笑っていた。

まるでスロー映像のように、声もなくぬるぬると動いている。

「誰だ！」

突然、大河が大声を出したので、紫音はびくりと身体を震わせる。

大河の視線の先、縁側に近い座敷の隅に……。

いつの間にか、着物姿の女が正座していた。

闇が凝縮したような漆黒の着物は喪服だろうか。髪が島田《しまだ》に結い上げられているから、婚礼衣裳《いしょう》にも見える。

紫音は女から発せられる瘴気《しょうき》のようなものに当てられて、身動きができない。

遺影は笑い続けていた。

女は……ゆっくりと顔を上げる。

嗚呼、思った通りだ。

女の顔は、中心から渦を巻くように、ぐにゃりと歪んでいる。

藤香は嘘など吐いていなかった。

「キイ叔母さん……？」

大河が一歩前に出る。
駄目だ。違う。あれはキイじゃない。
紫音は大河を止めようと手を伸ばしたが、もう遅い。
着物の女はあっという間に、二人の眼前に立っていた。
隣の座敷の蛍光灯の冷たい光が女を照らしたので、見たくもない顔がよく見えた。
頬と顎《あご》の位置に二つの瞳《ひとみ》がある。それは細められ、額の口から歯が覗く。
嗤《わら》っているな。
紫音はそう思った。
涙も、悲鳴も、出ない。
ただ、眩暈《めまい》がした。

第二章　鍋《なべ》島《しま》猫《ねこ》助《すけ》（二〇一三年）

1

時刻は午後四時四十四分の四分前である。

辺りはすっかり暗くなり、周囲に人影もない。十一月も終わりに近く、日が沈むと途端に寒さを実感する。

オカルトライターの鍋島猫助は、湖畔にある公園の時計台から湖面に向かって一眼レフのカメラを構えていた。静止画ではなく、動画を撮影するので、既に録画ボタンは押してある。だから「寒い」という呟《つぶや》きすらできない状況である。鍋島の「猫助」というのは、勿論《もちろん》、ペンネームで、有名な鍋島《なべしま》の化け猫騒動から付けたものだ。

隣には背中を覆うくらいの長い黒髪に、白いロングコートを着た女性が立っている。元々色白なのだが、闇の中では一層顔面が白く見え、唇だけがやけに赤く浮き上がっていた。どう見てもステレオタイプな幽霊であるが、彼女は霊能者で十文字《じゅうもんじ》八千代《やちよ》という。

鍋島と十文字は、『妖《よう》』という雑誌の企画でコンビを組んでいる。この雑誌はオカルト系のコンテンツの中でも、幽霊や妖怪《ようかい》に特化したもので、偶数月に発売される。二人はあちこちの心霊スポットを巡り、その様子をルポルタージュ形式の記事にして発表していた。お陰様で連載は好評で、十文字との付き合いはもう一年半になる。近々これまでの記事を単行本にまとめて出版することになっている。

今回も『妖』の連載のための取材で、神奈川県S市にある稲鳴《いななき》湖畔公園を訪れていた。ここは全国的な知名度は今一つだが、県内ではそれなりに知られた心霊スポットである。また過去には何件もの不可解な水難事故が発生していた。

稲鳴湖には幾つか怪談が伝わっている。その中で、今、鍋島たちが検証しているのは、「四時四十四分に時計台から湖を眺めると、水面《みなも》に白装束の少女の幽霊が立っている」という都市伝説めいた噂である。出現する幽霊は、かつてこの湖の主に生贄《いけにえ》として捧《ささ》げられた少女なのだという。

市史の民俗編に記載された伝説によれば、かつて稲鳴湖に棲《す》んでいた大蛇に、毎年うら若き乙女を一人と馬を一頭生贄に差し出していたそうだ。結局、大蛇は九百九十九人の乙女たちを食らった後、偶然この地を訪れた武将によって退治されたと伝えられている。稲鳴湖の名前の由来は、生贄となった馬の嘶《いなな》きが時折聞こえるからだとされている。

さて、四時四十四分の噂であるが、これがなかなか厄介なものだった。というのも、話のバリエーションによって、夕方と早朝の二パターンが存在するので、両方確かめなくてはならないのだ。

鍋島が確認した限りでは、伝わっている噂の中に季節を指定しているものはない。しかし、十文字が「暗い方が雰囲気が出るのではありませんか」というので、わざわざ今の時期を選んで現場に来ている。この時期ならば日の入りが午後四時四十四分より前であり、日の出が午前四時四十四分より後になる。

「一分前です」

十文字が囁《ささや》く。小さいがよく通る声だ。

鍋島は全く何の期待もしないまま、カメラを湖面に向け続けている。十文字との現地取材で、客観的に観察できるような不思議な現象が起こるかは、五分五分である。何か異変が起こったとしても、よくよく調べれば自然現象で説明が付くような場合が多い。

それでも十文字だけは何かを感じ、何かを見ている……らしい。こちらはその様子をカメラに収め、文章に起こせばよいだけだ。

やがて時間が来た瞬間、十文字が「あ」と短い声を上げた。

ちらりと横目で見ると、湖を凝視しながら指を差している。

咄嗟《とっさ》にそちらを向いたが、鍋島には何も見えない。カメラの画面もすぐに確認したが、やはり異状は見られなかった。

十文字が念仏だか真言だかを唱え出す。

傍《はた》から見ると、相当不気味である。

鍋島にとってはすっかり見慣れた光景だが、もしも通行人がこの様子を見たら、心霊体験をしたと錯覚しても不思議ではない。どう見ても湖畔で幽霊が念仏を唱えているように映る。

念のため五分程はカメラを回しておいた。今は何も見えなくても、後で映像を見直してみると何かが映っている場合もある。逆に、撮影したデータすべてが何故か消えていることもしばしばだ。

曰《いわ》く因縁のある現場を取材するようになって、鍋島はもう三台もデジタルカメラをお釈迦《しやか》にしている。どれも原因は不明だったが、壊れる直前に撮ったのは、すべて呪いや祟《たた》りが甚だしいといわれる場所やものだった。その時の十文字は「生命が無事だっただけでも奇跡ですよ」といっていたが、あれは何処《どこ》まで本気だったのだろうか。

カメラを静止画モードにして、時計台をバックに十文字の写真を何枚か撮影した。十文字にはかなりのファンや信者がいるらしく、彼女のポートレートは毎回必須《ひっす》になっている。

客観的に見て、十文字は整った容姿をしている。年齢は知らない（というか、教えてくれない）が、容貌《ようぼう》は二十代にしか見えない。ただ、間近で接していると、人形や絵画のような人工的な印象が強く感じられる。別に美容整形をしているとか、そういう話ではなく、十文字八千代という人間そのものが、非人間的に見えてしまうのだ。案外そうした二・五次元的な特徴が支持されているのかもしれない。

「さっきは何が見えたんすか？」

「馬に乗った女の子が、湖の上を走り抜けていきました。何も撮れていませんか？」

「俺には何も見えませんでしたが……ちょっと待ってください」

鍋島は改めて撮影した映像を確認する。

「スローで再生してみてください。とても素早かったから」

いわれた通りスローで映像を見てみると、画面の左から右へ白い光のようなものが移動していた。

「ほらね」

十文字は満足げに微笑むが、多分、飛んでいる鳥に公園内の外灯の光が反射しただけだろう。勿論、そんなことは口には出さないが。

「取り敢《あ》えず、メシ行きますかね」

鍋島がそういうと、十文字は静かに頷《うなず》いた。

今夜は湖畔公園内にあるキャンプ場のバンガローを拠点として、翌朝の四時四十四分まで取材をする予定だ。といっても、かなりの長丁場であるから、今からは少し休憩タイムとなっている。食事をして午後九時まで仮眠を取るというスケジュールだ。

「あ、ここ、写真撮ってください」

移動中も十文字はそうした指示を唐突に出す。この一年半で鍋島もすっかり彼女の言動には慣れたので、いちいち疑問を呈することもなく、写真を撮影する。

「そうそう、例の幽霊屋敷の件ですけれど……」

十文字が口にした幽霊屋敷とは、栃木県北部の田舎町にある賃貸物件のことである。奇妙なことに、そこは事故物件であることを公にした上で、最恐の幽霊屋敷を謳《うた》い文句に借り手を募っている。そして酔狂な客というのは何処の世界にもいるもので、非常に人気のある物件となっていた。

鍋島と十文字は来月その家に取材に赴くことになっている。半年前から賃貸の予約を入れて、ようやく順番が回ってきたのだ。滞在期間は契約上の最短日数の一週間としてある。

最恐の幽霊屋敷には、元々朽城という一家が住んでいた。そこの主婦が拝み屋のようなことをしていて、近隣住民たちからの信頼も篤《あつ》かったという。

しかし、一九九四年にその主婦が何者かに殺害され、家族も相次いで不審な死を遂げた。その後、親類が土地と建物を相続したが、不可解な現象が起こるようになり、身内も含めて住人が居着かない状況が続き、とうとう売りに出した。今の大家である棘木という人物は不動産会社を通して、それを買い取ったらしい。

それから棘木は、勅使川原《てしがわら》玄奘《げんじょう》という業界ではそれなりに名の知られた霊能者に旧朽城家の除霊を依頼した。しかし、勅使川原はその除霊の最中に死んだといわれている。

「勅使川原先生がその場所で亡くなったのは事実です。当時、同行していたお弟子さんに直接確認が取れました。家の中を見回っていた時に、お弟子さんの一人が突然台所から刃物を持ち出して、お風呂《ふろ》場《ば》で勅使川原先生を刺して、止めに入ったもう一人のお弟子さんの首を切って、最終的には自殺されたそうです。それから知り合いの同業者を当たってみたのですが、勅使川原先生の後に除霊を依頼された糸口白蓮《いとぐちびゃくれん》さんはベランダの手摺《てす》りで首を吊《つ》ってお亡くなりになっていますし、卜部《うらべ》美嶺《みれい》さんもやはり除霊中に帰らぬ人になっています。首の骨が折れてしまったとかいうお話でした」

「霊能者が三人も死んでるんですか?」

鍋島は少なからず驚いた。しかし、十文字は涼しい表情のまま、「三名だけではありません」といった。

「わたくしの近い範囲で聞き込みをした結果、その三名の名前が明らかになっただけで、実際に亡くなった霊能者や宗教者はもう少しいるようです」

最恐の幽霊屋敷に関わった霊能者は、全員が死亡している——ネット上ではそんな噂がまことしやかに囁かれているが、あながち単なる噂とはいい切れないようだ。

「そちらの調査の進捗《しんちょく》は如何《いかが》ですか?」

十文字の質問に、鍋島は「それなりに進んでますよ」と答えた。

鍋島は今、十文字から指示を受けて、かつて旧朽城家で暮らした経験のある人々に話を聞いて回っている。中でも十文字が重要視しているのは、棘木の前の大家が物件を所有していた時期に入居した人間である。それもできるだけ遡《さかのぼ》って、より古い入居者を見つけて欲しいという指示だった。

「その場所を訪れた多くの同業者が亡くなっているとなると、具体的にその家に何があるのか情報を得ることができません。生き残った勅使川原先生のお弟子さんは未熟だったとかで、霊視はできなかったそうですし。こちらのリスクを下げるためにも、情報が必要です。そのためには、より根源に近い怪異を体験した方々のお話が参考になります」

鍋島にとっても、実際に旧朽城家に住んだ経験のある人々から体験談を蒐集《しゅうしゅう》するのは、記事を書く上で必要なことだった。とはいえ、探すのはなかなか手間がかかる。物件を管理している不動産会社に問い合わせたところで、個人情報を簡単に教えてくれるはずはない。

鍋島は根気強くネットを渉猟し、旧朽城家での体験談を書き込んでいる人物を探した。その結果、現時点で三人の該当者にコンタクトを取ることができた。

「その三名は別々の家族なのですか？」

十文字が尋ねる。

「そうです。全く関係のない三人です。二人分はある程度文章に起こしてますから、後でお渡しします。三人目は来週会う予定です」

鍋島がそういうと、十文字は唇の両端をすうっと上げて、「相変わらず仕事が早いですね」といった。目が笑っていないので非常に不気味な表情であるが、微笑んでいるらしい。

「俺らにも何か危険なことが起こるんですか？」

「さぁ。でも、死人が出ていますからね、用心に越したことはないでしょう」

そういった後、十文字は「あそこも撮ってください」と電話ボックスを指差した。

急いでシャッターを切ると、誰もいなかったはずのボックスの中に、制服姿らしき少女の姿がぼんやりと映っている。

「撮れましたね」

鍋島がそういった瞬間、何の前触れもなしにデジカメの電源が切れた。

2

カケルさんとサチカさん夫婦が旧朽城家に入居したのは、二〇〇七年の秋のことだった。

当時カケルさんもサチカさんも二十代半ばであった。S町に実家のあるカケルさんたちが、わざわざ同じ町にあるその家に引っ越した原因は、嫁姑《しゅうとめ》問題である。

「一年間は何とか私の両親と同居したんですが、妻と母との仲がどんどん険悪になりまして」

当初は町営住宅に空きが出るまでは我慢しようとしたのだが、その前に限界がきた。とはいえ、アパートやマンションを探すには時間がかかるし、金銭的な余裕もあるわけではない。そこで仕方なく格安の家賃ですぐに入居ができる旧朽城家で暮らすことになった。

「私も地元の人間ですから、あの家で起きた殺人事件のことは知っていましたし、悪い霊が出るって噂も聞いていました」

しかし、その当時はまだ具体的な怪談は語られていなかったから、噂は眉唾《まゆつば》だと思っていた。

「私も妻も事故物件とか余り気にしない質《たち》でしたし、何よりも一刻も早く実家から出ていかないと家族全員の精神が保《も》たない状態でしたから」

旧朽城家には古いながらも立派な家具が備え付けられていて、自由に使用してよいといわれた（逆に使わない時は、不動産会社に連絡すれば、撤去するともいわれていたそうだ）。お陰で新たに家財道具を新調する必要はなくなったし、業者に頼まず自分たちで軽トラックを使って引っ越し作業をしたから、費用はほとんどかからなかった。家賃は敷金礼金なしで月三万円であったという。

「家自体は古いものでしたけれど、水回りなんかはリフォームされていて綺麗《きれい》でした。ホント今まで空き家だったのが勿体《もったい》ないって感じで。気になる点があったとすれば、やたらに水槽が多かったことくらいですかね。玄関に大きな水槽があって、二階にも幾つか小さなものがありました。不動産会社の話では、前に住んでいた方が熱帯魚を飼うのが趣味だったそうです」

それらも不用ならば片付けるという話だったが、カケルさんたちはいつか自分たちも観賞魚を飼うかもしれないと思い、そのままにしたという。

こうして新居での生活は順調に始まった。といっても、カケルさんもサチカさんも共に隣のN市の観光施設に勤めていたから、自宅で過ごす時間はかなり少なかったようだ。

「二人ともだいぶブラックな職場でしたからね、残業は当たり前、休みも週に一度あるかないかで、帰宅したらもうくたくたでした」

夕食を終えて入浴をしたら、倒れ込むように眠る。カケルさんもサチカさんも朝まで目を覚ますことは滅多になかった。

ただ、カケルさんは一度だけ、夜中にチャイムが鳴るのを聞いたことがある。その時は休日の前ということもあって、いつもよりも酒を飲み過ぎたらしい。夜中にトイレに起きて、二階の寝室へ戻る途中で、不意にチャイムが鳴った。しかし、寝惚《ねぼ》けていたこともあって、わざわざ確認することはなかったそうだ。

カケルさんが本格的に不可解な体験をするようになったのは、旧朽城家で暮らし始めて二箇月が経過した頃だった。

風呂場で浴槽に浸《つ》かっていると、女の声がした。

室外から聞こえてきたもので、何をいっているのかはわからない。それでも、何となくこちらに呼び掛けていることだけはわかった。当然、カケルさんはサチカさんだと思って「なぁにー？　聞こえないよー」といったのだが、何の返答もない。

曇りガラス越しに脱衣場兼洗面所を見ても誰もいないから、更にその外、恐らくはダイニングキッチンから声を掛けているのかと思った。

声がしたのは一度切りだったが、風呂場から上がってサチカさんに確認しても、「知らない」といわれてしまった。

「妻ではないなら茶の間のテレビの声がたまたま聞こえたのかと思ったのですが、その時、妻は二階にいて、テレビはついていなかったっていうんですよ」

結局、声の正体はわからぬまま、数日が経過した。

すると、今度はサチカさんが妙なことをいい出した。洗面所で歯を磨いていたら、誰もいないはずの風呂場から女の声がしたというのだ。やはり何をいっているのかはわからないものの、まるでこちらに向かって話しかけているような口調だったらしい。

それからも三日に一度くらいの割合で、カケルさんは入浴中に風呂場の外から女の声を聞き、サチカさんは風呂上りや洗濯機の操作をしている時に風呂場から女の声を聞くようになった。

「流石に気味は悪かったです。でも、実害があったわけじゃなかったんで、そのまま放置していました」

実のところ、当時の二人の生活にはそんなつまらない現象に構っているような余裕はなかったのである。世界遺産のあるN市には国内だけではなく、海外からも多数の観光客が訪れ、毎日が戦争のようだった。激務による疲労とストレスから、ちょっとしたことで口論になることもあった。家の中で起こる僅《わず》かな異変など相手にする精神的なゆとりはなかったし、そんな時間があるならとにかく寝たかったのだそうだ。

しかし、最初に女の声を聞いてから半月後、カケルさんは決定的なものを目撃してしまう。

「浴槽で体を伸ばしていたら、いつものように風呂場の外から声が聞こえたんです。その時、ふと視線を天井に向けたんですが……」

子供くらいの大きさの何かが、四つん這《ば》いになって逆さまにくっ付いていた。

「見た目は透明なんです。天井も透けて見える。でも、人間みたいな輪郭が浮き上がっていました」

カケルさんの話では、SF作品に登場する光学迷彩のようだったそうだ。

それは天井をゆっくりと這い回っていたが、こちらの視線に気付いたようで、ぴたりと動きを止めた。カケルさんは慌てて風呂場から飛び出したという。

「びしょ濡《ぬ》れのすっぽんぽんだったんで、妻からはかなり白い目で見られました」

改めて二人で風呂場に戻ったが、もうその透明人間の姿はなかった。

それ以降、カケルさんは自宅の風呂場を使わなくなった。幸いなことに近隣には温泉施設が幾つもあったから、仕事の帰りに寄り道して汗を流すことができた。一方、サチカさんは今まで通り、自宅で入浴を続けた。

それから一週間ばかりが経過した夜、職場から帰宅したカケルさんは異様な気配を感じた。玄関の大きな靴箱の上に置かれた水槽には、何故か水がいっぱいに張られていた。

朝は空っぽだったはずなのに……。

声を掛けたが、サチカさんからの返事はない。その代わり、風呂場からばしゃばしゃと水を弾《はじ》く音が聞こえた。慌ててそちらに行くと、サチカさんは水の入った浴槽の中で意識を失ってぐったりしていた。

すぐに救急搬送されたので一命は取り留めたが、とうとう意識は戻らなかったという。

「医者の話では、長時間水風呂に浸かっていたことによる低体温症とのことでした」

半年後、サチカさんは病院のベッドの上でこの世を去った。

「妻はあの家の風呂場にいた何かのせいで、死んだんだと思います」

カケルさんは無念そうにそういった。

エミルさんの両親が都内のマンションから栃木県S町の一軒家に引っ越したのは、二〇〇八年七月のことである。

父親のノリタダさんはずっと田舎暮らしに憧《あこが》れがあったそうで、定年を前に早期退職をしての移住だった。当初は退職金を利用して、土地も家も購入するつもりだったようだが、母親のチグサさんが慎重派で、まずは賃貸物件に住んで様子を見ることになった。

実家マンションも処分することはせずに、エミルさんがそのまま住み続けることになっていたという。

「引っ越しの時はあたしも手伝いに行きましたけど、普通の家に見えました。あ、でも、庭は凄《すご》く広かったです。田圃《たんぼ》と畑も付いていて、父は自給自足の生活ができるって物凄く張り切ってました。それまでも都内で畑を借りていたり、ベランダで家庭菜園していましたから」

両親が新しい生活を始めて二週間が経過した頃、チグサさんから連絡があった。

どうも家が可怪《おか》しいというのだ。奥座敷で人影を見た。自分たち以外の人間が階段を上り下りする足音がする。夜中にチャイムが鳴る。庭で誰かが歌っているのが聞こえる。

「父は気のせいだっていい張っていたようなんですけど、母の話は一つ一つが妙にリアルだったんです。その時は母が新しい環境に馴染《なじ》めなくてノイローゼ気味になっちゃったんじゃないかって心配して、取り敢えずそっちに行くことにしました」

仕事が休みの直近の土曜日に、エミルさんは電車を乗り継いで両親の許《もと》を訪れた。

ノリタダさんは日に焼けて健康的に見えたが、チグサさんは窶《やつ》れた雰囲気だった。

「こっちでの生活が合わないなら、一旦《いったん》帰ってきたら？」

そうエミルさんは提案したが、チグサさんは首を振った。

「お父さんを一人にしておけないから」

ノリタダさんは農業や日曜大工には精を出すのだが、家事全般をしている姿は見たことがなかった。だから、チグサさんがいないと日常生活に支障が出ることは頷ける。母親の父親に対する思いを考えると、無理に東京に戻ることを勧めるわけにはいかなかった。

奥座敷をはじめとしてひと通り家の中を見回ったが、エミルさんが不可解な体験をすることはなかった。

夕食は久々にチグサさんの手料理を味わい、広い浴槽で足を伸ばして入浴すると、ここでの生活も悪くないなと思いはじめた。余り心配しなくても、母親も少しずつこの環境に慣れてくるのではないか。そうすればこの家に異状があるなどとはいわなくなるのではないか。この時点では、エミルさんはそう思っていた。

チグサさんが蒲団《ふとん》を敷いてくれたのは、仏間と奥座敷に挟まれた八畳間だった。

一人になると、家の周囲の田圃で鳴く蛙の声がうるさいくらいだった。夏ということもあって、襖《ふすま》や障子は開け放たれていた。だだっ広い空間で横になるのは落ち着かなかったものの、移動の疲れや夕食の時に地酒を飲んだこともあって、すぐに瞼《まぶた》は重くなる。

まさに眠りに落ちようとする刹那《せつな》、エミルさんは金縛りに襲われた。

「胸が圧迫されて苦しかったので、思わず目を開けたんです。そしたら……」
五、六人の見知らぬ人々が、エミルさんが寝ている蒲団を囲んで見下ろしていたという。
皆、暗闇の中で白っぽく浮き上がって見えた。性別も年齢もバラバラだが、全員無表情でただただこちらを見ている。しかも違う人間が入れ代わり立ち代わりして、エミルさんを眺めていく。

余りの恐怖に目を瞑《つむ》ったが、その気配は消えることはなく、エミルさんは辺りが明るくなる午前四時頃まで眠ることができなかった。

「だいぶ寝坊して十時くらいに起きたんですけど、家の中に両親はいませんでした。茶の間にあたしの分の朝食が用意してあって、『お父さんと畑に出ます』って母のメモが添えられていました」

しかし、それっきり両親は行方不明となった。

「あとで調べて、あの家が殺人事件の現場で、地元じゃ有名な幽霊屋敷だって知りました。でも、両親の前に住んでいた家族から死者は出ていないから、不動産会社に説明責任はなかったらしくって」

それから半年程が経過した二〇〇九年一月半ば、両親の遺体は旧朽城家の庭で発見された。柘植《つげ》の林立する中、二人は真っ黒に汚れた野良着姿で、折り重なるように倒れていたらしい。司法解剖の結果、死亡したのは、見つかる数時間前だという。ノリタダさんの全身には幾つもの刺傷があり、チグサさんは頸部《けいぶ》を切断されていた。近くに鎌《かま》が落ちていたことから、警察では無理心中ではないかと考えたようだ。

「両親がそれまで何処にいたのか、遺体からは何もわかりませんでした」

遺体の第一発見者は、その時旧朽城家に入居していた家族の小学生になる一人息子である。エミルさんはその子と直接話をする機会があったそうだ。

「その子、『二階の廊下に、緑色の服を着た知らない女の人が立っていて怖い』っていってました」

3

取材相手が指定してきたのは、清澄白河《きよすみしらかわ》にあるカフェだった。てっきり地方在住者かと思っていたので、都内で取材ができるのはありがたい。

待ち合わせ時間がくるまで、鍋島猫助は自筆の原稿を読み返していた。最恐の幽霊屋敷に関わってしまった二人から直接インタビューした内容を怪談に書き起こしたものである。

十文字八千代の指示通り、この二人が入居したのは、旧朽城家が前の所有者のものであった時期のことだった。関係者の名前は仮名《かめい》にしてあるが、カケルの妻が意識不明で病院に搬送されたことも、エミルの両親が失踪《しっそう》後に無残な遺体となって見つかったことも、当時のマスコミによって報道されている。従って、それらの情報から個人を特定することは容易だろう。

鍋島は二人の体験談を裏付けるために、新聞や雑誌の記事を集めたが、実名で報道されているものも幾つか確認できた。

二人から話を聞いてみて思ったことは、怪談としては弱いというものだった。

当事者にとっては家族を失った痛ましい出来事であり、体験したことを悍《おぞ》ましく感じていることはわかる。しかし、怪談の読者にとっては所詮《しょせん》他人の死であり、発生した怪異のインパクトの方に興味の矛先がある。端的にいえば、怖いか、怖くないか、それこそが最も重要なのだ。そして、カケルとエミルの話は、怪談やホラーの愛好家を満足させる程の迫力は持ち合わせていないと感じた。

しかし、十文字は「大変参考になります」といって、稲鳴湖畔公園にあるキャンプ場のバンガローで鍋島の原稿に何度も目を通していた。

「後学のために訊《き》くんですけど、具体的にはどの辺りが参考になるんです？」

「少なくとも、最恐の幽霊屋敷でどのような怪異が起こるのか、事前に知ることができました」

「え？　でも、それってネットで調べればすぐにわかるじゃないですか」

「いいえ。ネットの情報ではそれが真実そこで起こった怪異なのか、単なる噂なのか、判別がつきません。しかし、実際にその家に住んで不可解な現象を体験した方々の話ならば、ある程度の信憑《しんぴょう》性があります。あらかじめ何処で何が起こるのかわかれば、そこを重点的に霊視できますし、カメラを設置することもできますでしょう？」

「嗚呼《ああ》、なるほど」

確かに機材を用意するには、前もって幾つ必要なのか知っておくのは大切だ。

「このお二人のお話から怪異の起こる場所をピックアップすると、玄関、浴室、脱衣場、奥座敷、その隣の八畳間……」

十文字は両手の平をこちらに向けて、指を一本一本折っていく。

「……階段、二階の廊下の七箇所となりますね。玄関は真夜中にチャイムが鳴らされるそうですから、暗視カメラを用意する必要があります。それから、お話を読む限り、複数の霊が出現しているように感じました」

「そうですね。風呂場には四つん這いの透明人間が出てますし、奥座敷には人影、それにエミルさんは大勢の霊に囲まれています」

「地元では、その家に出るのは、朽城キイが壺《つぼ》に封印していた悪霊だと語られているそうです。そして、実際に複数の霊が目撃されているとすれば、旧朽城家は悪霊の巣窟《そうくつ》になっているのかもしれませんね」

十文字はそういって、唇の両端を上げた。

約束の時間の三分前に現れた村崎紫音は、ショートヘアーを明るい色に染めた、顔の小さな女性だった。淡いブルーのコートの下は、ハイネックの白いセーターに辛子色のロングスカートという装いであった。

「あの家には関わらない方がいいですよ」

挨拶《あいさつ》を交わして早々、彼女はそういった。

事前のメールのやり取りで、村崎が旧朽城家で暮らすようになった経緯は聞いていた。婚約者の父親が物件の所有者であり、彼女はその縁で新婚生活を送るために引っ越したのである。村崎の話では、朽城一家が亡くなった後にその家で生活したのは、自分たちが初めてだったという。本当だとすると、村崎紫音こそ十文字が求めていた人物ということになる。

録音の許可を取ってから、鍋島はICレコーダーの録音ボタンを押す。そして、注文したレモンティーがくると、村崎は静かに自身の体験を語り出した。

村崎の話からは、ネットで見られるような体験談や、カケルとエミルから聞いた話とは違った印象を受けた。相槌《あいづち》を打ちながら鍋島は何が違うのかに気付いた。生々しいのだ。

恐らくそれは村崎が旧朽城家で過ごした時間の長さに起因するのだと思う。

ネット上で体験談を披露している匿名の人物たちは、あくまで仮住まいとして最恐の幽霊屋敷を借りているに過ぎない。鍋島が調べた限り、その滞在期間は長くても一箇月程度であり、それも四六時中家の中にいるわけではない。鍋島が取材したカケルは仕事が忙しく、自宅へは眠りに帰っているような状態だったし、エミルは怪異に遭遇してはいるものの実際にそこで日常生活を営んでいたわけではない。しかし、村崎は引っ越す前から何度も旧朽城家に出入りし、入居してからも共働きとはいえ家で過ごす時間も多かった。

「気が付いたら病院のベッドの上でした」

村崎はその言葉で話を締め括《くく》った。

「病院ということは、どなたかが救急車を呼んだということですか？」

「藤香──妹です。あの子は自分のアパートに帰ってから私に連絡がつかないことを心配して、次の日にまたあの家に来てくれたんです。それで奥座敷で意識を失って倒れている私と大河を見つけたといっていました」

「池澤大河さんはどうされたんですか？」

「意識は戻りましたが、脳に障害が残りまして、その後は施設に入ったと聞いています。今はどうなのかはわかりません」

「現在は池澤さんのご家族と連絡を取り合うようなことは？」

「ありません。大河のことは大変だったと思いますけど、私の方も色々ありまして……」

「というと？」

「私が退院してすぐに、両親が相次いで亡くなりました。父が自宅で亡くなっているのを母が見つけました。死因は急性心不全です。母は父の葬儀が終わると、後を追うように公営団地の屋上から飛び降りて……。それから妹も行方がわからなくなってしまいました」

「それは……」

壮絶である。鍋島はかける言葉を失った。

「みんなあの家のせいです」

そういう村崎の目は憎しみに燃えていた。もしかするとその憎しみは、旧朽城家そのものというよりも、そこに住むことを提案した池澤大河やその家族に向けられたものかもしれない。

「それからこちらで生活を？」

「いいえ。一度は故郷の宮城に戻ったんですけど、東日本大震災で住んでいたアパートと職場が被災してしまいまして。上京したのは今年に入ってからです。大学時代の友人がこちらで起業することになって、それを手伝わないかと誘われたんです」

少し立ち入ったことを聞き過ぎてしまったと思い、鍋島は話題を変えることにした。

「その、あなたが目撃された黒い着物の女ですが、朽城キイの霊だとは思わなかったとおっしゃいましたよね？　だとすると一体何だと思いますか？」

「わかりません。ただ……」

「ただ？」

「……あれを見た時、怖いというよりも禍々《まがまが》しさを強く感じました。嫌悪感っていってもいいと思います。あと、割とすぐに意識を失ってしまったように思います。今思い返すと、まるで有毒ガスでも吸い込んでしまったような、そんな感じでした」

「有毒ガスですか……」

それは障りとか穢《けが》れのようなものだろうか。間近にしただけで卒倒してしまう悪霊となると、流石に鍋島も取材するのは初めてだ。十文字がいつになく慎重になっているのもわかる気がした。

去り際に村崎は再び「あの家には関わらない方がいいですよ」といったが、鍋島は曖昧《あいまい》に微笑むしかなかった。

鍋島はその日の内に、村崎紫音へのインタビューを記事の体裁に書き起こし始めた。録音したものをすべて書き起こすのではなく、必要に応じて内容をトリミングして、少ない文字数に凝縮させる。

文章を書いている間、パソコンが断続的にフリーズしたり、誤作動したりと、思ったように作業が進まなかった。本当に凄《すさ》まじい心霊スポットのルポや実話怪談を執筆している時にはよく起こる現象だが、毎回ペースを乱されるのは苛立《いらだ》たしい限りだ。とはいえ、翌日の午後にはデータを十文字に送ることができた。もっとも雑誌に掲載する時は、再度内容を削って文字数を調整する必要があるだろう。

程なくして十文字から感想を書いたメールがきた。その中で「奥座敷が一番重要な気がします」と十文字は指摘していたが、鍋島も同感である。

かつて拝み屋のようなことをしていた朽城キイは、奥座敷に祭壇を設けて除霊などを行っていたという。そして、その場所で何者かによって殺害された。村崎が見た悪霊と思われる黒い着物の女も、奥座敷から出現している。

民俗学者の宮田登《みやたのぼる》はその著書『妖怪の民俗学』で、都市の化物屋敷を論じる際に、「妖怪の出現する場所が、一定の空間を占め、『開かずの間』とか、『入らずの間』、天守閣など、定められた屋敷の空間へと、次第に具象化されてくる。そして、最終的にはその空間をさらに矮小化した小さな箱のなかに本体があった、という発想なのである」と述べている。

これは必ずしも都市の事例だけに当て嵌《は》まるわけではないと思う。実際に宮田は東北地方の座敷童子《わらし》について「その屋敷のなかの一定の空間に霊の存在があり、具体的に幼童の形で出現してくるというのは、化物屋敷と同じ発想であろう」と述べていることからも頷ける。

旧朽城家の奥座敷もこうした先例のように、怪異の根源となる霊が存在する空間である可能性が高い。

顔面が渦を巻く黒い着物の女……。

それはかつて朽城キイが壺に封じたという悪霊の内の一人なのだろうか？

4

「思った以上に普通の民家っすね」

鍋島猫助は最恐の幽霊屋敷を前にして、早くも緊張感を失いつつあった。

「その科白《せりふ》、きっと何人もの方々が口にしていると思いますよ」

十文字八千代は視線を庭のあちこちに彷徨《さまよ》わせながら、そういった。

これまで取材した三人からおおよその雰囲気は聞いていたし、ネットに上げられた写真で建物の外観も確認していたが、晴天の下で直接目にする旧朽城家は、余りにも平凡な木造二階建てだった。

庭は広いが、それは都市部の一戸建てと比較した場合であり、この地域の農家としては一般的な敷地面積ではないだろうか。それに東側には納屋や車庫があり、南から西にかけては庭木や花壇があるため、然程《さほど》開放感はない。庭のほぼ中央に植えられた松の木は、見る者を惹《ひ》きつける枝ぶりである。母屋の前にはT字に開けた空間があり、砂利が敷かれていた。

本日、十二月十六日から、鍋島はこの旧朽城家で一週間を過ごすことになっている。

十文字はといえば、ひと通り庭や建物内を霊視した後、結果を鍋島に伝え、一旦東京に戻る予定だ。彼女は彼女で存外に多くの相談者を抱えていて、一週間完全に拘束するわけにはいかないのである。十文字が再びここへ戻るのは六日目の昼で、その日は大家である棘木へのインタビューを行うことになっている。そして、最後に二人で夜通し家の中で過ごす計画だった。ちなみに七日目は掃除などの撤収作業に費やすので、調査は行えないだろうと踏んでいる。

そのようなわけで、鍋島は今日から五日間、一人きりで幽霊屋敷で寝起きすることになる。事故物件や心霊スポットで夜通し一人で過ごした経験は幾度もあるが、連泊するのは初めてだった。当初の懸念は家賃がかかるために費用が嵩《かさ》むことだったが、大家に取材のことを伝えたら、宣伝効果になるからと、思い切り家賃を割り引いてくれた。

鍋島が母屋の写真を撮っていると、十文字がすぅっと動き出した。予備動作がないから、滑っているように見える。彼女は向かって左側――西の方へ向かう。

「十文字さん？」

何か感じたのだろうか？

鍋島は撮影を中断して、十文字の背中を追う。

幽霊のような霊能者は、躑躅《つつじ》に囲まれた池に視線を落としていた。少し濁った水の中を錦鯉《にしきごい》が悠然と泳いでいるが、十文字の視線はそちらを見ていない。

この場所は朽城キイの夫である智政の遺体が見つかった場所である。もしかすると、十文字は智政の霊を見ているのかもしれない。

「ここ、撮ってください」

「は、はい」

慌ててカメラを構えたが、シャッターが下りない。何度か試みたが駄目だった。撮れないということは、この場所には何かあるということだろう。初日から機材を壊したくなかったので、撮影はすぐに断念する。

次に十文字が向かったのは、池の更に奥にある小さな木製の社だった。位置としては敷地の北西に当たるだろう。小さいながらも赤い鳥居があり、その向こうに腰の高さ程度のコンクリート製の台がある。社はその上にあった。

ただ、鍋島の視線は社そのものではなく、周囲に釘付《くぎづ》けになった。コンクリートの台の上には、小社を囲むように数十体もの白狐《びゃっこ》の置物が犇《ひし》めいている。狭い空間にぎゅっと圧縮されたように置かれているから、そこだけが異質な空間のように見えた。こうしたわかりやすいビジュアルは読者にも受けが良い。鍋島はカメラが壊れていないことを確認してから、何パターンか撮影を行った。

ついでに東の方向に視線を向けて裏庭の様子を窺《うかが》ったが、屋敷林が鬱蒼《うっそう》と茂っていて、昼間でも薄暗い。暗がりから今にも何かが飛び出してきそうな不気味さがあった。

いつの間にか傍らにいた十文字の姿がない。

慌てて踵《きびす》を返すと、彼女は敷地の西にある石蔵を見上げていた。二階建ての古い蔵で、入口の扉には大きな南京錠《なんきんじょう》が下がっている。

「ここの鍵《かぎ》は預かっていらっしゃいますか?」

「いいえ。鍵は母屋のものだけですね」

「そうですか……」

「何か気になることでも？」

十文字は鍋島のその問いには答えなかった。まあ、よくあることなので、しつこく問い質す必要はない。

蔵の背後は竹藪《たけやぶ》になっていて、やはり日の光が遮られている。十文字はゆっくりとした足取りで再び母屋の方向へ戻っていく。途中には柿と銀杏《いちょう》、それに赤い花を付けた椿が見えた。

敷地の南側はほとんど庭木が植えられていて、ちょっとした林を形成している。松や楓も見えるが、圧倒的に柘植が多い。どれもきちんと玉づくりという丸形に剪定《せんてい》されている。エミルの両親の遺体が発見されたのは、あの柘植林の何処かなのだろう。

納屋裏手――庭の東側には、幅の狭い未舗装の農道が走っている。轍《わだち》があることから、近隣の住民が現在も利用していることがわかる。その道を挟んだ向こうに広い畑があった。この規模ならかなりの種類の作物を育てることができるだろう。大きめのビニールハウスを二つ程度立てても、まだ余裕がある。

更にそこに隣接するように、畑の二倍以上の面積の田圃がある。不動産屋でこの地域は兼業農家が多いと聞いたが、朽城家もそうだったようだ。十文字はそちらには興味がないようで、一瞥《いちべつ》しただけだった。つまり、田畑からは何も感じなかったということだろう。

家の中に一歩足を踏み入れると、平凡な外観とは対照的に、奇妙なものがあちこちに置かれていた。

玄関の靴箱の上には、水草と流木が入った水槽があった。水が入っていてポンプも動いているのに、魚らしき生物は見当たらない。

本来神棚が設置される作り付けの棚には、民芸品のような木彫りの像や塩化ビニル製の子供の人形などが幾つも並んでいる。仏壇には黒ずんだ木製の位牌《いはい》が納められているのだが、数が多くて今にも溢《あふ》れ出しそうだ。加えて盆の供養に用いられる卒塔婆《そとば》も何本も立て掛けられていて、あたかも仏壇が墓場であるかのように見える。

奥座敷の長押《なげし》には、若い男女の遺影が飾られていた。中には幼い子供のものまである。床の間には、男の生首を咥《くわ》えたおどろおどろしい女の幽霊画の掛け軸が飾られていた。

家のあちこちに飾られた家族写真は、よく見ると妙な顔が写り込んでいたり、家族の腕や足が消えていたりと、どれも心霊写真だった。

裏庭の社もそうだったが、全体的に設置されたアイテムの物量が際立っている。演出としては明らかにやり過ぎであり、その執拗《しつよう》さには恐ろしさを感じた。

鍋島たちは、二人ですべての部屋を見て回った。トイレや風呂場は勿論のこと、押し入れなどの収納も一つ一つチェックしていく。その間、十文字はいつもよりも口数が少なかった。ただ平素は表情の乏しい彼女が、何度かあからさまに顔を顰《しか》めたのが印象に残った。

一段落したところで、茶の間の炬燵《こたつ》に入って、今後の調査についての打ち合わせを行うことにする。主導権を握っているのは、十文字である。

「まずは玄関の外に防犯カメラを設置しましょう。夜中にチャイムが鳴らされたら、カメラが何か捉《とら》えるかもしれません。それから、やはり奥座敷ですね。ここに予定通り定点カメラを置きましょう」

「いつものセンサー付きのですね」

「ええ。フレームにあの幽霊の掛け軸を入れておくといいかもしれません。あの生首の血の部分、恐らくは本物の血液で描かれています。あの掛け軸そのものが何らかの現象を起こす可能性があります」

鍋島はコピーしたこの家の間取り図に、十文字の指示をメモする。

ちなみに撮影で使用するカメラ、調査で用いる電磁波や放射性物質を測定する機材などは、ほとんどが十文字の私物である。鍋島が持っているのはデジタルカメラが二台だけだ。主に執筆を鍋島が行う代わりに、調査に関する機材は十文字が負担する。二人の間ではこうした役割分担ができていた。

「それから、あの仏間の神棚に置かれた人形ですが、あれらも単なる演出ではありません。幾つかは呪いに使用するものですし、よくないモノが憑《つ》いているものもありました。あそこまで数を揃えたというのは、ある意味驚異的ですね」

「それは……」

「ここの所有者の棘木氏が、意図的にそうしたものを設置しているということです。あそこの心霊写真だって本物ですよ」

そういって十文字は棚の上の写真を指差す。それは若い男性と赤ん坊を抱いた女性、それに幼い少女が写った家族写真だった。しかし、赤ん坊と少女には首がない。

「鍋島さんが取材された三人のお話から判断して、この家にはそもそも複数の霊的な存在が出現すると考えられます」

「そうですね。発生する怪異にもバリエーションがありましたし」

「ただでさえ複数の霊的存在がいる場所に、更に霊的な力を持ったものが数多く設置されているわけです。しかもどれも非常にマイナスの波動を持っている。つまり、今、この家は悪霊の坩堝《るつぼ》のような状態になっていると思ってください」

十文字は存外に深刻そうにそういったが、鍋島には今ひとつピンとこなかった。これが見える人間とそうでない人間の違いなのかもしれないし、そもそもの性格の違いなのかもしれない。

「かなり厄介な場所ってことですか?」

「はい」

「じゃあ、はっきりと観測できる現象も期待できる?」

十文字が「恐らくは」といって頷くのを見て、鍋島は「いいですね」といった。

何も起こらないのであれば、わざわざここまで来た意味がない。今回はいつもよりも手間も経費もかかっている。できれば『妖』の連載だけではなく、最恐の幽霊屋敷を題材にした出版企画やウェブコンテンツ企画を売り込みたいと思っていた。

「本当にお一人で大丈夫ですか?」

十文字が尋ねる。

「大丈夫なんじゃないんすかね。いつも行く廃墟《はいきょ》よりは物理的に安全ですよ。不良グループに遭遇する心配がないだけで、精神的には楽です。それにここ、一応、賃貸物件なんすから」

「それはそうですが……」

「駄目だと思ったら車に逃げ込みますって」

「うーん。逃げ込むだけでは不十分かもしれません。庭でも幾つか不穏な気配を感じました。危険を感じたら、敷地の外に出て、できるだけ離れた方がいいと思います」

「わかりました」

「そうですねぇ。もしかしたら鍋島さんお一人の方が、安全なのかもしれませんね」

「どういう意味です？」

「わたくしと一緒ですと、ここの霊を刺激してしまう可能性があ……」

十文字が話し終えない内に、奥座敷からダンッダンッと足を踏み鳴らす音が聞こえた。

最初の三日間は、殊更に珍しい現象は起こらなかった。

精々天井近くでラップ音がするとか、開け放たれた襖の向こうの奥座敷に人の気配がするとか、その程度のことである。

鍋島は、夜の間は眠らず過ごし、朝になってから持参した寝袋に横になった。大体午前中いっぱいが睡眠時間だ。節約のために食事は自炊し、風呂もこの家のものを使用している。

前回の利用者が出ていった後に、きちんと清掃業者が入っているので、家の中は清潔だ。自宅アパートよりも快適かもしれないとすら思う。一人で一軒家を占有する贅沢《ぜいたく》に多少酔っていたのかもしれない。

異変は四日目に唐突に現れた。

それまで鍋島は茶の間で眠っていたのだが、その日は実験的に仏間と奥座敷に挟まれた八畳間で寝ることにした。この部屋でエミルは金縛りに遭い、複数の霊を目撃している。防寒対策と外光をある程度遮断するために、襖と障子はすべて閉めた。北側に窓があるが、屋敷林のせいで外光はほとんど入ってこない。

鍋島が眠っていると、不意に玄関のチャイムが鳴った気がして、目が覚めた。

来客だろうか？

家主である棘木は一日に一回池の鯉に餌を与えるためここを訪れる。その際に様子を見に来ることがあるとは聞いていた。

再びチャイムが鳴って、鍋島の名が呼ばれた。女性の声である。瞬間的に十文字だと思った。だから鍋島は寝袋から飛び起きて、玄関へ急いだ。

曇りガラスの向こうには、確かに女性のものと思われるシルエットが見えた。

「ちょっと待ってください」

そういって引き戸を開けると……。

誰もいなかった。

寝惚けた頭でも、明らかに変だということは理解した。

外に出てみたが、庭にも人の気配はない。

鍋島は玄関の施錠をすると、八畳間に戻った。とにかく眠かったのだ。

しかし、そこで更に不可解なものを目にする。

部屋の仕切りがすべて開いていた。襖も、障子も、全開である。

そういえば、さっき玄関に出た時も、自分で縁側に面した障子を開けた記憶がない。

時刻は午前九時を少し回ったところだった。鍋島はこれ以上この部屋で寝ることは憚《はばか》られて、寝袋を引き摺って茶の間に移動した。それからは眠りに落ちると、チャイムが鳴る現象が続き、ほとんど睡眠を取ることができなかった。

午後になって苛立ちを覚えながら防犯カメラの映像を確認したが、チャイムが鳴らされた時間に、玄関の映像には何も映ってはいなかった。

夜の間は家中の電気は消した状態で過ごす。暖房器具もエアコン以外は光が出てしまうので、極力使用しない。年の瀬の栃木は想定していたよりもずっと寒かった。鍋島はダウンジャケットを着て、ネックウォーマーまで付けた重装備だ。

基本的には間取りのほぼ中央に位置する仏間に陣取って、何か異変が起きないか待ち構える。これまで三度にわたり退屈な時間を過ごしてきたが、その日は違った。

午後十時を過ぎた辺りから、仏間で断続的なラップ音がした。

日付が変わる頃には部屋の温度が下がり、吐く息が白くなった。部屋の上の方から小さな囁き声が聞こえ始める。甲高い声で、何人かが会話していた。日本語ではない。しかし、何処の国の言語なのかもわからない。

鍋島はすぐに声の発生源が神棚の人形たちだと気付いた。ただ、そちらにカメラを向けると、ぴたりと会話は止まってしまう。鍋島が背中を見せてじっとしていると再び声が聞こえ出した。取り敢えず録音だけはしてみたが、声が小さいので何処まで拾えているかはわからない。

鍋島が背後の囁き声に耳を澄ましていると、前方にぬるりと影が差した。

反射的に視線を上げる。

開けたままの障子の向こう、玄関の三和土《たたき》に誰かが立っている。

空間と比較して、明らかに普通の人間よりもサイズが大きい。

暗闇にも拘《かか》わらず、鍋島は相手がシックな紫色のワンピースを着ている人物だとわかる。胸には五芒星《ごぼうせい》を象《かたど》ったペンダントが下がっていた。顔は……。

見てはいけない気がした。

万が一、見てしまったら、こちらの中身が抜き取られる。何故かそんな危機感があった。

デジタル温度計は氷点下を示していた。先程まではギリギリ零度だったはずなのに、室温が下がり続けている。

激しい頭痛と吐き気。

いつの間にか背後の人形たちの声は聞こえない。

不自然な静寂が建物を包んでいる。

視線を逸《そ》らすために俯《うつむ》いていると、ソレが言葉を発した。

老若男女の区別ができない、複雑な音色である。

「ろだんたっかたみ」

何といったのか認識するよりも早く、鍋島は意識を失った。


仏間で倒れていた鍋島が意識を取り戻したのは、午前十一時のことだった。睡眠不足もあったから、気を失っていたのか、眠っていたのか、判然としない。

少し休んで動けることを確認すると、貴重品を持って最恐の幽霊屋敷を後にした。

車で近くの温泉施設に移動する。フロントで確認すると、客室に空きがあったので、宿泊の手続きをした。明日十文字が来るまでは、この場所で待機することにする。もう一度あの紫色のワンピースの霊が出てきたら、今度こそ鍋島の精神は保《も》たないだろう。

大浴場で汗を流してから、自身の体験と幽霊屋敷を離れることを十文字に伝えようと、メールを書くことにした。何度も何度も携帯電話が誤作動したが、三十分程で無事にメールを書き終えて送信することができた。三十分後には十文字から「賢明な判断です」という返信が来た。

取材中に身の危険を感じて現場から撤退することは、珍しいことではない。しかし、いつもは地元の不良グループと遭遇したとか、偶然丑《うし》の刻参りの儀式をしている人間を見つけてしまったとか、明らかに生きている人間から逃げるためであった。

鍋島はあんなに明瞭《めいりよう》に霊の姿を見たことはなかった。何よりあの紫のワンピースの霊と対峙《たいじ》した時の感覚は、頭蓋《ずがい》を抉《こ》じ開けられて脳髄の襞《ひだ》に爪を立てられるような、これまで体験したことがない不快感だった。思い出しただけでも、吐き気がする。

気を紛らわそうと、自動販売機で缶ビールを買って、一気に呷《あお》った。空《す》きっ腹だったにも拘わらず、全く酔いが回らない。そのままソファーに座って放心していると、目の前を紫色の服が横切った。

慌てて顔を上げると、それは幽霊ではなくて、大浴場へ向かう紫色のジャージを着た老人だった。

5

翌日の午後二時過ぎに鍋島猫助はY市の駅まで十文字八千代を迎えに行った。

私鉄の最寄り駅はN市になるが、JRの場合はこちらが一番近い。寂れた駅舎から出てくる十文字の幽霊染みた姿を見た時、鍋島は安堵《あんど》の余り目頭が熱くなった。彼女に対してこのような感情を抱く自分に戸惑いつつ、やはり精神的には限界だったのだろうと改めて思い知った。

最恐の幽霊屋敷に行く前に打ち合わせがしたいという十文字の希望に従い、Y市内のファミレスに寄ることになった。窓際の席を案内され、十文字はパフェとドリンクのセット、鍋島はドリンクだけ注文した。店員が下がると、矢庭に十文字は一枚の写真を差し出してきた。

「鍋島さんが遭遇したワンピースの人物ですが、もしかしてこの方ではありませんか？」

写真には神社をバックにして、三十代くらいの痩《や》せた女性が写っていた。セミロングの黒髪で、美人だが切れ長の目がきつい印象を与える。彼女は濃い紫色のワンピースを着ていた。鍋島の目が吸い寄せられたのは、その胸元だ。そこにはあの夜に見たものと同じ五芒星のペンダントが輝いていた。

間違いない。

顔は見なかったが、この女性は玄関に出現したあの霊だろう。

「やはりこの方でしたか」

「は、はい。え、あ、こ、この人は……？」

動揺して舌が縺《もつ》れた。

「卜部美嶺さんです」

卜部といえば、あの家で死んだという霊能者ではないか。

「ど、どういうことですか？」

「恐らくですが、美嶺さんは死後にあの家に取り込まれてしまったのではないでしょうか」

棘木から旧朽城家の除霊を依頼された霊能者の一人が、死後は逆に悪霊となったということか。

「これは想定外の事態です。あの家を見て回った時は、あちこちから発せられる霊的な波動が複雑に絡み合って、それぞれの所在が曖昧になっている状態でした。或《ある》いは、上位の霊魂が低級霊を利用して巧妙に自分の存在を隠していたのかもしれません」

いつになく十文字には焦燥感が窺《うかが》えた。

「十文字さんは何を心配しているんですか？」

「美嶺さんが取り込まれているなら、あそこで亡くなった他の同業者の皆さんも、同じように悪霊化している可能性があります」

「それは……」

そうかもしれない。

「例えば、勅使川原先生のような強い力をお持ちの方が万が一にも悪霊化していたら、わたくしにはどうすることもできません」

なるほど。鍋島はようやく十文字の危惧《きぐ》することを理解した。だからすぐに、「その時は逃げましょう」といった。十文字も「はい」と頷く。

実際にこの身で卜部美嶺の霊と対峙してわかった。あれは危険だ。その上で勅使川原玄奘がもしも悪意を持った霊として顕現したら、卜部以上の脅威になるのは確かだ。

午後四時十五分になって、鍋島たちは幽霊屋敷に到着した。

初日もこうして二人でここを訪れ、平凡な外観に肩透かしを食らったが、現在の鍋島が受ける印象はあの時とは全く違う。黄昏《たそがれ》に沈むように鎮座する旧朽城家は、今にも獲物に飛びかからんと身構える野獣を思わせた。

五時には取材のために棘木がやって来る。それまでには簡単な準備をしておく必要があった。逃げるようにこの家を出たから、散らかったままの状態である。

玄関の戸を開ける時は流石に緊張したが、それでも側に十文字がいてくれるだけで心強かった。私物で溢れている茶の間に棘木を通すわけにもいかないので、取材は仏間で行うことにした。許可が取れれば写真の撮影も行うので、生活感のない空間の方がよい。

奥座敷までの襖や障子を開け放ち、鍋島は急いで掃除機をかける。外は既に暗いのに、奥座敷に入っても不思議と恐怖感はなかった。

十文字には玄関の掃除を頼んだ。霊能者が心霊スポットで箒《ほうき》を片手に掃き掃除をしているというのは滑稽《こっけい》にも思えるが、鍋島はその姿に親近感を覚えた。

思えば今まで十文字のことは別世界の人間として、無意識に距離を置いていた気がする。鍋島は彼女のプライベートに関して、ほとんど何も知らない。しかし、本当に異世界に属するような卜部の幽霊を目の当たりにしたことで、十文字がこちら側の存在であることを実感した。これからは相棒として、もっと色々な話をしてもよいのかもしれない。十文字の華奢《きゃしゃ》な背中を見ながら、そんなことを考えた。

棘木は約束の時間の五分前にやってきた。細い目をした凹凸の少ない顔で、年齢がわかり難い。「こんばんは」と柔和な笑みを浮かべて挨拶する様子は、とてもこの忌まわしい屋敷の大家とは思えなかった。毎日池の鯉に餌を与えにここを訪れているらしいが、鍋島が午前中眠っていたこともあって、直接会うのは初めてだった。コートの下はスーツ姿で、きちんとネクタイまで締めている。

棘木はお香のような芳香を漂わせていて、鍋島は好意的な印象を持った。

鍋島と十文字は、テーブルと座布団を用意した仏間で、棘木と向かい合って座った。インタビューの最中に何か起こるかもしれないと考え、仏間、八畳間、奥座敷の仕切りはすべて開放してある。一応仏間には灯油ストーブを置いていたが、かなり寒かったので、三人とも外套《がいとう》は羽織ったままである。

最初にこの屋敷を手に入れた経緯について尋ねてから、こんな質問をしてみた。

「どうしてこんな曰く付きの物件を購入しようと思ったんです？」

「当初は単純に貸家として家賃収入を得るのが目的でした」

「でも、ご近所にお住みなわけですから、ここがどういう場所かはよくご存じだったのではないですか？」

「勿論です。朽城さんとは先祖代々長い付き合いですし、こちらの前の持ち主――池澤さんが所有されていた頃の入居者の方たちとも交流はありましたから、この家で不思議なことが起こっていることは聞いていました」

「それでも棘木さんはこの屋敷を購入なされた。何故ですか？」

「単純な話です。ここは地元でも幽霊屋敷という噂が立っていて、管理している尾形さんのところでもその事実を隠すことは不可能でした。その結果、価格が非常に安かったのですよ。池澤さんは宅地だけではなく農地も一緒に手放したいというお話でしたから、UターンやIターンで田舎暮らしをしたいと考えている方々には丁度よい物件でしょう？　然《しか》るべき方にお祓《はら》いでもして貰《もら》えば、何とかなると思っていたのですが……」

棘木は色々と調べて、政財界にも影響力を持つという勅使川原玄奘の存在を知った。多少謝礼はかかるが、どうせならきちんとした人間に除霊を依頼した方がよいと考えたそうだ。コンタクトを取ると、勅使川原は依頼を快諾してくれた。何でも生前の朽城キイと親交があったとのことだった。

しかし、実際に弟子を連れてこの屋敷を訪れた勅使川原は、弟子に殺害された。次に依頼した糸口白蓮も、卜部美嶺も、除霊に失敗したようで、不可解な死を遂げてしまった。

「考えが甘かったのでしょうね。正直な話、私はこの家の悪霊については半信半疑でした。ただ、大々的に除霊を行えば、借り手の不安がなくなるのではないかと考えたのです」

それは何となく理解できた。

しかし、結果的に霊能者が三人も亡くなってしまったことで、この家はより一層不吉な場所として恐れられるようになる。

「その後も除霊をしたいとおっしゃる方々が何人かいらっしゃいましたが、皆さんお亡くなりになってしまって……それでいっそのこと、幽霊屋敷として保存しようと思い立ったのです。日本では馴染みがありませんが、イギリスのロンドンなんかでは幽霊が出るスポットを巡るツアーがあって、幽霊が出る城や邸宅も観光資源になっています。この屋敷も幽霊が出ることを前面に押し出すことで、そうしたものを好む方々に借りていただけるのではないかと考えました」

「逆転の発想ですね」

「ええ。お陰様で非常に多くの方々にご利用いただけております」

棘木へのインタビューの間、十文字は時折ちらちらと奥座敷に視線を向けていた。

話題が切りのよいところで、「何か見えましたか?」と訊いてみた。十文字は控え目に「奥から呼ばれました」といった。

「マジっすか？」

「はい。わたくし、ちょっと行って参ります」

「大丈夫なんですか？」

「多分……」

「一緒に行きますよ」

「いいえ。呼ばれたのはわたくし一人です」

十文字は立ち上がると、八畳間を抜けて、奥座敷に入る。一人で座敷の中を見回していたが、滑るように移動して縁側に面した障子を閉める。

「朽城キイさんがいらっしゃるようです。少しの間、座敷を閉め切って、キイさんの顕現を促します」

そういうと、こちらに面した襖も閉めてしまった。

棘木はその様子を眺めて「いつもこんな感じなのですか？」と問う。

「ええ。まあ」

何かを察知した十文字は、傍からは奇矯な振る舞いをしているように見える。しかし、それは些《さ》末《まつ》なことだ。所詮凡人に霊能者のことは理解できない。それよりも鍋島の頭の中を占めていたのは、全く別の問題だった。

棘木へのインタビューの内容が、全く面白くないのだ。

彼の話は至極真っ当なものだった。幽霊屋敷を賃貸するのも、ビジネス的な理由だというのは理解できる。しかし、そんな常識的な答えでは、『妖』の読者には受けないだろう。もっとオカルト愛好家を唸《うな》らせるようなエピソードなりコメントなりを引き出さなくては。

ただ、鍋島は棘木の態度に若干の違和感を覚えてもいた。というのも、この家にディスプレイされた曰く付きの品々と目の前の常識人然とした棘木には距離があるように思えたからだ。神棚に置いてある人形を集めるだけでも、相当な執念が要るはずである。しかし、目の前の男性からはそうした猟奇的な雰囲気が一切感じられない。

「そこの神棚に置かれている人形ですけど、あれはどのように集められたのですか?」

「嗚呼、あれは娘が用意したものです」

「娘さんが?」

「この家を幽霊屋敷として貸し出すことが決まった時に、娘がいったのです。『地元で有名な幽霊屋敷でも、外の人から見たら普通の農家だから、家の中だけでもそれらしくしないと話題にならない』と」

「いやぁ、それにしても娘さん、よく集められましたよね。十文字の話では、適当なものを並べたわけじゃなくて、どれも本物の呪いの人形や心霊写真だというし」

「ここにあるのは一部ですよ」

「と、いいますと?」

棘木は神棚を見上げて、「蔵の中にはああしたものがもっとたくさん仕舞ってあります」といった。

そういえば、この家を訪れてすぐに、十文字が石蔵を見つめていたことを思い出した。恐らく彼女は蔵の中に収蔵されたモノたちから何かを感じ取ったのだろう。

「最初はこの家を演出するのが目的だったはずなのですが、いつの間にか娘はそうしたものを集めるのが趣味になってしまったようなのです。取り憑かれたとでもいいましょうか。親としてはほとほと困っているというのが本音です」

それは……面白い。是非とも棘木の娘に直接会ってみたいものだ。

「娘さんに取材させていただくわけにはいきませんか？　勿論、また改めて日取りを設定させていただきますので」

すると棘木は薄い眉を下げて「申し訳ございません」といった。

「娘からはそうした申し出は一切お断りするようにいわれているのです。あの子は昔から体が弱くて、病院に入退院を繰り返していたせいか、非常に内向的な性格になってしまいまして。持病もあるものですから、余り人前に出たがらないのです」

「そうですか……」

まあ、そうした理由ならば諦《あきら》めるしかないだろう。無理をいって取材させてもらっても、それが原因で体調を崩されたのでは、今回の取材もお蔵入りし兼ねない。

鍋島は切り替えて、別の質問をすることにした。

「棘木さんご自身は、この家で何か不思議な体験をなさったことはありませんか？」

「私は家の中には滅多に入りませんから、余りそうした体験はありません。ただ、やはり奥の座敷で妙なモノを見たことはあります」

棘木の話は、これまで鍋島が聞いたことのある現象と同様のもので新鮮味はなかったが、さも興味があるように装って相槌を打った。棘木は機嫌をよくした様子で、自身の体験談だけではなく、不動産会社や清掃業者から聞いたという話も披露してくれた。こちらは後で体験した本人たちに取材してみるのもよいだろう。


十文字が奥座敷に籠《こ》もってから、およそ一時間が経過しようとしていた。

インタビューはほぼ終わっていたが、十文字は未《いま》だに出てくる気配がない。

流石に心配になった鍋島は、八畳間に移動して、襖越しに中に呼び掛けた。

「十文字さん、大丈夫ですか?」

しかし、中から返事はない。霊との交信に集中しているのだろうか?

「十文字さん、何かありましたか?」

先程より大きな声で尋ねたが、十文字は何の反応も示さなかった。

「様子を見ては如何《いかが》ですか?」

棘木も怪訝《けげん》な表情でこちらにやってきた。

「もしかして中で体調を崩されているのかもしれませんし」

「そ、そうですね。……すみません、十文字さん。開けますよ」

そういって鍋島は襖を開ける。

奥座敷には、誰もいなかった。

十文字の姿もなければ、幽霊の姿も、ない。

「え……」

どういうことだ？

鍋島は予想外の事態に頭が回らない。

棘木も戸惑ったように「いらっしゃいませんね」と呟く。

奥座敷には家具は一切見当たらない。唯一畳の上に置いてあるのは、初日に設置したセンサー付きのカメラだけである。鍋島はカメラを一瞥し、それが作動していないことに気付いた。確認すると電源が切れている。

この部屋には押し入れもない。収納は床脇の天袋と地袋だけだが、とても人間が入れるようなスペースではなかった。しかし、念のため鍋島は両方を開けてみる。天袋には掛け軸が、地袋には陶磁器が、共に桐の箱に入った状態で収納されていた。どちらにも存外に多くの箱が入っていて、隙間は僅かしかない。

鍋島は十文字の名前を呼びながら、障子を開けて縁側に出た。そこから玄関まで見通せるが、人影はない。縁側の窓にはすべて内側から鍵が掛かっているから、ここから出入りしたわけではないだろう。

「我々は仏間にいて、誰も玄関から出入りしていないことは見ていました。十文字さんは家の中にいるはずです」

棘木は冷静にそういった。

「そうですね」

「とにかく中を捜してみましょう」

二人で縁側を移動し、玄関まで行く。十文字の靴はきちんと揃えられたまま三和土にあった。

鍋島は棘木と一緒に、茶の間、ダイニングキッチン、その横の土間、脱衣場、風呂場と見て回ったが、一階では十文字を発見することはできなかった。

続いて二階の三部屋を調べたが、何処にもいない。駄目元でベランダにも出てみたが、案の定、誰もいない。そもそもベランダに出る窓には内側からスクリュー錠がかかっていたので、十文字が出たとは思えなかった。

鍋島が途方に暮れていると、ベランダまで付き合ってくれた棘木が庭を指し示した。

「あれ十文字さんではありませんか?」

「え!」

慌てて庭を見下ろすと、庭に黒髪の女性が倒れていた。玄関の外灯に照らされて、白いロングコートが暗がりから浮き上がって見える。

間違いない。十文字だ。

鍋島は階段を駆け下りると、外へ飛び出した。

十文字は玄関から近い砂利の上に、俯《うつぶ》せに横たわっていた。

周囲には血痕《けっこん》らしきものが飛び散っている。

「十文字さん!」

走り寄って呼び掛けるが、何の反応もない。

左を向いた十文字の顔は蒼白で、両目が恐ろしい程に見開かれていた。首からどくどくと血が流れて、地面に染みていく。十文字は右手に血の付着したナイフを握っていた。

「今、救急車を呼びました」

遅れて出てきた棘木がいった。

鍋島は何が何だかわからず、ただただ混乱した。

十文字は鍋島と棘木が見ている前で、確かに奥座敷に入った。その後の一時間は誰も奥座敷に近付いていないし、出入りもしていない。鍋島がいた仏間からは玄関も縁側も良く見えるから、十文字が移動すればすぐにわかるはずだ。

奥座敷には窓はなく、出入りするには縁側に面した障子か、八畳間との間にある襖を使うしかない。縁側の窓は施錠されていたから、外に出るには玄関の引き戸を通るしかないのだが、そうなるとどうしたって鍋島の視界に入ることになる。しかし、実際のところ鍋島は十文字の姿を見ていない。つまり、彼女は密室状況ともいえる奥座敷から忽然《こつぜん》と消え失《う》せ、庭に出現したことになる。

これは……超常現象ではないのか？

十文字はこの家に巣食う悪霊によって奥座敷から外へテレポーテーションされ、生命を奪われたのでは？

「そうだ」

玄関には防犯カメラが設置してある。ケーブルのない簡易なものではあるが、あれに何か映っている可能性は高い。鍋島はそう思ったのだが、後になってその期待は裏切られることになる。

警察がやってきて現場検証を行った結果、奥座敷のカメラと玄関の防犯カメラは、前日から電源が入っていない状態だったことが判明した。鍋島が幽霊屋敷を離れて温泉施設に滞在している間に、カメラの電源が切れてしまっていたのである。

勿論、バッテリーが原因ではない。センサー式だから、まだ十分録画できるだけの残量はあった。

心霊スポットではしばしば電子機器の誤作動がある。今回もそうした現象が起こって、カメラの電源が切れてしまったのかもしれない。

その後の捜査で、十文字の死は突発的な自殺として処理された。鍋島としてはやけにあっさりとした結論だと思ったが、旧朽城家では以前から同じように唐突に自ら生命を絶つ者がいたので、警察としても然程不審には思わなかったのだろう。或いは、警察もあの場所には余り関わり合いになりたくなかったのだろうか。

事件は幕引きとなったが、十文字が密室から消えて、庭で遺体となって発見されたという謎については、全く解明されていない。

あれからずっと、鍋島は最恐の幽霊屋敷で過ごした日々を思い出している。記事も書いたし、単行本も出版した。そうやって自身の体験を反芻《はんすう》する度に思うのだ。果たして、十文字の霊はちゃんと成仏できたのだろうか、それとも、あの幽霊屋敷に今もまだ囚《とら》われているのだろうか、と。

もしも、まだあそこに彼女がいるのなら……。

「もう一度会ってみたい」

第三章　五十里《いかり》和江《かずえ》（二〇一五年）

1

　五十里和江が最初に最恐の幽霊屋敷の存在を知ったのは、インターネットのブログだった。第一印象は「胡散《うさん》くせぇ」だ。実際に声に出したかもしれない。元来口は悪かったが、四十を手前にして頓《とみ》に酷《ひど》くなった。たまに実家に帰ると、妹からは「おっさん化現象だー」と揶揄《やゆ》される。

　都内にある映像制作会社でディレクターを務めている五十里は、一昨年から「最恐心霊ランキング」という七月に放送する心霊現象を扱った特別番組の制作に携わっている。五十里が担当するのは、タレントと霊能者が心霊スポットを訪れるというコーナーだ。最恐の幽霊屋敷についての情報も、このロケ現場を探している時に目に留まったのである。

　日本全国には、心霊スポットとか怪奇スポットと呼ばれる場所が幾つも存在する。しかし、番組のロケ現場を選定するのは、そう容易なことではない。まず予算の都合上、「最恐心霊ランキング」のロケは関東近郊で行う必要がある。次に、なるべく今までテレビで取り上げられたことのない場所でなければならないという条件がある。他局で既に扱っている現場は論外だ。その上で、頻繁に地元の口コミやネット上で話題になっている必要もある。幾ら有名な心霊スポットでも、今は飽きられて誰も訪れないような場所では、視聴者は興味をそそられない。現在進行形で訪れる者が多く、体験談が披露されていることが重要なのだ。

このような条件をクリアして幾つか目ぼしい場所がピックアップされると、もっと面倒なことがある。土地や建物の所有者との交渉である。心霊スポットの多くは私有地だ。廃墟《はいきょ》で肝試しをする地元の若者ではないのだから、無許可で敷地に入ることはできない。否、そもそも肝試しをする若者たちだって、勝手に入ったら不法侵入である。

事前に所有者にコンタクトを取るのは、想像よりも難しい。所有者が明らかになっていればまだよいのだが、それも不明だと交渉のしようがない。地方自治体でも所有者が判然としない廃ホテルや廃屋が放置されて老朽化が進み、社会問題にもなっているが、五十里にとってもこれは大きな問題だ。

更に、たとえ所有者がわかっても問題が発生することは多い。具体的には、物件を所有しているのが海外居住者で連絡しても全く返答がないとか、既に老齢のために判断力がなく施設に入所してしまっているとか、撮影料として法外な金額を要求してきたりするとか、本当にストレスの溜まることばかりだ。

それら問題のある場所を除外して、取り敢《あ》えず下見の許可をもらって現場に赴いてみても、老朽化が進み過ぎて立ち入りが危険な場合、撮影を断念せざるを得ない。出演者の安全が確保できないからだ。出演したタレントが怪我を負うような事態は絶対にあってはならないのである。

五十里が改めて最恐の幽霊屋敷をロケ現場の候補地として考えるようになったのは、鍋島猫助が今年の春に出版した『最恐の幽霊屋敷に挑む』が契機だった。

駅の中の書店で見付けてざっと目を通すと、それがネットで断続的に話題になっていたあの「最恐の幽霊屋敷」であることがわかった。購入して読んでみると、最恐の幽霊屋敷が如何《いか》に稀有《けう》な存在なのか認識できた。なんといっても賃貸の心霊スポットなのである。しかも事故物件であることや不可思議な現象が起こることをオープンにしている点で、所謂《いわゆる》幽霊が出る宿とは異なっている。鍋島の著作に掲載された写真や案内のホームページを見ると、室内には不気味な品々が飾られているものの、建物自体は非常に綺麗《きれい》だ。まあ、入居者が日常生活を送る空間なのだから当然といえば当然なのだが、これまで廃墟や山中などで過酷なロケを行っていたので、風呂《ふろ》とトイレが付いているだけでも天国に思えてしまった。

物件を管理している不動産会社に連絡し、テレビ番組の収録で使用したい旨を伝えると、「直接オーナーと交渉なさってください」といわれ、あっさりと大家の棘木の連絡先を教えてくれた。その態度から明らかに幽霊屋敷に関わり合いになりたくない姿勢が感じられる。

五十里は手応《てごた》えを感じた。管理している不動産会社からも忌避されるのなら、そこは本物である。すぐに棘木に連絡を取ると、快く撮影を許可してくれた。しかも宣伝効果があるからといって、家賃も大幅に値下げしてくれるという。余りにもトントン拍子にことが運ぶので、五十里は現実感がなかった。

とはいえ、まずは実際にこの目で現場を見て、番組で使えるか否かを判断しなければならない。鍋島の本では最初の数日間は目立った現象は起こらなかったと書いてあったから、決定的な瞬間を撮影したいのならば一週間は必要だろう。仮に事前の視察で不思議な現象が起こったとしたら、その映像もオンエアで使用することができる。

幸い二週間後の五月半ばには空きがあり、五十里はＡＤの篠田颯《しのだはやて》を連れて、最恐の幽霊屋敷を訪れることになった。勿論《もちろん》、この段階で本番の収録予定の予約も仮に入れておいた。その時棘木は、「直前でキャンセルされても大丈夫ですよ」と穏やかな口調でいっていた。余りにも好意的な対応なので、逆に怖くなる。

専門家によれば、超常現象は捉《とら》えにくいものなのだという。ここでいう専門家とは、心霊研究《サイキカル・リサーチ》や超心理学《パラ・サイコロジー》の研究者——即《すなわ》ち、超常現象を科学的に調査する研究者のことである。超常現象の捉えにくさの中で最もわかり易いのが、目撃抑制というものだ。これはサイ現象（超感覚的知覚《ESP》——テレパシー、透視、予知と念力《PK》の総称）の持つ特性の一つで、簡単にいえば、そうした現象は人間の視線やカメラのレンズを避ける傾向があるというものだ。殊にポルターガイスト現象のように、大きなＰＫはその傾向が強いとされている。

だが、その捉えにくいものを撮影するのが、五十里たちの仕事だ。近年超常現象を扱ったテレビ番組では、ラップ音と呼称される奇妙な叩音《こうおん》やオーブという発光体が映るのは当たり前になってきている。中には霊のものと思われる声や人影が映像に収められていることもある。そもそも動画サイトではフェイクも含めてインパクトのある心霊映像は数え切れないくらい存在する。このような状況下で何も異変を記録できなければ、エンターテインメントとして失格になる。

基本的に五十里の担当するコーナーはタレントがリアクションを取ることがメインなので、現象そのものは派手でなくてもよい。むしろ地味なものの方がかえってリアリティが出る。殊に今回は元アイドルの小鳥遊羽衣《たかなしうい》がロケに参加することが決まっている。

現役当時は「ういうい」の愛称で親しまれ、グループの中でも人気の高い小鳥遊だったが、その後のキャリアは正直パッとしない。一応、本人は俳優業をメインにしているようだが、唯一記憶に残っているのは朝ドラの脇役だろうか。それでも、今も知名度があるのは確かである。アイドル時代にホラー映画に出演経験があることと、バラエティー番組で自身の恐怖体験を語っているのを目にしたことがあるのを理由に、駄目元でオファーを出したのだ。事務所からは存外に早く承諾の連絡が来たから、五十里たちスタッフはかなり驚いた。本人も乗り気で少々過酷なロケでも大丈夫だといっているらしい。

小鳥遊の存在は視聴率を支える上で大きいが、それ故に何も起こらなかった時の視聴者の落胆も激しくなる可能性が高い。五十里は専門家が捉えにくいとしている超常現象を絶対に捉えなければならないのだ。

現場を訪れる三日前、五十里は鍋島の著作を参考にして、打ち合わせを行うことにした。客観的な意見も聞きたかったので、五十里と篠田の他に、別のコーナーを担当するディレクターの市村真《いちむらしん》作《さく》にも加わってもらう。

「基本的には一人が仏間、もう一人が二階の四畳半でカメラを回す。その他に定点カメラを玄関、奥座敷、風呂場に置く感じかな」

五十里がそういうと、市村が「庭はどうすんだ？」と尋ねた。

「う～ん、様子を見て何かありそうなら定点カメラを移動させようかなとは思う。だけどさ、庭だと小動物が出ただけで音がするから、あんまり意味ないと思うんだよね」

「嗚呼《ああ》、確かに。結構田舎なんだって？」

「うん。何年か前に近所に熊が出たっていうし、猪とか鹿も結構いるみたい。大体さ、最寄りのコンビニまで歩いて三十分以上かかるんだよ」

「コンビニがあるだけいいじゃないか」

「それはそうだけど……」

「俺が気になるのは、下見に一週間もかかるってことだな。長くないか？」

「仕方ないよ。一番短い契約期間が一週間なんだから。それに鍋島猫助の本だと最初の数日は目ぼしい現象は起こらなかったって書いてある。まあ、『いける！』って手応えがあった時点で、下見は早々に切り上げるよ。ただ、本番も事前にあたしらだけ現場入りして、二日後くらいに小鳥遊羽衣と新海《しんかい》先生に入ってもらう予定。その辺の調整も実際に現場で過ごしてみて決めるよ」

「ネットで見たんですけど、ここホントにヤバいらしいです」

篠田は最恐の幽霊屋敷の平面図に目を落としながらそういった。ADになって三年だったか。確か年は二十五、六だった気がする。篠田は去年からこの番組の制作に加わったのだが、いつも現場の噂をネットで集めて、一人で怖がっている。

「前もいったけどさ、ネットの情報は鵜呑《うの》みにしない方がいい。大抵が大袈裟《おおげさ》に書いてあるから。ほら、去年行った静岡の廃ホテルだって、全然駄目だったじゃない」

五十里と篠田は、去年同じ「最恐心霊ランキング」のロケの候補地として、静岡県にある廃業した観光ホテルを選んだ。ネットの書き込みでは、「県内最恐の心霊スポット」「絶対出る」「行ってはいけない」など、大層な評価だった。確かに半壊した建物の中は、若者が書きそうな品のない落書きと壊れた備品が散らばっているせいで、相当不気味な雰囲気だった。昼間でも入るのは抵抗があったのを覚えている。

しかし、経営者が自殺したというのは全くのデマだったし（そもそも五十里はその元経営者から許可を得て現場に立ち入ったのだ）、四階に女の霊が出ると噂されているのに建物は三階までしかなかった。地下の大浴場についても、ネットでは「子供の霊が出る」「大勢の呻《うめ》き声がする」と書き込まれていたが、そもそも地下への階段はずっと前から瓦礫《がれき》で塞《ふさ》がれていて、通行は不可能だったのである。それでも一晩粘ってみたが、不思議な現象は皆無だった。五十里は大いに落胆し、未明の廃墟で激しく悪態を吐いたのを昨日のことのように覚えている。

「ヤバいくらいじゃないと何も撮れないだろ？」

市村がそういったので、五十里も頷《うなず》いた。しかし、篠田は「それはわかりますけど……」と不満そうだ。

「篠田、あんたビビってんの？」

「ビビってますよ。だってこの場所に行った霊能者は全員死んでるんですよ」

「でも、あんたは霊能者じゃないでしょ」

「そういうことじゃなくて、プロだって相当危険な場所だってことです」

「あたしらだってプロだよ。仕事なんだから根性見せろ」

「でも、ホントに悪霊が出たらどうするんですか？　僕らじゃどうにもなりませんよ」

「出ないって、そんなの。いいとこラップ音か足音くらいだよ」

五十里は本当にそう思っている。過去に最恐の幽霊屋敷で霊が出現したことについては否定しない。しかし、基本的に霊との遭遇はどれも主観的な体験だ。ＡＤの頃からこれまで何度も心霊スポットで撮影をしているが、一度だって明瞭《めいりょう》に霊が出現したことはない。

最恐の幽霊屋敷で多くの死者が出ているのは事実のようだから、篠田が臆病風《おくびょうかぜ》を吹かすのは理解できないわけではない。だが、鍋島の著作を読んだ限り、死亡しているのは霊能者か、比較的長い期間そこで暮らしていた者ばかりである。加えてそれらの死の原因が悪霊だと断定することは早計だろう。事故や自殺、突発的な病気と考える方が自然である。

勿論、そんなに不審死が連続して起こるのは異常なことだが、それこそが最恐の幽霊屋敷の怖さの肝なのだと思う。鍋島の本でも、ネットの情報でも、凶悪な霊の出現ばかり強調されているが、不可解な死が繰り返し起こっている事実の方が、冷静に考えれば恐ろしいことだ。不特定多数の人間に死を誘発させる何かがあるとしたら、非常に興味深いとは思う。

だが、「最恐心霊ランキング」の制作陣はそんな深遠な謎は求めていない。五十里は、わかり易い形で、それっぽい現象が撮影できれば満足だ。

そうした観点から見ると、最恐の幽霊屋敷には若干の不安要素もあった。廃墟の心霊スポットでは、老朽化や外気、雨水などの影響で、あたかも心霊現象のような物音や物体の移動が起こることがある。正直な話、本物ではなくとも、そうしたインパクトのある映像が撮れればロケは成立する。タレントのリアクションと「これも霊の仕業なのだろうか？」というナレーションを入れるだけで、一つの見せ場が確保できるからだ。

しかし、最恐の幽霊屋敷は賃貸物件である。ホームページで実際の内部を見たが、入居者が快適な日常生活を送れるように、環境が整えられている。従って、いつものように偶発的な要因で心霊現象めいたことが発生する可能性は極めて低い。精々絶妙なタイミングで家鳴りがある程度ではないだろうか。五十里としては、せめて夜中に玄関チャイムが鳴る現象だけでも押さえられればよいと思っている。

＊

鍋島猫助『最恐の幽霊屋敷に挑む』より

朽城キイが拝み屋として活動をはじめたきっかけは、自宅の蔵の中から古い壺《つぼ》を見つけたことだといわれている。「封魔の壺」と呼ばれるそれが、何故朽城家にあったのか、それを知る者は今となっては皆無だ。壺についての由来を記した文献なども見つかっていない。しかし、キイはそれを手にした瞬間、不思議な能力に目覚めたらしい。

キイの活動期間は決して長くはない。筆者が確認した限りでは一九八三年から彼女が殺害された一九九四年のおよそ十年間である。この期間、キイは主に自宅で除霊を行い、数多くの相談者を救ってきた。相談内容は、赤ん坊の夜泣きのような些細《ささい》なものから、家族が狐に憑《つ》かれたというような深刻なものまで多岐にわたる。その結果、封魔の壺には数多の霊魂が封じられることになったのだが、その内、特筆すべき悪霊が八人存在する。

これらのほとんどは、依頼を受けたキイがわざわざ遠方に赴き、除霊したものである。

当初、筆者は生前のキイの活躍を取材するため、これらの悪霊たちを追っていたのだが、調べていく内に驚くべきことが判明した。

なんとそれら八人の悪霊たちが引き起こしたとされる厄災は、最恐の幽霊屋敷の入居者の身に起こった怪異と酷似していたのである。地元では最恐の幽霊屋敷で怪異が起こるのは、キイが壺に封じていた悪霊たちが逃げ出したからだと噂されている。筆者は調査の結果、その噂があながち間違ってはいないと感じるようになった。

以下では具体的に八人の悪霊たちを取り上げ、詳しく紹介していくことにする。尚《なお》、これまでと同様に登場する人物はすべて仮名である。

黒い着物の女

一九九〇年六月、福島県A市で工務店を営むタツオさんは、隣のK市内の日川《ひかわ》家という旧家から修繕の依頼を受けた。老朽化のせいか、座敷に雨漏りがするというのだ。タツオさんは息子のリュウイチさんと一緒に現場を訪れた。

当時、タツオさんは五十二歳。妻のマリさん、リュウイチさん、嫁のアキコさん、それに四月に小学校に入学したばかりの孫のユリコさんの五人家族だった。

日川家は築百年以上の古民家で、敷地も大層広かったそうだ。K市にも工務店はあるのに、何故自分のところに連絡してきたのか僅《わず》かに気になったものの、その時のタツオさんは深く考えることはなかった。

雨漏りがする座敷は、家の奥まった場所だった。家政婦の女性に案内されたそこは、裏庭に面していて、昼でも薄暗く陰気であった。足を踏み入れると妙に埃《ほこり》っぽく黴《かび》臭い。

「普段は使用しない部屋なんだと思いました。畳が古くなって傷んでいましたし、障子は所々破れていましたからね」

天井には雨漏りでできた染みが広がっていた。染みは天井の三分の一まで延びていて、まるで人間の影のように見えたという。押し入れの天井を外して屋根裏を確認すると、多少黴が生えているものの、柱や梁《はり》が腐っているようなことはなかった。これなら天井板をすべて張り替えるだけで済むだろう。

屋根に上がって雨漏りの原因を調べると、不自然に瓦《かわら》が数枚なくなっていた。その日はブルーシートで応急処置をするに止《とど》め、見積書を作成した上で、改めて工事の日取りを決めることになった。工務店兼自宅に帰ると、リュウイチさんが三十八度を超える高熱を出した。近所の診療所で診てもらうと、風邪だろうということで、解熱剤を処方された。タツオさんは随分心配したのだが、翌朝にはリュウイチさんの熱はすっかり下がっていた。

「本人は現場に行く気満々だったんですが、流石に私が止めました」

この時はまだタツオさんは、息子の熱は単なる風邪が原因だったと思っていたという。

さて、日川家の工事はその翌週に行われた。タツオさんとリュウイチさんの二人で、三日間の工期であった。この時、家政婦を通じて家主から「古い天井板を処分してほしい」と頼まれた。

「今じゃ周りがうるさくてあれですけどね、当時はどの家でも庭先で燃えるゴミなんか燃やしてたんです。うちも庭にドラム缶を置いて、そこで廃材なんかを燃やしていました。ですから、日川さんのところの天井板も回収して持って帰りました」

それから三日後、アキコさんが妙なことをいい始めた。

家の中に喪服のような黒い着物姿の女がいるというのだ。

アキコさんの話では、最初はちょっとしたものが見えるだけだったという。例えば、洗面所で歯を磨いている時に鏡を覗《のぞ》くと、自分の背後に髪を結った女が一瞬だけ見えたり、洗濯物を畳んでいる時に、黒い着物の裾《すそ》と白足袋《たび》が視界の隅に入ってきたりする程度だった。

どれも瞬間的な出来事だったから、見間違いかと思っていたが、翌日二階へ続く階段を音もなく上がっていく黒い着物を着た女の後ろ姿を目撃してしまった。それからは廊下の暗がりや寝室でも見かけるようになったという。

「こう、俯《うつむ》き加減なようで、顔ははっきりとは見えないんだそうです。ただ、若い女だという印象だったと話していました」

アキコさんは「あれはきっと幽霊だよ」といって怯《おび》えた。リュウイチさんは「アキコは少し疲れてるんだ」と労《いた》わりながらも、幽霊については全く信じていない様子だった。

しかし、タツオさんは気になった。今までアキコさんが霊を見たとか、金縛りに遭ったとか、そうした心霊関係について口にしたことはなかったし、むしろそうした番組をリュウイチさんが見ていると、露骨に顔を顰《しか》めて「どうせヤラセでしょ」といっていた。

だから、タツオさんはできるだけ丁寧にアキコさんの話を聞いた。すると、彼女が黒い着物の女を見るようになったのは、日川家の工事が終わった日の夜からだと判明した。思えば、最初にあそこに行った日もリュウイチさんが熱を出している。

もしやあの屋敷には何か曰《いわ》くがあるのか？

そういえば、工事を終えるまで、否、工事を終えた時も、一度もあの家の主人は現場を見に来ることはなかった。それに家政婦の女性も、廊下までは案内するが、決して座敷の中には入らなかった。

気になったタツオさんはK市に住む知人に連絡を取り、日川家について尋ねた。その結果、あの屋敷には忌まわしい噂があることがわかったのである。

嫁殺しの家……。

周辺では日川家はそう呼ばれているのだそうだ。

原因はわからないのだが、日川家に嫁いだ女性は皆、子供を産んですぐに死んでしまうのだという。その噂のせいで、資産家であるにも拘《かか》わらず、日川家との縁談は忌避されているらしい。知人の話では、噂を知る人間は日川家には絶対に関わらないという。日川家がわざわざ隣の市のタツオさんへ仕事を依頼したのも、そうした事情が反映されていたのだろう。

その噂とアキコさんが見た幽霊がどう関係しているのかは判然としないものの、取り敢えず回収してきた天井板を酒と塩で清めてから焼却することにした。天井板をすっかり燃やし、念のため燃え残った炭や灰も近くの川に流した。

しかし、その後もアキコさんは女の霊を見続けた。

神社でのお祓《はら》いも試したが効果はなく、アキコさんは日に日に精神的に疲弊していった。それでも毎日スーパーのパートに出かけ、家事も熟《こな》していた。

だが、日川家の工事から二週間が経過したその日、アキコさんが消えた。

車も、自転車も、置きっ放しだったから、遠くに外出したわけではないらしい。実際、妻のマリさんの話では、パートから帰宅したところは確認しているという。少し疲れた様子だったが、ユリコさんのためのおやつの用意をするといっていたそうだ。しかし、家中を捜しても、アキコさんの姿を見付けることはできなかった。

リュウイチさんはアキコさんの実家や友人宅にも連絡してみたが、何処《どこ》にもいない。手分けして近所を捜してみたが、全く消息が摑《つか》めなかった。

翌朝、アキコさんは意外な場所から発見された。

彼女は二階の自身が使っている寝室の屋根裏で死んでいたのである。それも何か強い力で折り畳まれたようだったとタツオさんはいう。

「腕も、足も、あり得ない方向に曲げられて、小さく畳まれていたんですよ」

直接の死因は、首の骨が折れたことによるものだった。また遺体には死後動かされた痕跡《こんせき》はなかったらしい。遺体の余りの異常さに、当然警察は事件性があると見て捜査をはじめたが、現在に至るまで犯人は捕まっていない。

不幸中の幸いだったのは、タツオさんとリュウイチさんにアリバイがあったことだ。アキコさんの死亡推定時刻は前日の夕方、帰宅して間もなくということだった。その時間、二人はまだ現場で作業をしていた。二人の姿は施工主をはじめ近隣の住民から目撃されていたから、あらぬ疑いをかけられずに済んだ。マリさんは工務店の事務所で一人だったものの、電話が三件かかってきたり、来客があったりと、結果的に犯行は不可能だったと判断された。

警察の執拗《しつよう》な取り調べから解放され、アキコさんの葬儀も終え、ほっと一息吐いた時のことだ。更に深刻な事態が発生した。

今度は孫のユリコさんが「まだお葬式のお客さんがいるよ」といい出したのだ。

タツオさんの背筋に冷たいものが走った。

ユリコさんを問い質《ただ》してみると、仏間に黒い着物姿の女が座っているという。

次は孫が犠牲になるかもしれない。アキコさんの死が幽霊と関係しているなら、猶予は二週間だ。

タツオさんは藁《わら》にも縋《すが》る思いで朽城キイに相談することにした。

「従妹《いとこ》が栃木のS町に嫁いでいたんです。それで前々から朽城さんのことは聞いていました。それまでは半信半疑だったんですが、もう他に手がなくて」

連絡をした翌日、早くもキイはタツオさん宅を訪れた。

家に上がったキイはまっすぐに二階の寝室へ向かった。アキコさんの遺体が見つかった場所である。キイは部屋の中心で天井を見上げると、経文のようなものを唱えながら、壺の蓋《ふた》を開けた。

「何も見えなかったんですけどね、明らかに何かが壺の中に吸い込まれたのはわかりました」

タツオさんがいうには、目には見えないが、空気の振動や音からそう判断できたという。

「時間にしたら五分もかからなかったと思います。でも、明らかに家の中の空気が変わっていました」

それ以降、ユリコさんが着物姿の女を見ることはなかったそうだ。

筆者は黒い着物姿の女の霊の正体を明らかにするため、日川家について調べることにした。

まず日川家に嫁いだ女性が不審な死を遂げているのは事実である。タツオさんが日川家から修繕を請け負った時、既に三人の女性があの家で死亡している。日川家の近所の住民たちによれば、嫁が死ぬ原因は祟《たた》りなのだという。そして、祟っているのは、日川家の娘なのだと伝えられている。

今からおよそ百年前、明治の終わりの頃のことだ。日川家にはイクという娘がいた。彼女には密《ひそ》かに結婚の約束を交わした相手がいたが、親の都合で別の相手との縁談が進められてしまう。嫁入り当日、イクは婚礼衣裳《いしょう》のまま、姿を消してしまった。

屋敷の中を隈《くま》なく捜すと、なんと自室の天井裏で、刃物で胸を突いて自ら命を絶っていた。どうやらイクが自室として使用していたのが、タツオさんたちが天井板を張り替えた座敷のようだ。

その数年後、次の当主となるイクの弟が嫁を迎えた。しかし、翌年に息子が生まれて間もなく、死んでしまったという。この時生まれた男子が、タツオさんの店に修繕を依頼した人物だ。彼は二十代で結婚して息子に恵まれるが、やはり妻は出産から程なくして死亡する。妻の十三回忌の後に再婚したが、今度は二週間程度で嫁は死んでしまった。

これら三人の嫁はイクに怨《うら》まれて取り殺されたというのが、近所で語られる噂である。イクは自分が思い人と結婚できなかったことを死して尚嘆き、嫁入りしてきた女性たちが幸せになるのを妬《ねた》んでいるのだという。

アキコさんやユリコさんは、自身が見た幽霊が黒い着物姿だったため、「喪服」や「お葬式のお客さん」と表現したが、実際は幽霊が着ていたのは黒引き振袖《ふりそで》であった可能性が高い。黒引き振袖は江戸時代後期から昭和初期の花嫁衣裳であり、時期的にイクの婚礼にも用意されたと考えられる。

さて、この話には続きがある。

ちょうどタツオさんが座敷の雨漏りを修繕した頃、日川家の一人息子に結婚の話があったらしい。その話を聞いた時、筆者はピンときた。

あの座敷の雨漏りは、自作自演だったのではないだろうか、と。

日川家では、わざと屋根瓦を外して雨漏りが起きるようにし、天井板を張り替える必要を生じさせた。そして、イクの死に場所であった天井板を業者に回収させてしまおうとしたのではないだろうか。つまり、嫁のアキコさんは日川家の身代わりとなって亡くなった可能性がある。

ただ、タツオさんたち家族が一方的に不幸を背負ったわけではない。日川家の息子は予定通り結婚したが、最初に生まれた娘はすぐに死に、妻も息子を産んだ後に亡くなった。この二件については記憶が鮮明な住民たちがいた。彼らの話では、どちらの死の際も警察が事情聴取に訪れ、日川家周辺はちょっとした騒ぎになったようだ。しかも葬儀の際、遺体は既に荼毘《だび》に付されていた。

「よっぽど酷《ひど》い死に様だったんだと思いますよ」

ある住民はそういっていた。

これは想像だが、タツオさんたちが回収したのはイクの霊の一部だけだったのかもしれない。八十年以上の歳月をかけ、日川家を祟り続けたイクの怨念《おんねん》は、そう簡単に払拭《ふっしょく》できるものではなかったのだろう。

三年前、日川家の屋敷は売却され、改装された上で、去年、古民家カフェとしてオープンした。地元の住民たちは決して近寄らなかったが、店はそれなりに繁盛している。

筆者も取材を兼ねて訪れたが、内装は古民家の良さを活《い》かしつつ、現代的な家具が配置されていた。落ち着いた雰囲気の中でこだわりのコーヒーと絶品のスイーツを堪能《たんのう》していると、そこが悍《おぞ》ましい悪霊の巣窟《そうくつ》だとは思えなかった。

しかし、オーナーのケンショウさんに話を伺うと、オープンしてすぐに三人いた女性従業員たちが黒い着物姿の女を見たといい出し、相次いで辞めてしまった。その中の一人はケンショウさんの妻だという。今はその女が出るという座敷は開かずの間になっている。

カフェは現在も営業しているが、従業員は全員男性である。そして、ケンショウさんの妻は間もなく男子を出産予定だそうだ。

2

下見の当日、五十里たちは会社の車で栃木県S町に向かった。機材の運搬を考えると、電車とレンタカーを利用するよりも、最初から車で移動する方が手間がかからないからだ。

現場が近付くにつれ、民家よりも田畑が目立つようになっていく。多くの水田には、植えられてから日が浅い黄緑色の稲が揺れていた。中には高齢者の夫婦が今まさに田植えを行っている姿も見受けられる。

午前十一時過ぎに五十里たちが現場に到着すると、不動産会社の人間ではなく、大家自らが出迎えてくれた。

「ちょうど池の魚に餌をやろうと思いまして」

そういって微笑む棘木は、電話口の印象と変わらず、温厚そうな人物だった。日常的に香でも焚《た》いているのか、アロマのようなよい香りが漂っている。いつも煙草臭い男性スタッフに囲まれているので、心と鼻腔《びこう》が洗われるような心地がした。

五十里は今回の対応について、改めて感謝の言葉を述べた。棘木はくすぐったそうに笑う。

「いえいえ。お気になさらず。こちらもメリットがあると思ってのことですから」

明るい庭で紳士然とした棘木と話していると、ここが心霊スポットであることをついつい忘れてしまう。そのくらい、建物も、棘木も、心霊や悪霊という言葉と縁遠く感じた。

「そういえば、企画書を拝見しまして、ちょっと気になったのですが、撮影に参加される心霊研究家の新海渚《なぎさ》さんというのは、どのような方なのでしょうか？　ご一緒される小鳥遊羽衣さんは娘もよく存じ上げているようなのですが」

「新海先生は主に若い女性に人気のある霊能者です。普段は心霊現象でお悩みの方の相談に乗っていらっしゃいます。最近では雑誌で心霊写真や心霊映像の鑑定をする連載もお持ちです。うちの番組は毎年お世話になっています」

「なるほど。心霊研究家という肩書きなので、サイキカル・リサーチの研究者の方かと思っていましたが、霊能者の方なのですね」

どうやら棘木は心霊方面の知識があるようだ。そうでなければ、さらりと「サイキカル・リサーチ」という言葉は出てこないだろう。

「そうです。ただ、ご本人は霊能者という表現がお好きではないようですけど」

新海渚はどうやら霊能者という言葉に負のイメージを持っているらしい。五十里にとっては霊能者も心霊研究家も胡散臭い言葉に思えるのだが、彼女にはそれなりの拘《こだわ》りがあるようだ。

これまで一緒にロケを行った印象では、新海は極めて合理的な精神を持っていると思われる。現場で奇妙な物音がしてもすぐに心霊現象とは断定せずに、自然現象の可能性を探る。こうした態度は五十里たちスタッフ側からすると余計なものだ。五十里たちが新海に求めているのは、その物音が心霊現象であるというお墨付きであって、真実の追求ではない。だが、一部の視聴者からは好意的に受け止められていて、「新海先生の解説は説得力がある」などと評されている。

棘木は何か思案するように顎《あご》を撫《な》でていた。

「あの、棘木さん」

「はい？」

「この家で必ず何かが起こる場所って何処ですか？」

「必ずとまではいえませんけれど、皆さん奥の座敷では奇妙な体験をなさっているようです。私もかつてオカルトライターの鍋島さんという方と一緒に不可解な現象に遭遇しました」

「十文字八千代さんの件ですか？」

「ええ。あの日、十文字さんは奥の座敷に一人で籠《こ》もっていたはずでしたが、いつの間にか忽然《こつぜん》と消えてしまいました。そして、庭でお亡くなりになっているのを私と鍋島さんが見つけたのです。あの座敷では、生前朽城キイさんが祭壇を置いて、祈禱《きとう》やらお祓いやらをしていました。そして、キイさんが殺害されたのもあの場所です。他にも卜部美嶺さんという霊能者の方が、除霊中に同じ座敷で亡くなっています。やはり何か因縁があるのかもしれません。まあ、私には霊感めいたものはないので、よくわかりませんけれど」

その後、棘木から簡単に入居に関する説明を受け、鍵《かぎ》を渡された。

「何かありましたらいつでもご連絡ください。できる限り撮影には協力いたしますので」

棘木はそういって去って行った。

五十里は荷物からカメラだけ出すと、早速建物の外観や庭の様子を撮影することにした。本番の天気が晴れとは限らないし、こうしたロケでは機材トラブルもよく起こる。今の内に幾つか素材になるような映像を押さえておく必要があるだろう。

母屋を撮影するに当たって、フレームに入らないようにするため、篠田に車を移動するように指示した。

「あたしが正面からの撮影を終えたら、車を玄関近くに寄せていいから、機材を全部降ろしておいて」

「え？　家の中に運べってことですか？」

「他に何処に運ぶんだよ」

「いや、そういう意味じゃなくて、僕が最初に中に入るんですか？」

「そうだよ」

「一人で？」

「他に誰がいるんだよ。別にがっつり中に上がらなくていいからさ、玄関入ってすぐのところ辺りに纏《まと》めといて」

篠田は不承不承「はい」と返事をして、車を動かした。

五十里は大きく溜息《ためいき》を吐く。

年齢が離れているせいなのか、篠田との現場は疲労感が強い。こちらの指示には従うものの、不平不満を隠すことがない。しかも直接言葉にすることは稀《まれ》で、表情や態度でそれを示してくる。自分の気持ちを察してほしいという魂胆が見え見えで反吐《へど》が出る。五十里が篠田くらいの頃に同じようなことをしたら、上司からは恐らく怒鳴られただろう。

ＡＤ時代の五十里は、篠田よりもずっとずっと従順に上からの理不尽に耐えていたが、それでも何度も怒鳴られた記憶がある。同期には大した失敗でもないのに蹴《け》られている男性ADもいた。時代が時代だから、今はそんなことをしたらパワハラで大問題になってしまう。五十里もなるべく声を荒らげないように気を付けてはいた。

まあ、そもそも部下に厳しく指導するのは、その相手の成長を期待する場合である。五十里は篠田に何の期待もしていないので、大きな声を出すだけこちらの損失だ。去年から何度か篠田と現場を共にして、ものにはならないだろうと感じている。そんな彼と最長で一週間も過ごさねばならないと思うと、今から気が重い。

母屋や納屋の全景を何カットか撮影してから、五十里は庭をぐるりと見回した。

柘植《つげ》が数多く植えられた場所に、小道のようなものを見付ける。カメラを回しながら中に入っていくと、庭というよりもちょっとした林の中にいるようだった。柘植はどれも丸みを帯びた形に整えられているから、人工的な雰囲気がする。いつの間にか小道は消えてしまい、等間隔に植えられた木々の間を縫うように進んでいると、まるで迷路に入り込んでしまったかのように錯覚する。

鍋島の著作によれば、この中の何処かで行方不明になった夫婦の屍体《したい》が発見されたらしい。状況からして、妻が夫を殺害した後に自殺したように見えたそうだ。警察は無理心中として事件を処理したそうだが、五十里にはとてもそんな単純なものには思えなかった。

大体二人は失踪《しっそう》してから発見されるまでの半年間、何処にいたのだろうか？　この敷地内で、ずっと迷っていたとか？　そんな妄想が浮かんでくる。

もしかして自分もこのまま柘植の林から出られなくなったりして……。

唐突に不安になって、五十里は踵《きびす》を返すと、足早に母屋の方へ戻った。

玄関の前では、何故か篠田が突っ立っていた。時間から考えて、機材の搬入が終わったとは思えない。篠田は五十里の姿を認めると、近寄って来る。

「何？」

「ヤバいです、ここ」

篠田は無表情にそういう。

「何かあったの？」

「足音がするんです。家の中、誰もいないはずなのに」

それは……幸先《さいさき》のよいスタートではないか。

「荷物を下ろしてたら、二階を誰かが歩いているような音がして、最初は気のせいかと思ったんすけど、今度は奥の座敷から畳を踏むような音が聞こえました」

「撮った？」

五十里が矢庭に尋ねると、篠田は間抜けな顔で「へ？」といった。

「折角、出たのに撮ってねぇのかよ。ホント何しに来たんだよ」

思わず大きな声になってしまった。

「えっと、はい、すみません」

と気持ちの籠もっていない謝罪をする篠田を無視して、五十里はカメラを回しながら玄関から中へ入った。

薄暗い室内には、人の気配はない。右手に置かれた大きな水槽には水草だけが揺れていて、ポンプの音がやけに大きく聞こえた。五十里は三和土《たたき》に立ったまま、耳を澄まして家の中の物音を探ったが、五分経っても何も聞こえなかった。こういう現象は捉えようと身構えると、途端に何も起きなくなってしまうものだ。

まあ、そんなに焦る必要もないか。取り敢えず、いつ不可解な現象が起きてもよいように、機材のセッティングを先にしておこう。そう思って改めて眼前に置かれた荷物を確認すると、明らかに少ない。まだ全部は車から降ろし終えていないだろうとは思っていたが、篠田は想像以上に仕事をしていなかった。

外に出ると、篠田は車の傍らに立ってスマートフォンを弄《いじ》っていた。

「おい。まだ機材、残ってるじゃねぇかよ」

こちらの憤りが伝わったようで、篠田は直立不動になる。車のトランクを確認すると、五十里と篠田のスーツケースを含めて、まだ半分以上の荷物が残っていた。

「降ろしてる最中に、足音がしたんです。それで五十里さんが来るまで……」

「もういい」

重い溜息が出た。

五十里は自分で機材を運ぶことにした。車から何往復もしたが、篠田は一度も手伝おうとしなかった。その場に立ったまま、こちらの作業を眺めているだけ。きっと「手伝えよ」といえば従ったと思う。だが、五十里は敢えて何もいわなかった。すべての荷物を搬入した後に、「車、車庫に入れといて」とだけ指示を出した。

＊

鍋島猫助『最恐の幽霊屋敷に挑む』より

溜め池の女

発端は一九八九年、二月最初の日曜日だった。即《すなわ》ち平成が始まって間もなくのことである。埼玉県C市の農業用の溜め池で、近くに住む会社員の男性の屍体が発見された。夕方「散歩に出る」といってふらりと出かけたまま暗くなっても戻らないので、心配した家族が付近を捜した結果、暗い水面《みなも》に浮かぶ屍体を見つけたのだ。発見時、男性は死後一時間以上経過していたらしい。死因は溺死《できし》である。

そして、警察が男性の屍体を岸まで運ぶ作業の最中、池の底から重りのついたスーツケースが見つかった。中には裸の若い女性の屍体が入っていた。こちらは死後一週間が経過しており、屍体の首には絞められたような痕跡があった。もしも男性の溺死がなければ、女性の屍体はしばらく発見されることはなかっただろう。

男性の溺死とスーツケースの屍体にどのような関係があるのかはわからなかったが、警察は女性については殺人事件として捜査を開始することになる。

スーツケースには女性の身許《みもと》を示す所持品は見付からなかったが、似顔絵と歯の治療痕の照合から、都内に住む二十五歳の女性だと判明した。当時の新聞報道で実名は公表されているが、ここでは仮に水沢《みずさわ》カナデとしておく。カナデは小さな芸能事務所に所属し、歌手として活動していた。とはいえ人気は今ひとつで、本人は生活費を稼ぐために飲食店でアルバイトをする必要があった。

屍体の発見される一週間前、担当マネージャーが連絡が取れないことを不審に思い、自宅を訪れた。しかし、カナデの姿はなく、アルバイト先も無断で休んでいることがわかった。アルバイト先の店長は、「カナデは真面目な性格だから、黙って仕事をサボるような娘ではない」と主張したようだが、所属事務所では最近交際相手が自殺してしまったので傷心旅行にでも出ているのではないかと考えたらしい。

ちなみに、カナデは幼い頃に両親が自殺し、以降は宮城県S市の母方の祖母に育てられた。その祖母もカナデが歌手デビューした年に交通事故で亡くなっている。どうもカナデの周辺には自殺や事故など死の香りが漂っていたらしい。この点については詳しく後述する。

さて、関係者への聞き込みから、池で溺死した会社員とカナデとは無関係であることがわかった。捜査本部では今回二人の屍体が同時に見つかったのは、単なる偶然だと片付けられた。

二人の屍体が発見されてから一週間も経たない内に、溜め池で女の幽霊が目撃されるようになる。筆者が直接聞いた話は次のようなものだった。

「夕方に溜め池の近くを通った時です。岸辺にずぶ濡《ぬ》れの女が立っていました。池に落ちたのかと思って声をかけたら、すぅっと消えてしまいました」

「俺が幽霊を見たのは、真っ昼間だった。車であの池の脇を通った時だ。池の真ん中に女が立ってたんだ。最初は見間違いかと思った。でも、車を停めてもう一度見たら、確かに水面の上に女が立ってたんだ。普通の人間じゃそんなことできねぇだろ?」

「溜め池周辺のゴミ拾いをしていた時のことです。時刻は朝の八時ちょっと前ですかね。突然、近くでバシャッと魚が跳ねるような音がしまして。びっくりして池の方を見たんです。そしたら水の中で裸の女の人が泳いでいて、こっちを見てにたぁって笑ったんです」

この他にも様々な噂が飛び交い、あっという間に溜め池は心霊スポットになってしまった。若者がバイクや車でやってきて夜中に騒ぐことも多くなり、近隣住民は迷惑したという。警察もパトロールを行ったが、余り抑止力にはならなかったようだ。

その内、肝試しに溜め池を訪れていた大学生が溺死する事故が起こった。三月半ばの夜のことである。一緒にいた友人たちの話では、池の周りで幽霊が出るのを待っていると、一人が突然池の中に入って行ったので、もう一人が引き留めに行き、結局、二人とも溺《おぼ》れてしまったらしい。

池に現れるカナデの幽霊が、自分が殺された怨みを晴らすため、近づく人間を引き込んでいる。最初に死んだ会社員も、きっと幽霊に取り殺されたに違いない。そんな噂が瞬く間に広がった。当時はまだインターネットが然程《さほど》普及していなかったため、噂の伝播《でんぱ》は基本的に口コミである。しかし、周辺の地域では、溜め池はかなり有名な心霊スポットになっていた。当然、野次馬の数も増え、ごみのポイ捨てなどの迷惑行為も増えた。ただ、一番周辺住民を悩ませたのは、死者の数である。四月と五月の溺死者の合計は七人に上った。

そこで住民たちは近くの寺に依頼して、水沢カナデと他の溺死者の供養を大々的に行い、溜め池の周囲にフェンスを設置することを決めた。

当時、その工事に携わっていた男性はこう証言している。

「工事が始まってすぐ、仲間の一人が池に入って行ったんです。最初は落とし物でもしたのかと思って声を掛けたんですが、そいつは無視してどんどん池の中に進んで行って、そのまま沈んでしまいました」

男性たち作業員はすぐに助けに向かった。しかし、全員が溺れることになる。

「水の中に入った時、何かに足を引っ張られたんです。水草が引っ掛かったとかじゃなくて、あれは誰かが足を摑んで力いっぱい引いていたんだと思います。今でも脹脛《ふくらはぎ》を握られた感触を覚えていますよ」

最初に池に入った作業員を含めて、死者は三名。池に入った者の内、話を聞かせてくれた男性以外は皆、死んでしまったという。結局、寺の行った供養は何の効果もなかったということだ。その後も工事関係者が池で溺れることが続き、フェンスの設置は中断となった。

八月に入り、水沢カナデ殺害容疑で元交際相手が逮捕された。犯人は動機について、復縁を迫ったが断られ、無理心中をしようとしたが、自分は死ねなかったのだと供述した。

溜め池周辺の住民たちはこのニュースを喜んだ。犯人が逮捕されればカナデはもう池に人間を引き込むことはないだろう。そう思ったのである。

この時点で既に二十人近い犠牲者が出ていた。これまでも溜め池で溺死者が出たことはあったが、それも稀なことで、事故は数年に一度、子供が溺れる程度だった。半年余りで二十人近い死者数というのは、明らかに異常である。

しかし、その異常事態は止まらなかった。

九月を迎える前に、三人が溜め池で死んだ。

その内の一人は、池の話を聞きつけてやってきた自称霊能者だった。

朽城キイが現場を訪れたのは、その二箇月後、十一月のはじめのことである。キイを呼んだのは、市役所に勤務するシゲルさんだった。

「私の家も、あの溜め池に近いですからね。自分はともかく、息子たちのことが心配でした。当時は上の子が高校生、下の子が中学生でしたから、ちょうど幽霊とか心霊なんかに興味を持つ年頃でしたから」

キイのことは以前栃木県に住む友人から聞いたことがあったという。その友人に仲介を頼んで、キイにC市まで来てもらった。

「朽城さんは池を見た瞬間、眉間《みけん》に皺《しわ》を寄せられて、厳しい顔になりました」

それまでずっとにこやかな笑顔だったから、急激な表情の変化は印象に残っているという。キイは矢庭に持っていた壺の蓋を開けた。

「その時、池の水が中心からゆっくりと渦を巻いたんです。私だけじゃなくて、一緒にいた近所の人たちもみんな見てます。それから私の目には見えなかったのですが、何かが池から飛び出して、壺の中に入ったようでした。それも一つではなく、幾つも、幾つも、壺の中へひゅんひゅんと飛び込んでいくんです。全然見えないんですけど、音とか、風圧っていうんですかね、そういうのは私も感じました」

やがて水面の渦は静かになり、キイは壺の蓋を閉めた。

「ほんの十分くらいだったと思うんですが、朽城さんはだいぶお疲れの様子でした。額の汗を拭《ぬぐ》って、『これでもう大丈夫ですよ』と微笑まれました。そのお顔を見て、私も『嗚呼、終わったんだな』と安堵《あんど》したのを覚えています」

キイの言葉通り、あれだけ続いた溜め池での不審な溺死はぴたりと止んだ。フェンスの設置工事も再開したし、除霊が効果を発揮したという話が広く伝わったお陰で、池に近づく野次馬も少なくなった。

現在、溜め池の近くには、水沢カナデを含めて死者たちを弔う慰霊碑が立っている。

最恐の幽霊屋敷の池に棲《す》みついているのは、恐らく水沢カナデの霊だろう。朽城キイの夫・智政が死んだのも、カナデの仕業だったと推察できる。

それにしても、カナデの霊はどうしてあれ程までに多数の死者を出したのだろうか？　幾ら理不尽に生命を奪われたからといって、無関係な人々を次から次へと水中に引き込むような強大な怨念を持つものなのだろうか？　筆者はこの疑問を解くべく、生前のカナデについて調べてみた。すると、興味深い事実が判明した。

カナデの両親が自殺したことは前述したが、実は祖母も事故死とはいえ半分自殺に近い状況だった。大型トラックが走ってきたにも拘わらず、道路に飛び出して、轢《ひ》かれてしまったのである。また、カナデの学生時代の友人や恋人にも、自殺者が何人もいることがわかった。更に、極めつけとなるのが、ある都市伝説である。

聞いた人間が次々と自殺してしまうといわれる曲がある。有名なのはハンガリーで発表された「暗い日曜日」という曲だ。この曲は世界中でカバーされ、日本でも多くの歌手が歌っている。これと同様に、日本で発表された曲にも、聞いた人間に自殺を誘発させるといわれるものがある。その曲こそ、水沢カナデのデビュー曲なのである。

ここでは敢えて曲名は記さない。勿論、水沢カナデの本名と同様、検索すれば容易に曲名を知ることはできる。ネット上にアップされているから、誰でも聞くことは可能だ。しかし、決してこの歌を聞いてはいけない。この原稿を読んだ編集者は、興味本位に曲名を調べ、実際にカナデの歌を聞いてしまった。その後、彼女は出版社のビルから飛び降りて、今も意識が戻らない。

水沢カナデが多くの人間を死に誘《いざな》うのは、無念の死を迎えたからではない。故意か過失かは不明だが、生前から彼女の声は多くの人間を自殺へと陥らせていたようだ。そして、その歌が保存されている限り、今も尚、彼女は数え切れないくらいの自殺を引き起こしているのかもしれない。

3

所定の位置に機材をセッティングするのは、流石に二人がかりで行った。会話は少なかったが、様子を見る限り、篠田は殊更気まずい思いはしていないようだ。鉄のようなメンタルだなと思うと同時に、そんなに無神経なら幽霊だって怖くないだろうにと思う。結局、すべての準備を終えたのは、十三時過ぎのことだった。

二人はキッチンで湯を沸かして、ここに来る時に立ち寄ったコンビニで買ったカップ麺《めん》を昼食にした。キッチンには薬缶《やかん》の他に、鍋《なべ》やフライパンなどひと通りの調理器具が揃っていて、材料さえあればすぐに自炊できる環境だった。炊飯器も新しい。

ふと近くのスーパーで買い出しをして大量にカレーを作れば安上がりではないかと思ったが、ゴミの処理を考えると面倒だということに気付いた。それに篠田に手料理を振舞うのも癪《しやく》だ。やはり食料品はコンビニで調達するのが無難だろう。

午後は篠田を家の中に待機させて、裏庭の撮影を行うことにした。篠田は一人になることを渋ったが、「あんた、ういういの前でもそんな態度取るの?」というと、口を尖《とが》らせて「わかりましたよ」と承諾した。今夜は徹夜で家の中で過ごすことになるのだから、少しは慣れてもらわないと困る。心霊現象がいつ起こってもよいように、カメラを回したまま、仏間にいるように指示した。

五十里は庭の西側から竹藪《たけやぶ》を脇目に裏庭へ向かう。右手に池があるはずだが、ピンク色に咲き乱れた躑躅《つつじ》に囲まれているので、ここからは見えない。

少し進むと、竹林を背負う形で古びた石蔵があった。

この中には棘木の娘が収集した曰く付きのコレクションが収められているという。できることならとっておきの逸品を番組内で紹介してくれないだろうか。棘木の娘自身はメディアに出ることを厭《いと》っているようだから、コレクションだけでも撮影させてくれればよい。小鳥遊と新海に実際に見てもらうだけでも、かなりの尺が稼げるだろう。明日以降、棘木に交渉してみようと思う。

中に収蔵されている品が何であるのか知っているせいか、石蔵は母屋と違って禍々《まがまが》しいものに見えた。勿論外観に異状はない。しかし、大谷石《おおやいし》の壁からは、呪いや怨みが滲《にじ》み出ているように思えてならない。

午前中に篠田が母屋で足音らしきものを聞いていることから、ここでも何か起こるかもしれない。そんな期待からカメラを構えたまま神経を集中させていると、背後でバシャッと水の跳ねる音がした。

池の鯉が飛び跳ねたのだろうか。

かなりドキッとしたが、声は出さなかった。五十里はもう何箇所も心霊スポットに赴いている。そうした場所で突然鳥が飛び立ったり、空き缶が転がったりして、物音が立つことは珍しくない。出演者ならともかく、スタッフはカメラが回っている間に声を上げることは禁物である。その習慣が身体に染みついていた。そのせいでプライベートでも、何か驚くようなことがあっても五十里は滅多に声を出すことはなかった。妹からは「脅かし甲斐《がい》がなくてつまんない」といわれる。

しばらく蔵の前にいても何も起こらなかったので、すぐ側にある稲荷の社に向かう。

カメラのフレームが蔵から赤い鳥居に移動した時のことだ。

「……の……がちゃぶれる」

背後から声が聞こえた。

咄嗟《とっさ》に振り返るが、誰もいない。ただ、蔵の中からバタバタと走り回るような物音がした。両腕に鳥肌が立つ。

バシャッとまた何かが池で跳ねた。

ついさっき撮影した映像を確認すると、確かに人の声らしきものが入っていた。いっている意味はまるでわからない。その後の蔵から聞こえた物音もしっかり収録されていた。突発的な事態だったが、映像にブレはないし、余計なものも写り込んでいない。飛行機やヘリコプターも飛んでいなかった。これならオンエアでも使用できるだろう。

早くも具体的な収穫を得て、五十里は気分がよかった。この分なら今夜一晩だけここで過ごして、明日には撤収ができるかもしれない。

軽い足取りで社へ向かい、正面から撮影しようとカメラを構えて、思わず息を呑んだ。

社の周囲には狐の置物が大量に並んでいる。そのことは鍋島猫助の著作で写真を見ていたので知っていたが、今、その狐たちのほとんどは、首を切断されていた。陶器の置物が自然に割れたのではない。切断面は滑らかで、明らかに鋭利な道具で首を切り落とされている。材質と置物の数から考えて、相当時間が必要だったのではないだろうか。

棘木がやったのだろうか？　それとも彼の娘か？　どちらにしても不気味だ。

五十里は先程石蔵で聞いた不可思議な声よりも、こちらの方が薄ら寒い気分になった。切り落とされた首はそのまま胴体の側に置かれているが、どれもきちんと前を向いていた。明らかに見る者を意識して、丁寧に並べられている。置物の胴体部分には雨水が溜まり、不快な臭いがした。社に損傷はないものの、以前見たことがあるカラー写真よりも黒ずんでいて、朽ちた印象だった。

池からまた水音がしたかと思うと、今度はバシャッバシャッバシャッと何度も何度も繰り返される。

これは……魚が跳ねているのではない。

まるで水遊びをする子供が水面を叩《たた》いているような、そんな音だ。

五十里は素早く池の方向にカメラを向ける。しかし、この場所からではやはり躑躅が邪魔で池が見えない。

何だ？　何がいる？

依然として水音は続いている。

だが、いざ池の側に行ってみると、途端に音は止んでしまった。

水中では鯉や金魚が何事もなかったように泳いでいる。大きな水音を連続して発生させるような生物も機械も見当たらない。ただ、つい先程まで何かが水面を叩いていた証拠に、幾つも波紋が広がっていた。池の端には水飛沫《しぶき》の痕跡もあった。

バシャッバシャッという音はカメラにもきちんと録音されているから、五十里の聞き間違いではない。ここにいる魚たちが一斉に飛び跳ねたとしても、あんな音にはならないだろう。この場所では朽城キイの夫である智政の屍体が発見されている。先程の音はその霊が引き起こしたものなのか、それとも、別の何かが原因なのか。

実は、五十里は音の原因について心当たりがあった。鍋島猫助は『最恐の幽霊屋敷に挑む』においてこの屋敷での体験談だけではなく、ここに巣食う悪霊の実像にまで迫ろうとしていた。鍋島によれば生前の朽城キイが壺に封じ込めた霊の内、八人は他を凌駕《りょうが》する凄《すさ》まじさがあったという。その内の一人は元々埼玉県の溜め池に潜んでいたらしい。そして、近づく者を池の中に誘い、多くの死者を出した。鍋島はその霊がここを塒《ねぐら》にしていると考えているようだ。

五十里は今にも水中から自分を引き込む腕が伸びてくるのではと危惧《きぐ》しながらも、角度を変えながら池の様子を撮影し、中途半端だった稲荷の社の画《え》もしっかりと押さえた。

そのまま裏庭を東へ進む。屋敷林のせいで、かなり陰鬱《いんうつ》な雰囲気だった。地面は苔生《こけむ》して、湿気が多く、あちこちに羽虫が飛び交っている。

こちらから見た母屋は窓がすべて閉まって、ひっそりとしている。篠田がいるはずの仏間には窓がないから、その気配は全くわからない。悲鳴は聞こえないから、取り敢えず役目は果たしているのだとは思う。

静寂の中で池からはまだ断続的に大きな水音が聞こえてきたが、五十里は無視することにした。

どうせカメラを持って行っても、また何も異常は確認できないはずだ。

杉林の陰から視線を感じる。こうした感覚は以前も心霊スポットで体験した。自分の神経が過敏になっているのか、はたまた本当に何かがこちらを見ているのかは判然としない。だが、この感覚があった場合は、思いもかけない映像が撮影されることが多い。悪くない状況だ。

裏庭の東は何本もの柘植に遮られて、行き止まりだった。キッチンの脇にある土間に入れる裏口があるが、今は内側から鍵が掛かっている。五十里は来た道を引き返して母屋へ戻ることにした。

前庭へ移動する間、後ろから足音らしきものが聞こえてきた。カメラを構えて振り返ったが、当然、誰もいない。歩き出すと、また聞こえる。これも池の水音と同じで、こちらが見ていない間だけ発生する現象なのだろう。この辺りが超常現象の捉えにくさなのだと思う。

玄関を開けると、篠田は仏間で仰向けに横たわっていた。

カメラは玄関を向けてテーブルの上に置かれている。

「篠田！」

気を失っているのかと思い、靴を脱ぎ捨てて近寄ったが、すぐに鼾《いびき》が聞こえたので脱力した。

「起きろ！」

仁王立ちになってそういったが、篠田は寝返りを打つだけだった。本当にどういう精神構造をしているのだろうか？

テーブルの上のカメラを確認すると、一応、回ったままの状態だった。カメラを止めて、もう一度名前を呼ぶと、篠田はゆるゆると上体を起こした。

「あ、お疲れ様です」

「さっきまであんなにビビってたのに、よく居眠りできたな」

「睡魔には勝てません」

「いや、そこは勝っとけよ。っていうか、仕事中だぞ」

篠田は「へへへ」と笑う。

「そうだ。あんた眠ってたなら、金縛りには遭わなかった？」

「全然ですね。夢も見ませんでした」

「あそう」

本当に使えない奴だ。

「じゃあ、また足音とか聞こえなかった？」

「わかりません。多分、何も起こってなかったと思いますよ」

篠田に尋ねても埒《らち》が明かないと判断した五十里は、仏間に置かれたカメラが撮影した映像を確認することにした。カメラはずっとテーブルの上に置かれたままで、玄関を映している。当たり前だが、来客はない。玄関チャイムが鳴ることもない。十分程静止画のような映像が続いた後、複数人が囁き合うような声が聞こえた。小さ過ぎて何をいっているのかはわからないものの、時折笑い声が交じっている。

「この声は気付かなかった？」

五十里が尋ねると、篠田は青い顔をして首を振った。恐らくこの時点で既に篠田は居眠りをしていたのだ。声の主は不明であるが、鍋島の著作では神棚に並んだ人形が声を発すると書かれていた。この現象もそれと同様のものなのかもしれない。

次に五十里が裏庭で撮影した映像を二人でチェックする。石蔵から声が聞こえたところで、篠田は「ひっ」としゃっくりのような声を出した。

「やっぱヤバいですよ、ここ。まだ真っ昼間じゃないっすか」

五十里は映像を一時停止した。

「あたしらはヤバい場所を探しに来てるんだろ？　あんた自分の仕事理解してる？　何も起きなかったら、この数日分の仕事は全部無駄になるんだぞ。そしたら、また一からロケハンしなきゃならない」

「それはそうですけど、ホントにここに一泊するんですか？」

「一泊って……あんた寝る気満々だな。夜はずっとカメラ回してるんだから、いつもと同じだよ。それに何も撮れなきゃ一泊どころか一週間はこの家で過ごすっていったよな？」

「ええ、まあ、それは覚えていますけど……」

五十里は篠田に呆《あき》れながらも、ネットで「ちゃぶれる」を検索する。栃木県や茨城県の方言で、「潰《つぶ》れる」という意味だった。一体何が潰れるのだろうか？　映像を巻き戻して聞き返すと、「〇〇〇の〇〇〇」が潰れるといっているようだ。「の」の前後はどちらも三文字だったが、やはり何といっているのかわからない。

五十里はすぐに諦《あきら》めて、続きを篠田に見せる。案の定、池から水音が連続して聞こえるシーンで、篠田はオーバーなリアクションを取った。

「何なんすか、これ？」

「さあ」

「さあって、五十里さんは気にならないんですか？」

「そりゃ気にはなるよ。でも、池に行ったら何もないんだから、考えても仕方ないでしょうよ」

篠田には埼玉の溜め池にいた悪霊の話は黙っておいた。篠田だって鍋島の本は読んでいるはずなのだが、そこまで考えが至らないようだ。もしかして、読んでいない？　その可能性も大いにある。

この家よりも、目の前の部下の方が、ある意味で空恐ろしい気がした。

最後に表に戻るまでの間の映像を見たが、生憎《あいにく》、足音は録《と》れていなかった。

「何でちょいちょい振り返ってるんですか？」

「この時、ずっと後ろから足音がしてたんだよ」

「え？　それって何かが尾《つ》いてきたってことですか？」

「まあ、そうなんじゃないの」

篠田は顔を上げて辺りを見回す。

「いやいや、そんなの見えるわけないでしょ？　近距離で振り返っても見えなかったんだから。それに、外から何かが入って来なくたって、家の中にはもういろんな霊がいるでしょうよ」

五十里の言葉に篠田は顔を顰めて「厭《いや》なことといいますね」といった。

＊

鍋島猫助『最恐の幽霊屋敷に挑む』より

ウズメさん

朽城キイが壺に封じた特筆すべき八人の悪霊の内、唯一栃木県で除霊されたものがいる。それがウズメさんと呼ばれる霊だ。

マアヤさんが恐怖体験をしたのは、一九八七年八月のことである。当時彼女は小学四年生で、両親と共に東京都T区のマンションで暮らしていた。その年の夏休み、マアヤさんは一人で母方の祖父母の家に滞在することになった。期間は八月一日の土曜日から八月十四日の金曜日までのちょうど二週間の予定だった。

祖父母の家は栃木県Y市（S町の隣）にある古い兼業農家で、祖父は農協の職員だった。母親の実家であるから、これまでも何度も訪れ、宿泊したこともある。しかし、一人で二週間もの間滞在するのは初めての経験だったので、子供ながらに途轍《とてつ》もない挑戦に感じたという。

祖父母の家では、昼間は祖父が出勤しているので、祖母と時間を過ごすことが多かった。畑で胡瓜《きゅうり》やトマトなどの夏野菜を収穫し、採れたてを頰張った。夜になると家のすぐ脇を流れる用水路に蛍が飛び交うのを観察したり、庭で花火をしたりして楽しんだ。近くに住んでいる従姉《いとこ》が遊びに来ることもあって、マアヤさんは充実した日々を過ごしていた。

八月九日の日曜日のことである。マアヤさんは祖父母に連れられて、先祖代々の墓を掃除することになった。お盆を迎えるための準備の一環だ。ジャージ姿で祖母の運転する軽トラックの助手席に座って、墓地を目指す。祖父は道具類と一緒に荷台に乗っていて、とてもワイルドに見えた。

墓は中学校の裏山の斜面にある。二十基近くの墓石が並ぶ共同墓地で、祖父母の家の墓は、斜面の下の方の隅に位置していた。墓掃除といっても、実質的には除草作業がメインとなる。祖父は草刈り機を使って繁茂した丈の長い雑草を刈り取り、マアヤさんと祖母は区画内の草を毟《むし》った。山と中学校の敷地の間を流れる小川の水を汲《く》んで、墓石を丁寧に磨いた。

ひと通りの作業が終わって、持ってきた冷たい麦茶を三人で飲んでいる時、マアヤさんは隣の区画にちょこんと置かれた小さな墓石に気付いた。除草剤でも撒《ま》かれているのか、その区画には雑草が一本も生えていない。相当古いものらしく、角は朽ち、表面には苔が生えていた。花も線香も供えられた形跡がない。

「このお墓って？」

マアヤさんが尋ねると、祖父は眉間に皺を寄せて厳しい表情を浮かべた。直感的に訊《き》いてはならない質問だったことを悟ったが、後の祭りである。祖父は素っ気なく「それはウズメさんだ」とだけいった。理由はわからないが、祖父は明らかにその墓を快く思っていない様子だ。

「もう帰るぞ」

そういって、祖父は草刈り機を担いで、軽トラックを停めた場所へ向かった。

祖母とマアヤさんは慌てて道具を持って、その後を追う。その時、マアヤさんはふと背後に人の気配を感じて振り返った。

勿論、誰もいなかった。いなかったのだが、気配はなくならなかったという。

「まるで見えない何かがそこにいるみたいでした」

その日の夜、マアヤさんは不思議な体験をする。

毎晩、彼女は縁側に近い座敷に蒲団《ふとん》を敷いてもらっていた。当時は治安がよかったためか、夜通し縁側のサッシは網戸にしてあった。水田を吹き抜けた風がそよいで、タオルケットだけでは肌寒い日もあった。その夜もマアヤさんは寒さで目を覚ました。足下に畳んである薄手の掛け蒲団を被《かぶ》ろうと上体を起こした時、縁側の外に誰かが立っているのを見た。

座敷のナツメ球のオレンジの光が照らしていたのは、ボサボサの長髪に灰色っぽい着物の人物である。それはこちらをじっと見ているのだが、その顔には目も、鼻も、口も、見えなかった。しかし、のっぺら坊というわけではない。顔の中心から渦巻きができていて、絶えずグルグルと回っているのである。

マアヤさんはすぐに祖父母の寝室へ逃げ込んだ。

「お化けが出たよ！」

祖母は「きっと怖い夢でも見たんだねぇ」と端《はな》から信じてくれない。

「夢じゃないもん。縁側の外にお化けがいたの」

すると祖父が「本当に誰かいるのかもしれないから、ちょっと様子を見てくる」といって、縁側へ向かった。

祖父が戻って来るまでマアヤさんは不安だったが、祖母はもう呑気《のんき》に寝息を立てていた。

「誰もいなかったよ。安心しなさい。今夜はここで一緒に寝よう」

祖父に優しく頭を撫《な》でられて、ようやくマアヤさんは少し落ち着いた。その夜はいわれるまま、祖父母の間に横になって眠った。

翌日になって、明るい日差しの中、昨夜見たお化けについて改めて考えてみた。確かに寝起きだったから、何かをお化けのように見間違えた可能性はゼロではない。だから、縁側の周りにお化けに見えるようなものはないか、チェックしてみたが、それらしいものは皆無だった。

やっぱりあれはお化けだったのではないか？

昼間だったからなのか、時間が経過したからなのか、とにかくマアヤさんからは恐怖心が稀薄《きはく》になっていった。代わりに好奇心が頭を擡《もた》げる。あのお化けの正体は何だったのか突き止めたい。そんな衝動が強くなった。そして、マアヤさんの頭の中に最初に浮かんだのが、ウズメさんだった。

以前、クラスメートの家で妖怪《ようかい》図鑑を見せてもらったことがある。そこに産女《うぶめ》という妖怪が載っていた。産女は難産で死んだ女性の霊が妖怪になったもので、赤ん坊を抱いた姿をしている。産女は通りがかった人に赤ん坊を抱いてくれるようにせがむらしい。

昨夜お化けを見たのは僅かな時間だったから、赤ん坊を抱いていたのかは思い出せない。しかし、産女という名前が訛《なま》ってウズメになったのではないか？　或《ある》いは、産女に似た妖怪がウズメさんなのではないか？　墓地を掃除した時マアヤさんがウズメさんの墓石を気にしたことから、夜に様子を見に来たのではないか？

しかし、昨日の祖父の態度を見ると、祖父母にウズメさんについて尋ねるのは憚《はばか》られた。そこでマアヤさんは、午後になると、詳しくウズメさんの墓石を調べるために、共同墓地を一人で訪れた。

墓地には人影はなかったものの、中学校にはプールに入りに来た生徒たちが大勢いるため、騒がしい声が聞こえてきて、心細さが和らいだ。

マアヤさんはかなり接近して、ウズメさんの墓石を観察した。表面には家の名前ではなく、びっしりと文字が刻まれている。どれも掠《かす》れている上、漢字だったから、当時のマアヤさんには解読できなかった。蟬の声が降り注ぐ中、藪蚊に刺されながら、墓石の周囲も調べてみたが、これといった手掛かりを見付けることができなかった。そもそもウズメさんというのも、苗字《みょうじ》なのか、名前なたくなった。それに、図書館で調べたところで、本当にそれが何の役に立つのか、判然としない。


「そうだ。図書館で調べてみよう」

マアヤさんはしゃがんでいた姿勢から立ち上がろうとして、重心を崩して尻餅《しりもち》をついてしまった。幸い地面が渇いていたので然程汚れないで済んだ。

一旦《いったん》祖父母の家に戻ってから、孫たちが共有している自転車に乗って、図書館を訪れた。

レファレンスで「Y市の歴史や文化を調べているのですが、どんな本を読めばいいですか？」と尋ねると、司書の女性が何冊か参考になる本を紹介してくれた。早速目を通してみたが、どれも子供向けでウズメさんのことは書かれていなかった。仕方がないので、先程の司書の女性にウズメさんについて直接質問してみた。その女性は首を傾げるだけだったが、隣に座っていた年配の女性——恐らく祖父母と同じくらいの世代——が「その名前はあんまり口に出さない方がいい」といった。

「どうしてですか？」

「家に来たら大変だからよ」

「え？」

「十年くらい前に、あなたくらいの女の子が行方不明になる事件があったの。その時、ウズメさんに攫《さら》われたって噂されたのよ。だからね、あんまりアレを刺激しちゃ駄目」

年配の女性の表情が余りにも真剣だったので、流石にマアヤさんも忠告に従うことにした。ただ最後に、その女性に「ウズメさんって何なんですか？」とだけ訊いた。

「その人は何もいわずに首を振るだけでした」

どうやらウズメさんは自分が思っているよりも恐ろしい存在として考えられているらしい。子供を攫うということから、中国の姑獲鳥《こかくちょう》に似ている。姑獲鳥は夜の間に飛行して、子供を奪って自分の子とする習性があるという。毛を着ると鳥に変身し、脱ぐと女性の姿になるそうだ。姑獲鳥は「うぶめ」とも読まれるらしいし、日本にも似たような妖怪がいると本に書いてあった（筆者注・恐らく茨城県のウバメトリのことだろう）。だとすると、昨夜自分のところに来たのは……。

「あたしを攫うため？」

途端に、マアヤさんは怖くなった。

帰宅すると、家の中には誰もいなかった。玄関の鍵は開いていたから、祖母は畑に行っているか、隣に回覧板を回しに行っているのだろう。

冷蔵庫から麦茶とアイスキャンディーを取って、茶の間でおやつにした。

ちりんちりんと縁側で風鈴が鳴っている。

そろそろアニメの放送時刻だと気付いてテレビをつけようとしたが、電源が入らなかった。アイスを嘗《な》めながらテレビの電源ボタンを何度も押していると、茶の間に誰かが入ってきた。

「ねえ、テレビつかないよ」

祖母だと思って振り返ると、あの渦巻き顔の人物が立っていた。

明るいところで見たその人物は、白髪交じりの蓬髪《ほうはつ》で、やはり薄汚れた灰色の着物を着ていた。

グルグルグルグルと顔の中が渦を巻き、マアヤさんはそのまま気を失った。

ここからはマアヤさんの体験ではなく、彼女が後から祖父母に聞いた話である。

畑から戻った祖母は、茶の間に飲みかけの麦茶と畳の上で溶けたアイスキャンディーを発見する。マアヤさんの名前を呼ぶが、全く返事がない。

「祖母は家中、あたしのことを捜したそうです」

しかし、何処にもマアヤさんの姿はなかった。慌てて祖父の職場に電話をして事情を伝えると、祖父は飛んで帰ってきた。そして、二人はまっすぐ共同墓地へ向かったという。

「前の晩にあたしがお化けを見たっていったから、祖父はピンときたようです」

マアヤさんはウズメさんの墓の前に倒れていた。この時、意識はなく、祖父母はすぐに病院へ連れて行った。医師の話では衰弱が酷く、今夜が峠だという話だった。祖父母はすぐにマアヤさんの両親に連絡をした後、杤城キイを呼んだそうだ。

「祖父はウズメさんが原因だって直感的に思ったそうです」

元々キイとマアヤさんの伯母《おば》が若い頃から友人同士で、祖父母の家にも何度も遊びに来ていたらしい。

事情を聞いたキイは、祖父の車で共同墓地を訪れた。そして、ウズメさんの墓石の前で、持っていた壺の蓋を開けた。

「祖父がいうには、何かが壺の中に吸い込まれるような音がしたそうです。そして、墓石が半分くらい地面に沈んだって聞きました。同じ時間に、病院であたしの意識が戻ったらしいです。あたしがウズメさんに攫われたのは、お墓の前で転んだからじゃないかと思います。あの時は知りませんでしたけど、お墓で転ぶと死んだ人に引っ張られるっていわれるじゃないですか」

その後、マアヤさんは一度だけキイに会ったそうだ。両親と一緒に菓子折りを持って、杤城家にお礼の挨拶《あいさつ》に訪れたのだという。

「キイさんはとても穏やかなお母さんって感じの人でした。家の中には近所の人がたくさんいて、とっても活気があって、何ていうか居心地がよいところだったのを覚えています。だから、今、あの家が最恐の幽霊屋敷と呼ばれているのはとてもショックです」

読者の皆さんはここまで読んで、「はて」と首を傾げるかもしれない。最恐の幽霊屋敷に出現するとされる顔面が渦を巻く霊は、髪を結った黒い着物姿で出現している。しかし、ウズメさんはボサボサの長髪に灰色の着物である。或いは、福島県K市の旧家が発端となった黒い着物姿の霊の顔には「渦を巻いていた」という証言はなかった。つまり、旧朽城家に出現する黒い着物姿の霊は二人の悪霊の特徴を具《そな》えていることになる。これは一体何を意味するのだろうか？　今はまだわからないが、一応、覚書としてここに記しておこう。

さて、ウズメさんとは何か？　それを明らかにするため、筆者は現地を訪れた。幸いマアヤさんの祖父はご存命だったので、ウズメさんについて話を伺うことができた。

「私がガキの頃に祖父《じい》さんから聞いた話だと、ウズメさんは幕末くらいの人で、今、中学校が建ってる場所に子供と二人で暮らしていたそうです。しかし、大雨であの墓地のある山が大規模な土砂崩れにあって、家ごと埋まってしまったらしいのですよ。その時、ウズメさんは亡くなって、子供は行方不明になった。ウズメさんの顔は大きな岩がぶつかったらしく、ぐしゃっと潰れていたと聞きました。ウズメさんが子供を攫うのは、自分の子供だと勘違いするからなんだそうです」

つまり、ウズメさんの「ウズメ」は「埋《うず》め」という意味なのだそうだ。マアヤさんの祖父の話は、ウズメさんの名前、顔が判別できないこと、その行動など、すべてを説明していて説得力がある。

しかし、Y市で何人かの高齢者に調査をすると、違ったバリエーションのウズメさんの起源譚《たん》を聞くことができた。八十代の男性はこんな話をしてくれた。

「江戸時代の終わり、村に一人の美しい女が流れてきた。女はこの辺りの男たちをみんな骨抜きにしちまって、貢ぎ物で生活していた。面白くないのは、男たちのカミさんたちだ。カミさんたちは相談の結果、女の顔を刃物でズタズタにして、生き埋めにしちまったって話だ。本当におっかねぇのは、女の嫉妬《しっと》心だって俺の親父はいってたね」

筆者がウズメさんが埋められた場所を尋ねると、共同墓地のウズメさんの墓石が置かれた場所だという。

「女が埋められた時、そこには土饅頭《どまんじゅう》すらなかった。だって墓じゃねぇからな。でも、その後に村の子供らが女の幽霊に攫われるようになった。女たちへの復讐《ふくしゅう》だな。だから、その霊を供養するために、わざわざ偉い坊さんを呼んで、あの場所に石塔を立てたんだ。今は古くなって墓石みてぇになってるが、あれは元々そういう意味の石なんだって聞いたぞ」

この話でも、ウズメさんは埋められた女性という意味であった。

以上の二つの起源譚は複数の高齢者から聞くことができた。中には二つの話を知っている人もいて、「昔話みてぇなもんだから、どっちも真に受けちゃいけねぇよ」ともいわれた。

一方でこれらの話とは全く違う起源譚もある。話してくれたのは、先祖がウズメさんの遠縁に当たる人物だった。年齢も性別も秘密にしてほしいと頼まれたので詳しいことは書けないが、この話では「埋め」が少し違った意味で語られる。

幕末から明治にかけて、この周辺では相次いで子供が行方不明になる事件が起こった。ひと月に一人くらいの割合で、八つから十くらいの子供たちが消えてしまう。人攫いだとか、天狗《てんぐ》に隠されたとか、まことしやかな噂は流れるものの、本当の原因は全くわからなかった。

最初の事件から十年が経過した頃、一人の女が死んだ。

女は若い時分は大層美しかったそうだが、大きな病をしてから容貌《ようぼう》が崩れてしまい、住民だけでなく、家族からも疎まれて、村外れの小屋に一人で住んでいた。女の小屋は村の子供らに石を投げられたり、お化け屋敷と揶揄されたりしていた。だから女は滅多に外へは出ず、家族が屍体を見つけた時もかなり時間が経過していたらしい。

ささやかな葬儀を行い、家族が小屋を壊した時である。土の中から夥《おびただ》しい数の骨が出てきた。どれも子供のもののようだった。そしてどの頭蓋骨《ずがいこつ》も顔面の損傷が激しかった。最も新しい屍体はまだ腐乱している程度で、その顔は細い刃物か、串《くし》状のもので、思い切り掻《か》き混ぜられていたという。

恐らく女は日頃の怨みを晴らすため、子供らを攫っては残虐な方法で殺害していたのだろう。

家族は女の犯行を隠蔽《いんぺい》するため、すべての遺骨を女の屍体と一緒に埋め直した。それ以降も女は霊となって時折出現し、子供を攫うようになった。これがウズメさんである。

この話では「埋め」とは子供らを殺して埋めていたことに由来している。

どれが真実なのか、今となってはわからない。ウズメさんが子供を攫うのは愛情故なのか、復讐なのか、起源譚によってその理由は異なる。ただ、筆者は三つの話を聞いて、ウズメさんの別の可能性に気付いた。

最初の話では土砂崩れで、二つ目の話では刃物で、ウズメさんの顔は酷く損傷を受けたと語られている。更に三つ目の話では、死後長時間が経ってから屍体が発見されているため、相当に腐敗が進んでいたか、或いは白骨化していたかもしれない。当然顔も生前の姿とは遠かっただろう。つまり、どの起源譚でもウズメさんの屍体は本人の識別が困難なのである。

これはミステリでいう顔のない屍体ではないか。即ち、ウズメさんとして葬られた屍体は、ウズメさんとは別人である可能性がある。だが、この解釈だと被害者が幽霊として出現するのはわかるが、子供を攫う理由が見つからない。

だから、筆者は思うのだ。ウズメさんの死後に起こった子供の誘拐事件の犯人は、死んだことになっている本物のウズメさんなのではないか、と。その後、ウズメさんは本当に亡くなり、子供を攫う悪霊と化したとは考えられないだろうか。

4

本番の撮影を想定して、二十二時からは家の中の電気をすべて消した。この状態でカメラを回して、現場の状況を確認する。勿論、何か超常的な現象が発生するかもしれないので、定点カメラは動いているし、五十里と篠田もそれぞれ手持ちのカメラを回している。

定点カメラの位置だが、昼間の現象を考慮して、二階に設置予定だったものを池の側に移動することにした。カメラで常に水面を見張っている。このため、二階の四畳半には篠田を配置した。消灯した空間で一人切りになることからごねるのではないかと危惧したが、存外に素直な態度だった。

「一階にいるよりはマシな気がします」

篠田はそういっていた。

五十里は一階の仏間にモニターを設置して、定点カメラの映像を確認しつつ、自身もカメラを常に回す。とはいえ、基本的には手持ちのカメラはテーブルの上に載せて、モニターの映像に集中することになる。

心霊現象が起こる可能性が高い奥座敷は、障子と襖《ふすま》を閉めて、密室にしてある。隣の八畳間と仏間はすべての戸を開け放ち、広い視野を確保した。何か異変があれば、すぐに察知できるだろう。

最初の二時間は、何も起きなかった。撮影を始めてすぐに階段から足音がして一瞬身構えたが、篠田がトイレに下りてきただけだった。

本番でも二十二時のスタートにしようと思っていたが、日付が変わる直前くらいに時間をずらしてもよいかもしれない。というのも、まさにその時刻になって、急に体感温度が低くなったからだ。今回の下見では温度計は持参していなかったが、すうっと冷たい空気が首筋を撫でるのを感じた。

やがて仏壇の卒塔婆《そとば》や位牌《いはい》がカタカタと鳴り出す。天井近くで何かが弾《はじ》けるような音もする。そして、背後——部屋の少し高い位置から、小さな話し声が聞こえた。まるで幼い子供たちが内緒話をしているかのようだ。内容は全く聞き取れない。五十里は振り返りたい衝動を堪《こら》えて、できるだけ静かにした。それらの音声がカメラに録音されれば、後日詳しく調べることができる。そうしたら会話の内容もわかるかもしれない。

午前一時を回って程なくしてのことだ。

突然二階から篠田の叫び声がした。

五十里が何事かと驚いている間に、篠田は物凄《ものすご》い勢いで階段を駆け下りてくる。そのまま靴を履いて、玄関から外へ走り去ってしまった。

「マジか……」

五十里は篠田の逃走に呆気《あっけ》に取られて、僅かな間動くことができなかった。

一人になると、屋敷には痛いくらいの静けさが広がっているのを認識した。先程までは外から聞こえていたはずの蛙の声や、近くの道を走る車の音が、いつの間にか全くしない。

まずは開けっ放しの玄関の戸を閉める。この時、靴箱の上の水槽のエアーポンプが止まっていることに気付いた。故障だろうか？　どのみち魚は入っていないので、放置しても問題はないだろう。

篠田のスマホに連絡したが、通話に応じない。完全に職務放棄である。下見も含めてこれまで篠田と一緒に何箇所も心霊スポットを訪れているが、こんなことは初めてだ。恐らく、二階で余程のことがあったのだろう。

天井を見上げて耳を澄ますが、今は何の物音もしない。

このままでは埒が明かないので、五十里は二階へ行ってみることにした。カメラを回しながら階段を上ると、状況を客観視できて、少しだけ落ち着いた。踏み板を軋《きし》ませながら二階へ至ったが、ざっと見た感じで殊更に異状はなかった。篠田がいた四畳半では、三脚付きのカメラが畳の上にひっくり返っている。恐らく慌てた篠田がぶつかって倒したのだろう。

「あいつ……」

レンズは廊下側を向き、まだ撮影を続けていた。五十里は自分の持っていたカメラを畳の上に置いた。それから横たわったカメラの録画を切って、レンズに傷がついていないか確認する。幸いレンズもボディも無事のようだ。動作を確認しても故障したところはなさそうだった。

次に、五十里はカメラの映像から先程ここで何が起こったのかを確かめることにした。十分程巻き戻す。再生された映像は、二階の廊下を映していた。昼間に篠田が仏間で回していたカメラと同様、静止画のように変化がない。

しかし、唐突に篠田の叫び声が入った。この段階では、画面には何も映っていないし、篠田もフレームの外にいるので、何が起こったのかまるでわからない。衝撃音と共に、カメラが倒れる。そこで初めて異様なものが映っていた。

足である。

紫色のスカートの裾から、細い二本の足が覗いている。

暗闇にぼぅっと浮かび上がる裸足《はだし》には、青いペディキュアが塗られていた。篠田が必死の形相で階段を下りていく様子が僅かに映っている。その間も、二本の足は動かない。

五十里はカメラのモニターから顔を上げた。

やはりそこには誰もいない。

カメラを通してなら何か見えるかと思い、撮影を始めようとした刹那《せつな》、ピンポーンと玄関チャイムが鳴った。

＊

鍋島猫助『最恐の幽霊屋敷に挑む』より

真夜中の訪問者

最恐の幽霊屋敷において入居者が最も体験する頻度が高いのが、深夜、外に誰もいないのに玄関のチャイムが鳴るという現象である（これに関して筆者は昼間に体験している）。

この現象については、亡くなった朽城家の娘が帰ってきているのではないかという解釈があり、筆者も最初は同じことを考えた。しかし、生前の朽城キイの活動を調べてみると、その解釈は誤りであったことがわかった。玄関チャイムを鳴らしているのは、全く別の悪霊だったのだ。

サクラさん夫婦が茨城県K市の分譲住宅を購入したのは、一九八五年のことだった。当時サクラさんは三十歳、二つ上の夫ナオズミさんと五歳になる娘のノリミちゃんの三人家族だった。周りの家も大体同じタイミングで引っ越して来たし、若い夫婦が多く、家族構成が似ていたから、近所の住民同士はすぐに打ち解けた。

「みんなちょっと離れた場所から越してきたんで、最初は土地勘がなかったから、お互い助け合ってというか、情報の交換なんかして、どんどん親しくなりました」

ただ、地域の寄合などに出席すると、古い住民たちと新しい住民たちの間には若干壁のようなものがあったらしい。あからさまに対立するようなことはないが、古い住民たちはサクラさんたちとは距離を置いて付き合っている感じだった。

「念願のマイホームでしたから、新居には満足していました。でも……」

一つだけ、不快なことがあった。

真夜中に、誰かが玄関のチャイムを鳴らすのである。それも毎日。

「最初は意識していませんでしたけど、気付くとホントに毎日チャイムが鳴らされるんです」

それは午前二時から三時までの間だったが、正確に同じ時間というわけではなかったそうだ。しかも玄関チャイムが鳴らされるのはサクラさん宅だけではなく、分譲地に立つ他の七軒の家々も同じ被害に遭っていた。

「そんなに深刻なことではありませんけど、悪戯《いたずら》にしては執念深いなって思いました」

住民の中には犯人を見付けようと、夜中に玄関にスタンバイした者もいた。しかし、チャイムが鳴らされた直後に外に出たにも拘わらず、犯人を見付けることはできなかったそうだ。ナオズミさんを含めて、何人かが同様の試みをしたが、誰も犯人の正体を突き止めることはできなかった。

その内、サクラさんたちは皆、この悪戯に慣れた。真夜中にチャイムが鳴っても目を覚ますことはなくなり、近所でもその話題を口にすることはなくなった。しかし、そうやって平穏な日常を過ごしていたサクラさんたちに、禍《わざわい》は知らぬ間に忍び寄っていたのである。

異変は緩やかに訪れた。引っ越してから半年が経過した頃、近所で体調を崩す住民が出はじめた。最初は倦怠《けんたい》感が続き、食欲がなくなる。熱はないが、とにかく動くのが辛《つら》い。医者にかかっても過労や風邪と診断されるだけで、症状は一向によくならなかった。

殊にノリミちゃんたち幼い子供たちはかなり体力を奪われて、徐々に衰弱していっていた。そして、右隣の家の四歳の男の子が亡くなり、向かいの家の妊娠中の女性が流産した。ノリミちゃんも急に具合が悪くなり、救急車で病院に搬送され、そのまま入院してしまった。

住民たちはまず、住居の塗料などに何か人体に有害な物質が含まれているのではないかと疑った。しかし、調査の結果、そういったものは見付からなかった。次に土壌や水道水の汚染の可能性を考えたが、こちらも有害物質は検出されなかった。やがて死者は大人にも出はじめる。

「全部で八軒ある内、六軒で死人が出ました。うちのノリミは一週間で退院したんですけど、家に帰ったらまた症状が重くなって、結局、もう一度入院してしまいました」

そんな中、近所の主婦がある噂を聞きつけてきた。

この分譲地があった場所には、大体二十年前までお化け屋敷と呼ばれる大きな洋館が建っていたというのだ。サクラさんはその話を聞いて、地元の住民たちが自分たちと距離を置いている理由を理解した。そして、原因不明の病気はこの土地の祟りが原因なのではないかと考えた。

「でも、どうもそんなに単純な話じゃなかったんです」

不動産会社に問い合わせてみると、確かにここには過去に古い洋館があったが、そこで事件や事故は一切起きていないということだった。

勿論、不動産会社が真実を隠している可能性も考慮して、それとなく昔から地元に住む人々にお化け屋敷について訊いてみたが、やはり人が死ぬような事件は起こっていないという。洋館がお化け屋敷といわれていたのは、長らく廃屋が放置されていたからに過ぎないそうだ。

ただ、サクラさんたちはここでも疑心暗鬼になった。果たして自分たちのような新参者に、地元住民たちが本当のことを教えてくれるのだろうか？　やはり誤魔化されているのではないか？

「それで一度朽城さんに来てもらうことになったんです」

左隣の家の奥さんが、偶然にも朽城キイの友人だったのだそうだ。サクラさんは霊能者なんて胡散臭いと思ったが、お隣は完全に信用している様子だった。

キイがお隣を訪問した際、サクラさんも同席したという。霊能者というから仰々しい人物を想像していたが、キイは至って普通の主婦だった。お隣の奥さんと旧交を温め、互いの近況報告をするのを見て、しばしサクラさんは自分がどうしてこの場にいるのか忘れかけた。漠然と二人の会話はいつまで続くのだろうと思っていると、不意にキイがこんなことをいった。

「あのね、みんなの家に、毎日何か可怪《おか》しなことは起こらない？　例えば、誰かが尋ねてくる気配がするとか、同じくらいの時間に妙な音がするとか」

その時のサクラさんの頭の中では、既に真夜中の玄関チャイムのことはすっかり抜け落ちていた。だから、そのことをキイに伝えたのは、隣の奥さんだった。

「多分、それが原因」

キイはそう断定した。

それまでサクラさんは、近所の住民の不調の原因はこの土地にあるものと思っていたので、まさか玄関チャイムの一件と関わりがあるとは思ってもみなかった。キイがいうには、この場所には毎日よくないモノが訪れているという。そして、ソレが纏《まと》った怨念が瘴気《しょうき》となり、毎日の訪問で蓄積して、住民たちに健康被害を出しているのだそうだ。

「朽城さんはその日の夜、お隣に泊まって、原因になる霊を封じ込めてくれました」

サクラさんはその現場は直接目にしていない。しかし、お隣から「立派な壺に悪霊を封じ込めていた」と聞いたそうだ。

その後、住民たちは徐々に健康を取り戻し、ノリミちゃんも今度は退院後に体調を崩すこともなかった。もう真夜中に玄関のチャイムが鳴らされることはないという。

さて、結局のところ、サクラさんたちの家を訪れていたのは一体何だったのだろうか？　そして、ソレは何故、彼らの住んでいる場所に出現したのだろうか？　それを明らかにするために、筆者はかつてその場所に建っていた洋館について詳しく調査することにした。

洋館が建てられたのは一九五〇年代の初めだったらしい。住んでいたのは美術商を営むアメリカ人の家族で、中年の夫婦と十代半ばの娘が二人だった。しかし、三年程暮らして、彼らは突然引っ越してしまったという。以来、洋館だけが取り残された。

およそ十年が経過した頃、所有者の代理人が空き家を解体し、土地を売りに出した。それから約二十年後、市外の不動産会社が土地を購入、分譲住宅として販売したわけである。

筆者は昔からその土地に住んでいる住民たちに直接取材をしたのだが、洋館について話す時彼らの口は重かった。加えて、約二十年もの歳月その土地の買い手がつかなかったのも、やはり不自然である。確かに洋館があった場所では人が死ぬような事態は発生していなかったのだろう。しかし、筆者は過去に洋館の家族と地元住民の間で、何かがあったのではないかと考えた。

そこで当時の地方新聞を調べてみると、興味深い記事を発見した。なんと洋館の住人の上の娘が行方不明になっていたのである。

筆者は少女の捜索に関わった元警察関係者に話を聞くことができた。それによれば、洋館の家族と地元住民の間にはかなり大きな溝があり、一部の住民たちは露骨な敵意を持っていたらしい。

「当時の捜査本部は、少女の失踪には地元の若者グループが関わっているのではないかと疑っていました。彼らが少女に乱暴を働いて殺害し、屍体を何処かに遺棄したのではないかと考えたのです」

ただ、決定的な証拠はなかったし、本人たちも否定した。それに当時は連合国の占領が解けたばかりという時代情勢もあって、少女の失踪に対する地元住民の関与については深入りしないことになったようだ。

当然、地元の住民たちも警察と同じように若者グループを疑っただろう。彼らが少女をどうにかしてしまったと思っているからこそ、今でも地元では洋館について語ることに抵抗があるのだし、その土地を忌避しているのだ。

昔から住んでいた人々が、サクラさんたち新しい住民と距離を取っていたのも、過去の事件を掘り起こされることを危惧してのことだったのではないだろうか。或いは、あの土地に対する後ろめたさもあったのかもしれない。

さて、洋館の美術商家族が唐突に引っ越したのは、娘の失踪の真相を察して、自分たちの身を守ろうとしたためと考えることは容易である。だが、もう一つの可能性についても考えてみたい。

真夜中にサクラさんたちの家を訪問していたのは、失踪した少女の霊の可能性が高い。彼女は毎晩毎晩、かつて自宅のあった場所に帰ってきて、玄関のチャイムを鳴らしていた。

これと同じことがかつて洋館でも起こっていたとしたらどうだろうか。

毎日、真夜中に何者かが訪問してくる。

しかもそれは死んだ娘らしい。

これは引っ越す理由になるだろう。

ただ、これが成り立つためには、家族が少女の死を認識していなければならない。つまり、少女失踪の真相を知る犯人は——もっといえば、彼女を殺害した真犯人は、家族の内の誰かであった。

そんな恐ろしい可能性も考えられるのだ。

第四章　小鳥遊羽衣《たかなしうい》（二〇一五年）

1

小鳥遊羽衣は焦っていた。

所属していたアイドルグループのフローズンメロン——略してフロメロを卒業したのは、三年前のことである。その後、バラエティー番組のゲストやフロメロにいた頃に出演したホラー映画の監督が演出を務めるオムニバス形式のドラマへの出演という散発的なオファーを受け、一昨年には朝ドラにも出演した。主人公の同僚役だったから、出番もそれなりに多かった。

アイドル時代から知名度はあったものの、やはり全国放送のドラマに出演することは、小鳥遊にとって大きなチャンスだった。しかし、ドラマの放送終了後、彼女の芸能活動を飛躍させるような新しいオファーが来ることはなかった。精々街歩き番組のゲスト出演が増えた程度である。

ネット上の評判を見るまでもなく、原因はわかっている。自分には演技力がない。歌唱力も平均的だ。それに現役でアイドルをしていた頃にプロデューサーにいわれたことだが、「見た目が昔のアイドル」っぽいのだそうだ。ここでいう昔というのは、具体的には一九八〇年代のことで、確かにその頃のアイドルの映像を見てみると、自分の雰囲気によく似ている。そういえば子供の頃から、「羽衣ちゃんはアイドルみたいだねぇ」と親戚《しんせき》にはいわれていたが、彼らも自分たちが若い頃に活躍したアイドルたちと小鳥遊を重ねていたのだろう。

「お前は見た目で損してるよな」

つい先日、事務所の社長にそういわれた。小鳥遊は現代を舞台にした連続ドラマではルックスがレトロであるため、使い難いらしい。しかし、反対に時代劇となると、アイドル顔過ぎて浮いてしまう。従って、その中間に位置するような時代設定の作品でないと、オーディションを受けてもなかなか受かるのは難しいという。

フロメロにいた頃は、歌やダンスのレッスン、新曲のレコーディング、サイン会や握手会などのファンイベント、歌番組への出演、ライブツアー、雑誌の取材など、本当に休んでいる間もなく忙しかった。

当時十六人いたメンバーの中で、握手会の人数やファンレターの数などはいつも上位だったし、センターだって何度も務めたから、自分はそれなりに人気があると思っていた。否、今だってファンの数は、決して少なくはないのだ。だが、業界での需要はあくまでフロメロの「ういうい」であって、一個人の小鳥遊羽衣ではなかったようである。

現在、小鳥遊は二十五歳だ。恋人もいないから、結婚の予定もない。そもそも結婚願望がない。それに、はっきりいってしまうと、芸能界にも然程《さほど》執着はない。だが、十代からアイドルとして活動してきたため、この業界のことしかよくわからない。

グループを卒業した元メンバーには起業した先輩もいるし、大学に入学して新たな目標に向かって邁進《まいしん》する後輩もいる。しかし、小鳥遊は今更何か資格を取ろうという向上心もないし、社会に出て自活する自信もない。本当に自分には「ないない」ばかりだから、今は選《え》り好みせず、もらった仕事は受けていかなければならないのである。

その結果、今、彼女は「最恐の幽霊屋敷」と呼ばれる建物の仏間で、見たこともない生物のミイラを前にしている。

七月に放送予定の「最恐心霊ランキング二〇一五」という特別番組の収録である。どうやら度々トーク番組で自らの恐怖体験を誇張して披露していたのが功を奏したらしい。

小鳥遊は心霊研究家の新海渚と共に、この家で二晩を過ごす予定だ。但《ただ》し、今夜の内にオンエアで流せそうな現象が複数回起こり、撮れ高が十分になれば、それで撮影は終了になると聞いている。

マネージャーの話では、この手のロケでここまで流動的なスケジュールが組まれることは通常はないという。それは小鳥遊にもわかる。自分のようにスケジュールに余裕のある人間でなければ、そもそもキャスティングが難しい。

ただ、今回のロケに関しては、小鳥遊が軽く見られてオファーが来たわけではないそうだ。プロデューサーが最恐の幽霊屋敷のコーナーを番組の目玉と考えているからこそ、小鳥遊を起用したらしい。何処《どこ》までが本当で、何処からが嘘なのかはわからない。基本的に業界の人間がいうことは話半分で聞いておいた方がよいと思っている。しかし、どちらにしても自分には断るという選択肢はないのだから、本当か嘘かなど気にしても仕方がない。

時刻は十四時を回っている。まだ昼間であるが、外は小雨がちらついているので薄暗い。七月に放送されるため、収録は毎年梅雨時期になってしまうのだとディレクターの五十里和江がいっていた。

仏間には小鳥遊の他に、新海とこの屋敷の大家の娘である棘木彩花《さいか》の三人がいた。背の低い大きなテーブルに、小鳥遊と新海が並んで座り、少し離れて棘木がいる。

玄関の三和土《たたき》にはカメラが三脚で固定され、五十里が自らカメラを回していた。その後ろにはADの秋葉胡桃《あきばくるみ》と小鳥遊のマネージャーである岩原智子《いわはらさとこ》が控えている。予算が少ないらしく、他にスタッフはいない。

テーブルの上には大きな木箱が置かれ、その中には頭部に二本の角が生えた、犬に似た生物のミイラが横たわっている。木箱の蓋《ふた》には「わざはひ」と書かれていた。

「これは何のミイラなんですか？」

小鳥遊は台本にある科白《せりふ》を口にした。

「こちらの蓋に書いてあるように、禍《わざわい》という妖怪《ようかい》のミイラです」

答えたのは、棘木彩花である。年齢は二十代後半から三十代前半だろう。黒いシャツに黒いジーンズという地味な服装だった。ひっつめ髪に薄く化粧しているだけなのだが、何故か艶《なま》めかしい雰囲気がある。ただ、顔出しNGのため、オンエアでは顔にモザイクがかかることになっているし、音声も変えるようだ。

「わ・ざ・わ・い、ですか。それは災難って意味の禍でいいんですか？」

「そうです。禍は元々中国の仏教説話に登場する怪獣で、鉄を食べて巨大化し、やがて人も食べるようになったそうです。日本でも『宝物集《ほうぶつしゆう》』『直談因縁集《じきだんいんねんしゆう》』など仏教に関する文献に記されていますが、恐らく一番有名なのは、曲亭《きよくてい》馬琴《ばきん》の記した江戸時代の読本『椿説弓張月《ちんせつゆみはりづき》』です。ここでは妖術を使う僧侶《そうりょ》が使役するものとして登場します」

　棘木は素人とは思えぬ程、すらすらと禍について解説する。これは台本に書かれているわけではなく、彼女自身の知識である。もしかしたら学生時代に日本史や日本文学を専門的に学んでいるのかもしれない。彼女の父親も郷土資料館の学芸員だというから、その可能性は高いだろう。

「このミイラがその禍なんですね」

「文献と同じものかはわかりません。ただ、このミイラを所有した者には次々と禍が起こるといわれています」

　ここで一旦《いったん》カットがかかった。この後、オンエアではミイラの所有者が次々に死んでしまったエピソードが再現ドラマ形式で挿入されることになっている。

　棘木はこの不気味で不吉なミイラを元の所有者の遺族からわざわざ買い取ったらしい。それだけではない。小鳥遊たちの背後、通常は神棚が置かれる場所には様々な人形が乱立しているが、それらは呪術《じゅじゅつ》で使用するものであったり、夜中に動き出す人形だったりと、すべてに曰《いわ》くがあるそうだ。そんなものを蒐集《しゅうしゅう》する人間の精神が、小鳥遊には全く理解できなかった。

　隣に座っている新海は、鹿爪らしい顔でミイラを眺めている。大きめの丸眼鏡に、ベージュ色の髪を頭の上の方で団子にしている。スカートスーツには皺《しわ》一つない。心霊研究家というよりも、公認会計士や税理士のような肩書きが似合う。事前に読んだプロフィールでは、年齢は三十五歳と書いてあったが、もう少し若くというか、幼く見える。良い意味でも悪い意味でも、浮世離れしているせいだろう。

「新海先生。このミイラって本物なんですか？」

小鳥遊は小声で尋ねた。

「んー、そうですねー、多分、イヌ科の動物に、カモシカの角をくっ付けたんじゃないですかねー」

新海の声は存外に大きく、持ち主の棘木にも聞こえる程だった。五十里と秋葉がぎょっとした顔でこちらを見る。小鳥遊も棘木の様子を窺《うかが》ったが、彼女は奥座敷の方を向いていた。聞こえていないのか、敢《あ》えて聞こえない振りをしているのか。

「ただですねー、このミイラは禍の存在の証拠として作られたわけじゃないと思うんですねー。そうゆー意味では真贋《しんがん》はどーでもいいわけです」

「それって、ミイラが偽物でも構わないってことですか？」

「まーぶっちゃけてしまえば、そーですねー。これって呪物として作られているんでー、その効果があればいいわけですよー。で、そうゆー意味では、本物ですねー」

新海は真面目な顔で「こんなもの持ってたら、死にますよー」といった。恐らく新海は棘木にわざと聞こえるくらいの声で発言したのだろうが、肝心の持ち主はこちらの会話を全く無視している。

改めてカメラが回され、小鳥遊はミイラを観察しながら、「鋭い牙《きば》が生えています」や「尻尾《しっぽ》が長いですね」など台本に書かれた通りの科白を喋《しゃべ》る。それから段取り通り「新海先生はどう思われますか？」と新海の方を向いた。

「とっても恐ろしいミイラですねー。何ていうかー、禍々《まがまが》しい念のようなものを感じますー。まさに禍って感じがしますねー。箱の状態を見ても、かなり古い時代のもののようですしー」

てっきり先程のように、このミイラは複数の動物で作られたものだと発言すると思ったので、小鳥遊は意外に思った。もっとも呪物としては本物だそうだから、今だって嘘は吐いていない。

新海がこの番組に出演するのは今年で三度目だそうだ。やはり何度もオファーを受けるような人物は、スタッフが求めるコメントをそつなく用意できるのだろう。

自分も彼女を見習うべきなのだろうと一瞬思ったが、「待て待て」と心の中で突っ込む。新海を見習ってしまったら、今後もこうしたオカルト関係の仕事が増えてしまうのではないか？　まあ、仕事がないよりはよいけれど、本当に自分はそれを望んでいるのか？

小鳥遊はそんな葛藤《かっとう》を抱えつつ、新海の言葉に相槌《あいづち》を打っていた。


ミイラの撮影が終わると、今度は屋外での撮影になった。

依然として小雨がちらついているので、小鳥遊はADの秋葉からビニール傘を受け取った。自分よりも少しだけ年下だろうか。睡眠不足なのか、顔色が悪い。秋葉はずっと挙動不審で、屋敷のあちこちに視線を彷徨《さまよ》わせている。聞けば、彼女は急遽《きゅうきょ》今回のロケに参加することが決まったのだという。

「私、こういう場所苦手なんですよぅ。ホントは担当が別にいたんですけど、なんか下見でここに来てすぐに、会社辞めちゃって」

下見にはディレクターの五十里も同行していたが、前の担当ADがどんな現象に遭遇したのかはよくわからないらしい。

「会社まで辞めるなんて、余っ程怖い思いをしたんだと思います」

秋葉は青い顔でそういった。

どうやら事前にこの家を訪れた五十里たちは、色々と不思議な現象を撮影しているようなのだ。

ことで、その内容は小鳥遊と新海には秘密にされている。だからこそ、本番のロケを行うことに決定したのである。しかし、先入観があるといけないという

小鳥遊はオファーを受けた後、ネットでこの場所に関してある程度調べている。ただ、夜中に玄関チャイムが鳴るとか、誰もいないはずの二階から足音が聞こえるとか、神棚の人形たちが喋るとか、金縛りに遭うと知らない老婆《ろうば》が覗《のぞ》き込んでいたとか、割と何処にでもあるような怪談ばかりだった。とても会社を辞めるような衝撃を受ける体験とは思えない。

唯一気味が悪いと思ったのは、この家を訪れた霊能者はすべて死んでいるという噂だった。新海はその噂を知っているのだろうか？　それとも彼女は霊能者ではなく、心霊研究家だから関係ないのだろうか？　そういえばオカルトライターがこの屋敷を取材して本を出しているようだが、小鳥遊は未読である。一応岩原には読んでおいた方がいいか確認したのだが、その必要はないといわれた。だが、そういった岩原自身は、その本を読んでいることを小鳥遊は知っている。

最初に一同が向かったのは、庭の西側に位置する石蔵だった。

この中には、先程見たミイラのような棘木の蒐集したコレクションが収蔵されているらしい。新海は蔵に近寄っただけで、不快な表情を浮かべている。

そういえば、棘木の姿がいつの間にか見えない。家の中にいるのか、それとも帰ったのか。台本では棘木の出演は禍のミイラを我々に見せてくれるシーンだけである。だから、それ以外の撮影に同行する必要はないとは思うが、自分の家が管理している物件でテレビ番組を収録しているのに、全く興味を示さないというのも不思議に思えた。

テレビの取材が入るのは今回が初めてという話だから、慣れているわけではない。もしかすると、

小鳥遊が思っているよりも、世間の人々はテレビに関心がないのかもしれない。そう思うと、今、この場所にいることが急に空《むな》しくなる。

しばらく蔵の前に立たされたが、何も異常は起きなかった。そのまま裏手の稲荷を経由して、今度は母屋の脇にある池に移動した。

昏《くら》い水面《みなも》に、ぽつぽつぽつと雨粒が落ちている。小さな波紋の下では、鮮やかな色の錦鯉《にしきごい》と赤い金魚たちが静かに泳いでいた。約二十年前、この場所では男性が一人死んでいる。池に頭を突っ込んで、溺死《できし》の状態で発見されたのだ。ここでも五十里はしばらくカメラを回していた。恐らく、この場所で何らかの心霊現象に遭遇した人がいるのだろう。きっと先程の蔵も同様で、だからこそある程度の尺を取って、撮影を行っているに違いない。

ここに出るのか。

そう思うと、少しだけ怖くなった。

五十里から、一旦小鳥遊と新海抜きで石蔵と池を撮影したいと申し出があり、二人は稲荷の小社の前で待機することになった。雨脚は少しずつ強くなっているようだったが、裏庭は杉林があるせいで、余り変化は感じない。傘にはぽたんぽたんと比較的大きな水滴が断続的に当たる。

鳥居の赤が水を含んで黒っぽく見えた。首の切られた狐の胴体から雨水が溢《あふ》れ、コンクリートの台を濡《ぬ》らしている。

「今更ですけどー、今回の仕事は、お断りすべきでしたー」

不意に新海がそういった。

「どうして、そう思うんです?」

「このお稲荷さん……」

新海は指を差す。

罰当たりではないかと思っていると……。

「……空っぽですよー」

そういった。

「え？」

「中になーんにも入ってません」

「それは……」

「この屋敷を守る神様を、誰かが移動しちゃったんですよー。捨てちゃったのかもしれませんねー。まあ、誰かっていうか、きっと大家さんなんでしょうけどねー」

「それって何かまずいんですか？」

「んー、まずくはないですよー。大家さんの所有物ですからねー」

まあ、それはその通りだ。自分の持ち物なのだから、移動しようが、捨てようが、棘木の勝手である。

「でも、わざわざ家の中を呪物でいっぱいにしてー、お稲荷さんもどっかにやっちゃうってー、普通じゃないですよねー」

それは小鳥遊もそう思う。

新海は「厭《いや》な予感がするんですよねー」といって、空っぽの稲荷社を見つめた。

＊

鍋島猫助『最恐の幽霊屋敷に挑む』より

バスルームの怪

一九九二年に朽城キイが封魔の壺《つぼ》に封じたのは、東京都M区にあるホテルに潜む霊だった。現在でもこのホテルに関する怪談はネット上で語られているが、当時も幽霊が出ることで有名だった。

怪談が頻繁に語られる理由ははっきりしている。一九九〇年十二月にホテルの一室で女性のバラバラ屍体《したい》が発見されたのである。ユニットバスの浴槽に、両腕、両大腿《だいたい》部、両足、胴体、頭部の合計八つの身体部位が遺棄されていた。司法解剖の結果、屍体はすべて同一人物のもので、年齢は十代から二十代、眼球に溢血《いっけつ》点が見られることから死因は窒息死の可能性が高いとされた。現場から着衣や所持品の類《たぐい》は発見されていない。第一発見者は客室の清掃を担当する女性であった。

部屋に宿泊していたのは、二十代から三十代の眼鏡をかけた男性だった。予約通り二十時にチェックインしたが、宿帳に記載された名前や住所はすべて虚偽のものであった。チェックインの際、男性客は大きなスーツケースを持参しており、恐らくその中に被害者の屍体が入っていたものと思われる。

冬場ということもあり、男性客は手袋をしたまま筆記用具を使用したので、指紋は残っていなかった。客室の中もすべて指紋は拭《ふ》き取られ、被害者以外の毛髪なども発見できなかった。

警察は屍体遺棄事件として捜査を開始したが、犯人と思われる男性の行方は疎《おろ》か、被害者の身許《みもと》も全くわからなかった。加えて、何故、ホテルに屍体を遺棄したのか、その動機も不明である。ホテルへの厭がらせなのか、愉快犯なのか、それとも屍体を早期に発見してほしかったのか、それらしい理由は幾つか考えられるが、どれも決定的なものではなかった。

この事件は現在も捜査が継続されているが、未《いま》だに被害者が誰なのか不明のままだし、容疑者特定に繋《つな》がる情報も皆無である。ネット上でも平成の未解決事件として度々話題になるが、証拠の数が少ないため、議論そのものが発展しないことが常だ。その中で筆者が興味深いと思った推理は、加害者も被害者も外国籍の人間なのではないかというものだが、それを裏付けるような客観的な証拠は存在しない。

シンゴさんが交際相手のユウカさんと屍体遺棄現場となったホテルの一室に宿泊したのは、一九九一年六月のことだった。シンゴさんがユニットバスでシャワーを浴びていると、ドアの向こうから女性の声がした。シャワーの音に混じって何をいっているのかは聞き取れなかったが、シンゴさんは恋人が話しかけていると思った。そこでドアを開けて確認すると、ユウカさんは「何もいってないよ」と不思議そうにいった。その時、室内のテレビも消えていたという。

「空耳だったのかと思って、体を洗いはじめたんですが、また女性の声が聞こえました。相変わらず何をいっているのかはわからないんですけど、こちらに呼び掛けるような口調なんです」

もしかして隣の部屋の声が反響しているのかと思い、今度は無視することにした。

ユニットバスから出ると、ユウカさんの表情が硬い。何かあったのかと尋ねると、「なんかバスルームから女の人の声がしたんだけど」と答えた。勿論《もちろん》、ユニットバスにはシンゴさんしかいなかった。それはユウカさんもわかっていたので、気味悪がっていたのだ。

しかし、ユウカさんがユニットバスを使用した時には、何の異常もなかったので、結局、たまたま何処かの部屋から音が漏れただけだろうと考えることにしたそうだ。

翌朝、目を覚ましたシンゴさんは隣に寝ているはずのユウカさんがいないことに気付いた。トイレに行っているのだろうと思ってしばらく待っていたが、戻ってくる気配がない。ユニットバスの中からシャワーや水道を使用している音も聞こえなかったから、シンゴさんは怪訝《けげん》に思った。試しにドアをノックしてから声を掛けたが、返事はない。

「ドアに鍵《かぎ》も掛かっていませんでしたから、その時は、もしかしたら部屋の外の自販機に飲み物を買いに行ったのか、朝の散歩に行ったのかとも思ったんですけど……」

念のため、シンゴさんはユニットバスのドアを開けた。

ユウカさんは水を張った浴槽に浸《つ》かって心肺停止の状態だった。シンゴさんはすぐにフロントに連絡し、心臓マッサージと人工呼吸を試みた。しかし、彼女は搬送された病院で死亡が確認された。

その客室に泊まって、二人と同様の体験をしたカップルは他に二組いるが、どちらも女性は水風《みずぶ》呂《ろ》に浸かって意識不明の状態で発見され、間もなく死亡している。男性客だけでそこを利用した場合は、ユニットバスを使用中に女性の声が聞こえるという現象は起こるものの、実質的な被害に遭うことはなかった。一度だけ二人組の女性客が宿泊したことがあったが、この時は二人ともユニットバスで屍体となって発見されている。二人は狭い浴槽に折り重なるようにして死んでいたそうだ。

これらのことから、その客室は女性が泊まると不審な死を迎えることがわかった。原因は不明だが、バラバラ屍体の女性が祟《たた》っているというのが、従業員たちの考えだった。

ともかくホテル側も死の法則が判明したことで、以降は男性客のみがその客室を利用するように徹底した。また事態を重く見た支配人が知り合いの寺院に相談し、最初にバラバラ屍体となって発見された女性を含め、客室で亡くなった女性たちを供養した。

半月程は何も起こらなかった。しかし、ある日、清掃担当の若い女性がその部屋の浴槽で死んでいるのが見つかった。宿泊客だけではなくスタッフにまで被害が及んだことで、ホテル内には動揺が走った。

ちょうどその頃、ヨシツグさんはそのホテルで働いていた。彼は栃木県S町の出身で、朽城キイの同級生だった。

「支配人にキイちゃんのことを話すと、『是非とも除霊を頼みたい』といわれました」

ヨシツグさんが久々に連絡を取ると、キイは依頼に快く応じ、翌日にはホテルを訪れた。

「私と支配人がキイちゃんを客室へ案内しました。キイちゃんも女性ですから、私は結構心配だったんですが、本人は特に気にしていない様子でした。場慣れしているというか、妙に貫禄《かんろく》があって、子供の頃とは違うなぁと感じましたね」

キイは部屋に入ると、持参した荷物から大きな壺を取り出した。そして、ユニットバスのドアを開けると、かなり厳しい表情で「またか」と呟《つぶや》いたそうだ。そして、中には入らずに壺の口を内側へ向けた。

「キイちゃんが呪文みたいなものを唱えると、何かが壺の中へ吸い込まれるのがわかりました」

キイは壺の蓋を閉じると、ヨシツグさんたちにそこにいた霊について説明した。

「ここにいた霊は特殊なものです。この部屋の不審死の元凶は、確かにバラバラにされた遺体の女性でした。でも、ここで起きたことは彼女の怨《うら》みとかではないんです。誰かがバラバラにした遺体を利用して、呪いをかけたんです。ここにいた霊は機械的に宿泊客の命を奪っていたのです。ですから真犯人はここに遺体を遺棄した男性ですね」

キイの話では、遺棄された屍体も、犯人の男性も、恐らくは霊的な能力の高い人間だったのではないかということだった。

「呪術的な実験だったんじゃないかって、キイちゃんはいっていました」

その日キイは自らその部屋に泊まることで、除霊の成功を証明した。以来、その客室で女性が死ぬことはないそうだ。

2

夜間の撮影に備えて、小鳥遊羽衣と新海渚に休憩時間が与えられた。

二人はそれぞれ二階の一室を休憩室として使用することになっている。小鳥遊には岩原と一緒に東側の八畳間、新海には西側の六畳間があてがわれた。どちらの部屋も内側に簡単な掛け金が付いていて、一応プライベートは保つことができる。室内には布団が用意されていて、仮眠を取ることも可能だ。

「思ったより綺麗《きれい》な建物だよね。これなら普通に住めるかも」

小鳥遊がそういうと、マネージャーの岩原智子が苦笑する。

「普通に住めるって、そんなの当たり前だよ。ここは借家なんだから」

「そっか。普通は家賃払って住むんだもんね」

岩原は自分と三つしか違わないが、遥《はる》かに大人だと感じる。それが生来のものなのか、社会経験の差なのかは判然としないが、岩原が優秀なのはわかる。自分と違って、社長からの信頼も篤《あつ》い。

「一応、バスルームはあるけど、そこも出るみたい。ずっとカメラを設置しとくらしいから、お風呂は近くの日帰り温泉を使うことになるね」

「それって、今夜で撮影が終わらなかったらの話だよね？」

「私は一晩で終わるとは思えない。こんな普通の民家で何が起こるっていうの？」

「でも、新海先生は何か感じてたみたいだよ」

「そう」

岩原は基本的に超常現象を信じていない。テレビで流れる心霊映像はすべてフェイクか、自然現象の誤認だと考えているようだ。当然、新海のことも全く信用していない。

「新海先生って結構人気あるみたいだよ。ネットでも信者みたいな人たちがいっぱい書き込みしてるし」

「へえ。そんなことより、あなたは大丈夫なんでしょうね」

「え？　何が？」

「夜の撮影で何か起こったら、きちんとリアクション取れるのかってこと。いい？　スタッフが何か仕込んでるとしても、あくまで偶発的な現象を装ってると思うから、一回勝負なわけよ。失敗は許されないんだからね」

「わかってる」

午前零時からの撮影では、小鳥遊はカメラを渡されて、一人で敷地内を撮影することになっている。その様子を茶の間でスタッフと新海がモニターで確認する予定だ。小鳥遊にとっては完全に肝試しである。

「少し寝たら？」

「う〜ん、日がある内に、もう一回外に出て順路の確認しておくよ」

「そう。じゃあ、ここにいるから、何かあったら連絡して」

小鳥遊は「うん」と頷《うなず》くと、部屋の外に出た。

廊下の突き当り、六畳の和室の戸は閉まっている。その向こうから新海の話し声がした。恐らく誰かと電話中なのだと思う。しかし小鳥遊は新海が何もない空間に向かって話をしている姿を想像し、鳥肌が立った。

一階に下りると、茶の間から五十里和江と秋葉胡桃の声が聞こえた。断片的に聞こえる単語から、夜間の撮影の打ち合わせをしていることがわかる。口調から五十里が苛《いら》ついているのがわかり、小鳥遊は居た堪《たま》れなくなった。

外に出ようとすると、仏間に棘木彩花がいた。所在なさそうに、ちょこんと座布団の上に座っている。テーブルの上には蓋は閉まっていたが、まだあのミイラが置かれたままだった。

「どうされたんですか？」

無視するのも気まずいので、そう尋ねた。

「これを蔵に戻そうと思って、雨が弱くなるのを待っているのです」

確かに木箱を運ぶには両手で抱える必要がある。傘を差しながらの運搬は難しいだろう。そこで小鳥遊は「あたしが傘を差して付いて行きましょうか？」と提案した。

「いいのですか？」

棘木は少し驚いた様子だった。

「ええ。だって、そのミイラ、そのままテーブルの上に置いておくわけにはいきませんよ。撮影が始まったら、何処かに仕舞わないと」

「助かります」

そういって、棘木はひょいと木箱を持ち上げた。乾燥しているから、見た目より軽いのかもしれない。

靴を履いて、傘立てから二本のビニール傘を取り出し、一本を自分で差して、もう一本を棘木――というより木箱に差し掛けながら、雨の降る庭を移動して石蔵へ向かった。

軒下まで来ると、「もう大丈夫です」と棘木はいった。彼女は一旦石段の上に木箱を置いて、持っていた鍵で南京錠を開錠する。その様子を小鳥遊は少し離れた位置で見ていた。

「この中には……」

無意識にそう口にする。

「……他に何があるんですか？」

「色々です」

「はあ」

「ご覧になりますか？」

「え？　いいんですか？」

「通常はお断りしています。でも、禍を運ぶのを手伝ってくださったので、特別にご覧にいれましょう」

棘木はそういって、立て付けの悪い金属の扉を開け、その内側の格子戸も開けた。

中には暗闇があった。

「さあ、どうぞ」

棘木は木箱を抱えて、中に入っていく。

小鳥遊は僅《わず》かに逡巡《しゅんじゅん》してから、その後に続いた。

蔵の中は整然としていた。木製の棚が並び、大小様々な木箱が収納されている。棘木は空いているスペースに禍のミイラの入った箱を仕舞うと、棚の上の電池式のランタンをつけた。それだけで天井の低い空間は随分と明るくなる。小鳥遊は、向かって左端に、二階へ続く短い階段があるのに気付いた。

棘木は近くにあった小さめの木箱を手にする。

「これは、見る度に顔の変わるお面です」

そういって、蓋を開ける。中には能に使用する小面《こおもて》に似たものが入っていた。心なしか微笑んでいるように見える。

「この面は時によって喜怒哀楽の四つの表情を浮かべるのですが、話によれば他に怨《うら》みの表情にもなるといわれています。そして、その怨みの顔を見ると……」

何故か棘木彩花は微笑みながら、「死にます」といった。

「ええ。実際、前の持ち主はそのせいでお亡くなりになったようですよ。内側から鍵の掛かった部屋で不審な死を遂げられたのですが、部屋にはこの面が飾られていたと聞いています」

では、もしもさっき蓋を開けた時、面が怨みの表情を浮かべていたらどうなっていたのだろう。

急に背筋が冷たくなった。

「あの、棘木さんは……」

「彩花とお呼びください」

「彩花さんは、怖くないんですか？」

小鳥遊がそう訊《き》くと、棘木は笑った。

「怖くはないです。怖かったら、こんなもの集められません」

「それは、そうですけど……。あ、そういえば、あそこのお稲荷さん」

「はい？」

「あのお社って中は空っぽって本当ですか？」

「ええ。父がこちらを購入した時には、既に中の神様はお移しになった後だったようです」

「狐の置物の首が切られているのは、どうしてですか？」

「あれは以前こちらをお貸しした方の仕業です。一箇月くらいここで生活されたのですが、あの狐だけではなくて、あちこち悪戯《いたずら》なさっていて、本当に困りました。あの狐の置物は私が通販で買ったのですけど、割れないようにこちらに運んで、父と一緒に苦労して並べたんです」

「そうだったんですね」

「死ぬんですか？」

新海は大家の精神構造を疑っていたようだが、実際に事実関係を確認してみれば何のことはなかった。それに父親はともかく、棘木彩花は呪いや祟りに対して余り頓着《とんじゃく》しない質《たち》なのかもしれない。

その時、二階からたんたんたんと物音が聞こえた。足音か？

小鳥遊が天井を見上げると、棘木は「鼠かもしれません」と眉根《まゆね》を寄せた。

「ちょっと見てきます」

棘木は小鳥遊の脇をするりと抜けて、二階へ上がって行った。

棚の上には顔の変わる面が蓋を開けたまま放置されている。確認する限りは、先程と表情は変わっていない。しかし、何のきっかけでそれが変化するのかわからないから、小鳥遊はできるだけ面から視線を外した。

棘木の足音は聞こえているが、一階に一人でいるのは不安だった。

嗚呼《ああ》、でも、夜になったら、たった一人でこの庭を巡回しなければならないのだ。まだ夕方で、しかも二階には棘木がいるというこの状況で怖がっていては、夜の撮影を満足にこなすことなどできないではないか。しっかりしろ、小鳥遊羽衣。お前は何のためにここにいる？　いつまでも甘えていてはいけない。お前はもうアイドルじゃないんだぞ。

そうやって自分で自分を叱咤《しった》激励していると……。

かたん、とすぐ近くで物音がした。

音がした方向を見ると、床に大きな木箱が置かれている。その蓋が少しだけズレていた。隙間からは干乾《ひから》びた人間の手のようなものが覗いている。

小鳥遊は脱兎《だっと》の如く、二階へ避難した。突然上に行ったので、棘木が不思議そうに「どうかしましたか？」と尋ねた。

「えっと、今、ちょっと……」

箱から何かが出てきそうでした、そういおうとしたのだが、小鳥遊は口を閉じた。

果たしてあの木箱の蓋は、さっき開いたものなのだろうか？　最初からあの蓋はズレていて、最初からあの手のようなものははみ出していたということはないか？　こんなことでビビってどうする。

「小鳥遊さん？」

「あ、い、いえ、何でもないです。ちょっと怖くなっちゃって」

「わかります。私も子供の頃は、蔵の中って怖かったです」

まあ、自分は二十五歳で子供ではないのだが、そこは突っ込まないことにする。この女性は少し天然なのかもしれない。

「こっちには何があるんですか？」

呼吸を整えながら、そう訊いてみる。

「二階の収蔵品は人形が多いですね。この辺の箱は、飾ると不幸になる雛《ひな》人形一式ですね。あっちが夜中に喋り出すビスクドールで、そこの市松《いちまつ》人形は見ての通り髪が伸びます」

確かに小鳥遊の傍らのガラスケースの中に入った市松人形は、前髪が乱雑に伸びて、顔の半分をすっかり隠していた。背中に伸びた髪も、数本が足まで届いている。

「鼠捕りには何も掛かっていませんでした。もう戻りましょう」

そういって棘木は先に階段を下りていく。小鳥遊も一階へ下りようとしたのだが……。

「え？」

何処からか、鼻歌が聞こえてきた。アップテンポだが懐かしい響きのある曲である。最初は棘木が歌っているのかと思ったが、それにしては二階のこの場所ではっきりと聞こえる。

まさか人形が歌っている？

そう思うと不気味ではあったが、不思議とその曲を聞いていると、心が落ち着く気がした。

一階へ下りると、棘木が蓋のズレた木箱の前にいた。

「小鳥遊さん、この蓋、開けました？」

「い、いいえ」

「可怪《おか》しいですね。さっきまで閉まっていたのですが」

嗚呼、やっぱりさっきのは勘違いではなかったのか。動悸が速くなる。

「そ、その箱、結構大きいですけど、中って何が入っているんですか？」

「ご覧になります？」

「え？　あ、はい」

もうこうなったら見るしかないだろう。半ば自棄糞《やけくそ》である。

棘木が蓋を開けると、中には大量の綿に埋もれるようにして、ミイラが蹲《うずくま》っていた。ぱっと見では人間のもののようだったが、頭からは二本の角が生えている。

「鬼……ですか？」

「一応、鬼婆《おにばば》のミイラといわれていますが……」

棘木は「どう見ても人のミイラですよ」といって微笑んだ。どうしてそこで笑うのか、小鳥遊には全くわからない。
またあの歌が聞こえた。

＊

鍋島猫助『最恐の幽霊屋敷に挑む』より

人食いビル

かつて群馬県T市に通称「人食いビル」という四階建ての雑居ビルがあった。一九六五年に建てられ、二〇〇七年に取り壊されるまでのおよそ四十年の間に、五十人近い人間が不可解な失踪《しっそう》を遂げている。その中には行方不明者を捜索していた警察官も含まれていた。朽城キイの関与がなければ、犠牲者はもっと増えていたことだろう。

人食いビルでは神隠しが起こるだけではなく、奇妙な存在も目撃されている。

サユミさんは一九八三年から一九八七年の間、二階の飲食店で働いていたが、店内の壁や天井を何かが這《は》っているのを何度か目にしている。

「体は透明なんだけどさ、壁紙の模様と微妙にズレてるから、輪郭は見えるんだよ。そうだねぇ、あたしが見た感じだと、小学校低学年の子供くらいの大きさだったかな」

それが幽霊なのか、妖怪なのかはわからない。無視しているといつの間にかいなくなってしまったらしい。

「それより厄介なのは、まだ会計してない客が消えちまった時だよ」

サユミさんは店にいた約四年間で二度、突然客が消えてしまう体験をしている。

最初はトイレに行った男性客が戻って来ないというものだった。他の客からクレームが出て確認すると、内側から鍵が掛かったままだった。声を掛けても返事がないので、酔って中で倒れている可能性も考慮し、店長がドアを開けた。

すると、中には誰もいなかった。

男性客がトイレに入るところは、サユミさんも目撃しているし、その後、誰も出てきていないことも、複数人の客が確認している。トイレには小さな窓はあるものの、大人の男性が通れる大きさではなかった。

結局、閉店の時間になっても男性客は姿を現さなかった。サユミさんは無銭飲食だと思ったのだが、店長は青い顔をして「神隠しだ」といった。その言葉でサユミさんは人食いビルの怪談が単なる噂ではなく事実だと知った。

二度目の体験は衝撃的だった。

「あたしが追加の注文を受けてる時のことなんだけどね、伝票にメモして顔を上げたら、今までテーブルに座ってたお客が消えちまってたんだ。こっちは何が何だかわからなかったよ」

隣の席に座っていたカップルは、ずっと見ていたわけではないが、少なくともその男性客が移動したとは思えないと証言したそうだ。

サユミさんが飲食店で働いていたのと同じ時期、ナリフミさんは三階にある会計事務所に勤めていた。

「その事務所が入る前は、法律事務所だったそうですが、弁護士の先生が突然行方不明になってしまったそうです」

事務所に入った当初は、まさかその弁護士がビルの中で消えたとは思ってもみなかった。やがて人食いビルの噂を耳にしたものの、ナリフミさんは全く信じていなかった。

「私も幽霊が出るというのなら、『もしかして』と思ったのでしょうけどね。ほら、夜中にコピー機がひとりでに動くとか、自殺した社員がデスクに座っているとか、所謂《いわゆる》会社の怪談ですか？　そういうものって聞く機会ありますでしょう？　でも、人が消えるっていうのは、余りにも突拍子がなくて、全く実感が持てませんでした。それなのに……」

ある日、ナリフミさんが数秒間目を離していた隙に、同僚の女性がいなくなった。

それは本当に一瞬の出来事で、ナリフミさんは状況を認識するのにかなりの時間を要した。その後、彼はすぐに事務所を辞めたという。

「あんな体験してしまいますと、次は自分が同じ目に遭うんじゃないかって恐ろしくなったんです」

調べてみると、ナリフミさんが勤めていた会計事務所は、ビルが取り壊されるまでテナントとして入り続けたようだ。出入りの激しい人食いビルでは稀有《けう》なテナントである。

朽城キイが人食いビルを訪れたのは、一九九〇年五月のことである。彼女に除霊を依頼したのは、当時四階で整骨院を開いていたエイスケさんだった。彼はキイの夫である智政の古い友人であり、朽城夫婦とは親しく付き合っていた。

「下の階の人たちに聞いたのですが、オーナーはビルの中で行方不明者が出ることに対して何の対処もしてくれないようでした。現象そのものに無頓着なのか、それとも、もうどうにもできないから見て見ぬ振りをしているのか、それはわかりませんでしたけど」

これまでにもテナントが独自に寺社や霊能者を呼んで、供養やお祓《はら》いが行われたが、効果は一切なかった。

「依頼した霊能者が約束の時間になっても来ないんで、事務所に問い合わせたら、『もう現場に着いてるはずだ』っていわれたこともあったそうです。結局、その霊能者はそのまま行方不明らしいですよ」

つまり、その霊能者はビルの除霊をする前に、自分が消されてしまったわけだ。

人食いビルに到着したキイは、封魔の壺を抱えながら四階から階段を下りていった。彼女は二階と三階の間の踊り場で足を止めると、「あれ、見える?」と罅《ひび》割れた壁を指差した。

確かにそこには何かがいた。

エイスケさんが目を細めて凝視すると、透明な何かが動いているのがわかった。

「『プレデター』って映画を思い出しました。あんなに大きくないですけど、透明な何か——人みたいに手足が生えていて、子供くらいの大きさの何かが、壁を四つん這いになって動いているんです」

キイが壺の蓋を開けて真言を唱えると、壁にいたソレはたちまちその中へ吸い込まれた。

エイスケさんが「今のは何? あれが神隠しの原因?」と尋ねると、キイは頷いた。

「殺された子供。多分、一人で寂しかったんじゃないの」

キイはそういったが、その時はエイスケさんには彼女の言葉の意味はよくわからなかった。

二〇〇七年、人食いビルが取り壊されると、地中から古井戸が発見された。

そして、澱《よど》んだ水の中から六十人以上の白骨化した屍体が回収された。

この事件は当時マスコミが広く取り上げたので、記憶している読者も多いのではないだろうか。歯型やDNAの照合により、四十九人の屍体は、ビルの中で行方不明となった人々のものだと判明した。しかし、井戸は建物の基礎部分の下にあったわけで、物理的には侵入することは不可能である。

一方、身許不明の骨の内、最も底に近い場所にあったのは、相当古い子供のものだった。頭蓋骨《ずがい》の損傷が激しいことから、誤って井戸に転落したのではなく、殴られた後に井戸に遺棄された可能性が高いこともわかった。

この報道を知って、エイスケさんはようやくキイの言葉を理解した。恐らく、殺されて井戸の中に捨てられた子供が、寂しさからビルの中に現れ、人々を井戸の中に引き摺《ず》り込んでいたのだろう。

「ただ、気になるのは、どうして子供の霊にそんな大勢の人間を襲う力があったのかってことなんです。もうキイさんはいませんから、この疑問は解けないままなんですけど」

そういってエイスケさんは昔を懐かしむように、視線を遠くへ向けた。

人食いビルで目撃された透明な何かは、最恐の幽霊屋敷の風呂場でカケルさんが見たモノと非常に似ている。また、あの家でもエミルさんの両親が神隠しに遭ったり、密室から十文字八千代が消えたりした。これらの怪異は人食いビルを起源としているに違いない。

さて、筆者もエイスケさんと同様に、井戸の中から見つかった子供に興味を持った。そこで人食いビルが建つ前の土地の歴史を調べることにした。人食いビルがあった場所は、現在、新しい雑居ビルが建っている。オーナーは以前のビルのオーナーと同じ人物である。そこで何度か取材を申し込んだのだが、完全に無視されてしまった。

記録によれば、一九六五年に人食いビルが建設される以前、その場所は更地になっていた。土地の所有者はビルのオーナーの父親で、家族で代々引き継がれてきたものであることがわかる。近隣住民によれば、この時期は土地の周囲が非常に高い塀で囲われていたという。

「塀の内側に入った奴は、二度と戻って来なかったって噂があったなぁ」

そう語る高齢者もいた。

更に遡《さかのぼ》ると、そこには以前本家の屋敷があったことが判明した。しかし、昭和の初めにわざわざT市内に別の土地を購入し、引っ越したようだ。この土地には、今もオーナー家族が暮らしている。この引っ越しの経緯を知っている住民は、今はもういない。だが、どう考えても不自然だ。恐らくは、この時期に屋敷で何かがあったのだろう。

筆者は、その時期に行方がわからなくなった子供がいなかったか確認したが、付近の集落からはそのような被害は出ていないことがわかった（反対に、本家が引っ越した後には、数名の子供が行方不明になっている）。そうなると、屍体となって発見されたのは、屋敷内に住んでいた子供であった可能性が高い。もしもそうなら、オーナーが人食いビルで連続して発生する失踪事件に目を瞑《つむ》っていたことも説明がつく。

オーナーは知っていたのだ。

何がビルに足を踏み入れた人々を消しているのかを。

否、もっといえば、オーナーは借り手に何らかの禍が起こるかもしれないことを知りながら、ビルを建設したのではないだろうか。その目的は、殺された子供の霊を慰撫《いぶ》するためではなかったか。

人食いビルの犠牲者の数を考えると、例えば次のような推測もできる。

本家に生まれた子供に、人知を超えるような能力を持つ者がいた。家族はその力を恐れて、密《ひそ》かに子供を殺害し、井戸に投げ捨ててしまった。しかし、それ以降も屋敷で何らかの怪異が発生したため、彼らは本家の土地を捨て、不自然な引っ越しをせざるを得なかった。

現在、新しくできたビルには、井戸の中から見つかった人々の幽霊が出るという噂があり、県内ではよく知られた心霊スポットになっている。

3

午前零時を前にして、予定通り撮影は開始された。

玄関の外灯があるので母屋の周辺は明るいが、少し離れると、濃密な闇が広がっている。幸い雨は止んだが、空は依然としてどんよりとした雲に覆われ、星も、月も、見ることはできない。周囲の田圃《たんぼ》で蛙が鳴く声がする。時折、近くの県道を走るバイクのエンジン音も聞こえた。

小鳥遊は小型カメラの付いたヘルメットを被《かぶ》り、首からはＬＥＤの照明を下げ、ビデオカメラを手にしている。我ながら滑稽《こっけい》な姿だと思う。まるで洞窟《どうくつ》にでも探検に行くようではないか。ヘルメットのカメラは小鳥遊の表情を映すためのもので、レンズはこちらを向いている。小鳥遊が持っているハンディタイプのカメラの他に、屋外には、玄関前、石蔵の前、池の端の三箇所に定点カメラが設置されている。

玄関前のカメラに向かって、「これから一人で庭の探索をはじめたいと思います」といった。ルートは昼間の撮影と同じで、最初に石蔵、次に稲荷、最後に池を巡って、前庭へ戻って来る予定である。

日のある内に何度か往復しているので、多少、視界が悪くても移動するのは容易である。しかし、これは心霊特番であるから、ルートをさくさく進むわけにはいかない。手持ちのカメラで周囲を撮影しながら、「辺りは静まり返っています」や「今のところ異状はありません」など、台本に書かれた科白を喋る必要がある。その上で何か突発的な現象が発生した場合は、それを手持ちのカメラで撮影するように指示を受けていた。

ディレクターの五十里からは、カメラを持つときは映像がブレないように、しっかり脇を締めるようにと注意された。もしも持ち帰った映像が使えなければ、再度撮影する必要があるという。厳しい要求だったが、自分の撮影した映像がテレビに流れるというのは、なかなか面白い経験だと思う。いつもは撮られている側だからこそ、小鳥遊には新鮮な感覚だった。

石蔵の手前では、然程風もないのに竹藪《たけやぶ》が揺れていた。不穏な気配が漂う中、蔵の前に設置されたカメラの前に立つ。

「さて、蔵の前に到着しました。ここには幾つもの呪われた品物が収蔵されています。中に入ることはできませんが、何か異状がないか、周りを調べてみます」

小鳥遊は数時間前に目にした鬼婆のミイラを思い出す。あの時、やはりミイラの入った箱の蓋はひとりでに開いたのだ。棘木彩花と一緒に見た時は、鬼婆のミイラは膝《ひざ》を抱えるような姿勢だったが、自分は確かに干乾びた手が箱の中から出ているのを見た。今になって、それが急に恐ろしくなった。

今、眼前の扉を隔てて、中にはあのミイラがいる。禍のミイラも、顔が変わる面も、髪が伸びる市松人形も、今頃どんな状態なのだろう。夕方、誰もいないはずの二階から足音らしきものが聞こえた。棘木は鼠だといっていたが、あの音はもっと大きなものが立てたものだと思う。

バシャッと背後から水音がした。

「今、池の方から水音がしました」

ヘルメットのカメラに向けて報告する。

「これから池へ向かってみます」

小鳥遊は予定とは異なり、稲荷社の撮影は端折《はしょ》って、足早に池へ向かった。その間も断続的にバシャッバシャッと何かが水面を叩《たた》くような音がする。自分でも不思議だったが、怖いという気持ちよりも、何がいるのだろうかという好奇心の方が大きかった。

池の見える位置に移動したところで、手持ちのカメラの角度を意識した。モニターを確認しつつ、フレームに池がきちんと入るようにする。池の側には定点カメラもあるから、きっと何かを映しているに違いない。なるべく早く、でも、映像がブレないように池に近付く。

水面には幾つも波紋ができていた。やはり何かが池の水を叩いたのは確かなようだ。首に下げた照明を水面に向けると、昏い水の中に魚影が見える。黒い魚はよくわからないが、錦鯉や金魚の赤や白の鱗《うろこ》の色は確認できる。餌をもらえると誤解した鯉が、こちらの岸辺に次々と顔を出す。口をパクパクさせて水面から顔を出す魚たちの中に、一瞬、小鳥遊はあり得ないものを見た。

それは男の顔だった。

濁った眼をして、こちらに向かって大きく口を開けていた。

その姿は魚たちの立てる水飛沫《しぶき》に隠され、すぐに見えなくなる。

余りの衝撃で瞬間的に息が詰まった。

小鳥遊は迷わずにその場を逃げ出した。来た道を引き返すのではなく、そのまま母屋の脇を通って前庭に出る。玄関の灯《あか》りが見えると、少しだけ安心した。

流石にこのまま一人で屋外ロケを続行することはできない。一度家の中に戻ろう。そう思って玄関へ急ごうとしたのだが……。

母屋の前に、女性が立っていた。

一見して、新海渚や棘木彩花ではないことはわかる。勿論、スタッフでも岩原智子でもない。

誰だろう？

長い黒髪に、季節外れの白いロングコートを着ている。

こちらに背中を向けているので、顔はわからない。

咄嗟《とっさ》に思ったのは、部外者が屋敷を訪れたのではないかという可能性だった。この場所は地元では有名な心霊スポットである。興味を持った人物がこっそり覗きに来ても不思議ではない。ただ、こんな真夜中に他人の家の敷地内に侵入するのは非常識である。まさか幽霊屋敷で不審者に遭遇するとは思ってもみなかった。

女性はゆっくりと右手を持ち上げて、屋敷の外へ向けて指を差した。後ろ向きではあったが、小鳥遊の存在は認識しているようだ。

彼女が指差した方向を見てみるが、漆黒の闇が広がっているばかり。

何がしたいのだろうか？

疑問に思った小鳥遊が、女性に声をかけようとした刹那《せつな》……。

あの歌が聞こえた。

今度は鼻歌ではない。

きちんと歌詞も聞こえる。

だが、眼前の女性が歌っているわけではない。歌はもっと高い位置から聞こえている。小鳥遊は屋根に視線を向けるが、人影はない。

再び前を向いた時には、さっきの女性はいなくなっていた。

「え？」

小鳥遊が視線を外していたのは、ものの数秒である。その間に何の物音も立てずに姿を消すのはどう考えても不可能だ。だとすると、先程の白いコートの女性は……。

「ゆうれい？」

そう認識すると同時に、小鳥遊は玄関に飛び込んだ。

靴を脱ぎ捨て、そのまま茶の間へ向かう。視界の片隅で捉《とら》えた靴箱の上の水槽には、何か大きなものが漂っている。あの水槽は空っぽのはずだったのに……。

いやいやいや、今はそんなことはどうでもよい。

「すみません！」

ガラス戸を開けると、蒲団《ふとん》を外された炬燵《こたつ》の上にモニターが並んでいた。

しかし、部屋の中には、誰もいない。

新海も、五十里も、秋葉も、岩原も、何処かへ行ってしまっていた。

小鳥遊は僅かの間、混乱した。自分が段取り通りに撮影しなかったので、四人が別の場所で急遽打ち合わせをしているのだろうか？　或《ある》いは、この番組の企画自体がドッキリという可能性もある。隠しカメラが何処かにあって、今も自分の慌てる姿を撮影しているのではないか？　だとすると、さっき池で見た男の顔や庭に立っていた女性も、番組側の仕込みということになる。

どうする？　この場合、どう振舞うのが正解なのだ？　可愛らしく怖がった方がいいのか？　それとも冷静に事態に対処した方がいいのか？

カメラを炬燵の上に置き、ヘルメットを外して深呼吸をする。

落ち着いて耳を澄ますと、風呂場から秋葉の声が聞こえた。

「……だからいやだっていったのにあんたがむりやりつれてくるからこんなことになるんだあたしはれいとかにがてだってなんかいもいったじゃないかしのだがしんでるのだってぎりぎりまでかくしやがってこうつうじこだからかんけいないなんていうけどとらっくにあたまふみつぶされるなんてふつうのじこじゃないだろうがほんとにあんたはじぶんかってでごうまんで……」

「秋葉さん？」

小鳥遊は声を掛けて、風呂場のガラス扉を開けた。

暗い浴室では惨状が繰り広げられていた。

秋葉胡桃は、仰向けに横たわる五十里和江に馬乗りになっていた。彼女は手にした包丁を、何度も何度も何度も何度も上司に突き刺している。既に五十里はこと切れていて、その目は何も映さず天井に向けられ、口からはごぼごぼと血を吐いている。秋葉は返り血でびっしょりになりながら、「どうせいつもあたしのことなんかばかにしてたんだろばかだとおもってたんだろなにさまのつもりだよ」と五十里に対する怨み言を続ける。包丁を突き刺す動作を繰り返す。

小鳥遊は腰から力が抜けて、その場にへたり込んでしまった。

その物音で秋葉がこちらに顔を向ける。

「あれ？　小鳥遊さんじゃないですか」

秋葉の口調は先程までの鬼気迫るものではなく、極々普通のものだった。その急激な変化がかえって恐ろしい。

「外の撮影終わったんですね。お疲れ様です」

「は、はひ……」

「あ、これですか？」

秋葉はそういって一度五十里の屍体を見下ろす。

「こいつパワハラが酷《ひど》いんで、成敗しました。これでもう現場は平和になりましたから安心してください」

そういっている間も、右手は包丁を握り、屍体を刺すのをやめようとはしない。

「えっと……」

「聞いてくださいよ。こいつね、この現場を前に担当してたADが死んでること、ついさっきまで黙ってたんですよ」

「え？」

「その人、篠田っていうんですけど、ここに下見に来て、二階で幽霊を見ちゃったみたいで、その後、この屋敷から逃げ出したんですね。次の日に会社に仕事を辞めるって電話したみたいなんですけど、その一週間くらい後に交通事故に遭って死んじゃったらしいんです。信号のない横断歩道でトラックの前に飛び出したって話で、頭が卵みたいに潰《つぶ》れちゃったんですって」

小鳥遊は噎《む》せ返るような血の臭いに耐えられなくなって、その場で嘔吐《おうと》した。

「大丈夫ですか？」

秋葉がこちらに左手を伸ばそうとするので、小鳥遊は後退した。

怖い。怖い。怖い。

身体の震えが止まらない。すぐにでもこの場から逃げなければならないのはわかっているが、どうしても立ち上がることができない。

そんな小鳥遊を見て、秋葉は穏やかな表情を浮かべる。

「心配しなくても、大丈夫ですよ」

そういって、彼女は自分の首に包丁を突き立てた。

＊

鍋島猫助『最恐の幽霊屋敷に挑む』より

廊下に立つ女

栃木県T町出身のキョウナさんは、幼い頃から霊的な存在を見ることができた。それは透き通っていて向こう側の景色が見える場合もあれば、生きている人間と区別がつかないくらい生々しい質感の場合もある。また、首、腕、足、髪など、身体の一部のみが出現することもあるし、明らかに人間とは異なる形状をしたモノに遭遇したこともあった。

両親はオカルト全般に対して否定的な立場だったため、幼いキョウナさんが目にしたものについて話しても、全く信じてはもらえなかった。

彼女が幼少期を過ごした一九七〇年代は日本ではちょうどオカルトブームが起こっていた。五島《ごとう》勉《べん》『ノストラダムスの大予言《だいよげん》』がベストセラーとなり、ユリ・ゲラーのスプーン曲げが社会現象を巻き起こし、映画『エクソシスト』も公開された。ツチノコやヒバゴンといった未確認動物、コックリさん、口裂け女、心霊写真などが流行《はや》ったのも、この時期である。当然、こうしたブームについては批判的な立場の人々も多く、キョウナさんの両親も娘がそうしたものに興味を持つことを避けたかったようだ。

キョウナさんも小学校低学年の頃は、友人に自分の体験を話したが、素直に信じてくれる者は少なかった。その内、同級生の保護者を経由して、キョウナさんが心霊体験を話していることが両親にバレてしまった。両親からは理不尽に叱責され、以来キョウナさんは他人に自分の見たモノについて話すことをやめてしまったという。

転機が訪れたのは、高校三年生の春だった。同じ高校に朽城操が入学したのである。操の母親が拝み屋をしていることは、瞬く間に全校生徒に知れ渡った。キョウナさんは操に興味を持ち、思い切って話しかけてみた。

「操ちゃんは最初とても迷惑そうでした。どうも私みたいに声を掛ける生徒がたくさんいたみたいで。でも、私が『自分には霊の姿が見えるので、お母さんを紹介してくれないか』と頼むと、快く応じてくれました」

こうしてキョウナさんは朽城キイと出会う。

「キイさんに会って、やっと自分が肯定されたって気がしました」

キイはキョウナさんにこういった。

「この世のものじゃないモノを見る力も、あなたの立派な個性。だからそれを厭がるんじゃなくて、どう付き合っていくのが自分にとって一番いいのか、しっかり向き合った方がいいよ」

それから卒業するまでの一年間、キョウナさんは度々キイさんの許を訪れるようになった。操とも親しくなり、進路相談などに乗ったこともあったそうだ。

そして、一九九三年四月、キョウナさんは東京の専門学校に入学し、M市の古いアパートで一人暮らしをはじめた。キョウナさんの部屋は二階で、全部で五部屋ある内の二〇五号室、向かって左から二番目だった（「四」がつく部屋がなかったため、二階の角部屋は二〇六号室になる）。アパートには同世代の若者ばかりが住んでいたが、住民同士の交流はほとんどなかったそうだ。

「正直、新しい環境に慣れることに必死で、他の住民のことまで気が回らなかったですね。バイトもしていましたから、部屋で過ごす時間も少なかったですし」

それはすっかり東京での生活にも慣れた十二月半ばのことだった。

アパートの二階の外廊下に、女性が立っていた。

一見して生きている人間ではないことはわかった。まるでエメラルドの都の住民のような鮮やかな緑色のワンピースに、髪型はショートボブ、細い指先には赤いマニキュアが塗られている。顔は影に覆われて確認できない。

キョウナさんは自分が見えていることを悟られないように、視線を下に向けた。すると、女性は裸足《はだし》で、やはり真っ赤なペディキュアをしていた。キョウナさんはその霊から禍々しいものを感じたという。

「霊は二〇二号室の前に立っていたんですけど、じっとドアを見つめたまま全然動きませんでした」

その部屋には若い男性が住んでいた。恐らくは大学生で、よく交際相手の女性が部屋に出入りしていた。彼は交際範囲が広いらしく、男女問わずよく友人たちが集まって、朝まで飲み会を開いているようだった。しかし、これまでキョウナさんが目にした彼の友人たちに、緑色のワンピースの霊のような女性はいなかったという。

翌日も、その翌日も、二〇二号室の前には女性の霊が立っていた。

一週間後、住民の男性は交通事故で死んだ。

それもアパートの前を通る道で、配送業者のトラックに轢《ひ》かれたのだという。

「近所の人たちが話しているのを聞いたんですけど、なんか急に道に飛び出したみたいです」

アスファルトに残された血痕《けっこん》が、事故の壮絶さを物語っていた。

男性が死ぬと、緑色のワンピースの女性は、隣の二〇三号室の前に移動していた。キョウナさんは厭な予感がした。案の定、一週間後にその部屋に住む女子大生は死んでしまった。最寄り駅で列車に飛び込んだらしい。

そして、女性の霊は、今度はキョウナさんの部屋の前に立った。

「バイトから帰ったら、部屋の前に彼女が立っていました」

間近で見ても、彼女の容貌《ようぼう》は判然としなかった。

薄々予想はしていたが、ショックだった。その時点では、キョウナさんは二〇三号室の住民の死は知らなかったが、状況から判断して、彼女が亡くなっていることは容易に想像できた。

「その霊の目的はわかりませんでしたけど、このままじゃ自分の身が危ないと思いました」

猶予は一週間しかない。キョウナさんは迷わず朽城キイに連絡を取った。

キイの対応は迅速だった。翌日にはキョウナさんのアパートを訪れて、緑色のワンピースの霊を壺に封じ込めて除霊した。

「キイさんがいうには、その女性の霊はこの場所とは全然関係のないものなんだそうです。恐らく誰かが何処かから連れてきてしまったのではないかといっていました」

それから半年余りが経過して、キイは自宅で何者かによって殺害される。キョウナさんは今でもキイの命日には墓参りに行くそうだ。

「キイさんは命の恩人ですから」


キョウナさんの話から判断すると、緑色のワンピースの女性の霊をアパートに連れ帰ったのは、最初に死亡した二〇二号室の住民のように思える。そこで筆者は彼の友人だったアラタさんを探し出し、取材を行った。すると興味深いことに、当時男性が死んだ直後、交際していた女性も歩道橋から飛び降りて死亡していることが判明した。頻繁に二〇二号室を訪れていたことが災いしたのではないかと思われる。

「祟りですよ」

アラタさんはそういった。

一九九三年十二月、大学三年のアラタさんたちグループは、神奈川県Y市の心霊スポットを巡っていた。季節外れの肝試しである。

「九人の仲間が二台の車に分乗して、夕方四時過ぎから出かけました」

その中に二〇二号室に住んでいた男性――ユタカさんとその交際相手もいたという。

Y市といえば、鎌倉《かまくら》時代の史跡、古いトンネル、自殺の名所となっている橋、廃病院など幾つも心霊スポットがある。グループの一人がY市の出身で、率先してあちこち案内してくれた。

「四箇所目に行ったのが、廃業した旅館でした」

そこは周囲に民家もなく、かなり静かな場所だった。彼らは駐車場跡に車を停めて、廃墟《はいきょ》の中を探検することにした。

「そこで自分らは屍体を見付けてしまったんです」

その屍体は、フロントのカウンターに凭《もた》れるようにして座り込んでいた。緑色のワンピースにショートボブの若い女性で、首から夥《おびただ》しい量の血液が流れ出ていた。右手には刃物が握られていることから、自ら頸《けい》動脈を切断し、自殺したものと思われた。

「飛び散った血飛沫はまだ乾いていなくて、どうやら首を切ってからそんなに時間が経っていない様子でした」

九人は慌てて車まで戻った。アラタさんを含めて三人は、警察へ通報しようといったが、残りのメンバーが難色を示した。特にユタカさんは「すぐにこの場を立ち去ろう」と強く主張した。もしも自分たちが屍体を発見したと通報したら、廃旅館への不法侵入が露見してしまうことになる。当然、大学に知られれば処分の対象になるだろう。既に就職の内定をもらっている仲間もいたから、今トラブルに巻き込まれるわけにはいかない。結局、アラタさんたちは逃げるようにその場を後にした。

アラタさんは、今でもあの時のことを頻繁に思い出すそうだ。

「もしかしたら、あの人が自殺する踏ん切りをつけたのは、自分らがあの旅館に来たからかもしれません。死ぬか生きるか迷っていたのに、外から自分らの声が聞こえて、否《いや》が応でも決心するしかない状況になったんじゃないか。そう思うと、あの日、あんな場所へ行かなければ、あの人は自殺しなかったかもしれないって考えてしまうんです」

当時の新聞を確認すると、女性の屍体が発見されたのは、それから五日後のことだった。女性は都内在住の劇団員であり、現場近くまではタクシーを利用したことがわかっている。ただ、記事を読んで腑《ふ》に落ちない点があった。彼女の屍体には動かされた形跡があったらしい。そのため、警察は自殺と他殺の両面から捜査に当たると書かれていた。これはアラタさんの証言とは齟齬《そご》がある。

筆者は正確な情報を求めて、警察関係者へ取材を試みた。その結果、悍《おぞ》ましい事実が判明した。見つかった屍体には、死後に受けたと思われる性的暴行の痕跡があったそうだ。現場からは他者の体液も見つかっている。このことを知って、筆者はようやく何故緑色のワンピースの霊が九人のグループの内、二〇二号室に住むユタカさんを標的にしたのか、わかった気がした。恐らく、ユタカさんは仲間たちと別れた後、再びその廃旅館を訪れたのだろう。そして屍体に対して許されない行為をした。だからこそ、彼は劇団員の激しい怨みを買ったのだろう。

しかし、改めてアラタさんに確認したところ、ユタカさんが屍体に異常な興味を示すことはなかったという。彼の部屋でその手の本や写真を見たことはないし、交際相手の女性からその手の相談を受けたこともなかった。勿論、他人にそうした性癖を隠していた可能性はあるが、アラタさんからはもっと有益な情報を得ることができた。

「そういえば、あいつ、よく下北《しもきた》の小劇場でアングラな劇団の芝居見てましたね」

亡くなった劇団員も、主に下北沢《しもきたざわ》の小劇場の舞台に立っていたらしい。つまり、ユタカさんと生前の緑色のワンピースの女性は、面識があった可能性が高いのである。素直に考えれば、彼は死んだ劇団員のファンだったのではないだろうか。だからこそ、もう一度彼女の屍体に会いに行った。そして感情が抑え切れなくなってしまい、屍体と性的な行為を行った。

或いは、二人が知り合いだったと仮定すると、もっと想像を逞《たくま》しくすることもできる。

アラタさんたち九人が劇団員の女性の屍体を見つけたのは、偶然ではなかった。自殺した女性はユタカさん経由で、その日、九人がY市の心霊スポットを訪れることを事前に知っていた。彼女は先回りして廃旅館に行き、彼らの到着を待って、自殺した。理由はユタカさんへの当てつけである。つまり、彼女の自殺の理由は、ユタカさんにあったのではないだろうか。

関係者が亡くなっているので確固としたことはわからない。だが、状況から考えると、ユタカさんと緑色のワンピースの女性には何らかの繋がりがあったと考える方が自然だろう。

更に発想を飛躍させると、ユタカさんと二〇三号室の女性、それに二〇五号室に住んでいたキョウナさんにも、本当は接点があったのかもしれない。

4

嘔吐物の臭いと血の臭いが、全身に纏《まと》わりついている。

小鳥遊は這うように脱衣場から逃げ出して、ダイニングキッチンを抜け、茶の間まで戻った。

先程まで風呂場で見ていた地獄絵図が、脳髄の襞《ひだ》という襞に絡みつき、何度も何度も反芻《はんすう》される。その度に小鳥遊は嘔吐を堪《こら》えた。酸っぱいものが喉《のど》を焼く。自分が涙を流していることには気付いたが、泣き声を上げることはできなかった。

炬燵の上に置いてあった未開封のペットボトルの水を飲む。常温だったが、ひりひりした喉には心地よい。

大きく溜息《ためいき》を吐いて、開けっ放しのガラス戸の向こうを見た。

仏間、その隣の八畳間、そして奥座敷。すべての襖が開放されている。確か自分が外に出た時は、すべての建具は閉まっていたはずだ。殊に奥座敷には定点カメラが設置され、常に心霊現象が起きないか監視されている。五十里は室外から余計な影響を受けないようにするため、奥座敷は完全に密室にするといっていたはずだ。

その暗闇が支配する奥座敷に、誰かが倒れているのが見えた。

小鳥遊は自分が立ち上がれることを確認してから、仏間の電気をつける。

「岩原さん？　新海さん？」

その場所から奥へ向かって呼び掛けたが、何の反応もない。

八畳間に移動すると、服装からそれが岩原だとわかった。慌ててこちらの部屋の照明もつけると、奥座敷の様子がわかった。

岩原はちょうど座敷の真ん中辺りに倒れていた。

首も、腕も、足も、あらぬ方向に折れ曲がっていて、まるで糸の切れたマリオネットのようだった。しかも手足は体の内側に向かって曲げられているので、屍体は存外に小さく見えた。

「うそ……」

不意に奥座敷の暗がりに何かがいる気がして、小鳥遊は踵《きびす》を返した。

今すぐこんな場所から出ていきたい。

しかし、外にはあの白いコートの女がいるかもしれない。そう思うと、玄関から出るのに躊躇《ちゅうちょ》してしまう。

「新海さーん！」

涙声になりながら、頼みの心霊研究家の名前を呼ぶ。

一階に新海渚の姿がないのだから、二階にいる可能性が高い。小鳥遊が階段を駆け上がると、新海が使用している六畳間の襖の隙間から中の灯りが漏れていた。四畳半の部屋の障子は開け放たれ、三脚にカメラが載っている。レンズは廊下の階段寄りに向いているから、今まさに自分の姿は撮影されていることになる。

「新海さん、いますか？」

返事はない。

襖に手を掛けると、中から掛け金が下りているのか、動かない。

秋葉胡桃の豹変《ひょうへん》を目の当たりにして、鍵の掛かるこの部屋に避難したのだろうか。

閉じたままの襖を叩きながら、再び新海を呼ぶ。

「あたしです！　小鳥遊です！　新海さん、開けてください！」

この時、小鳥遊の思考は完全に止まっていた。この屋敷の中で一人ではいたくない。その気持ちだけが頭の中を支配していた。彼女は両手に全力を込めて、強引に襖を開けようとした。何度か力を込めると、戸が開いた。掛け金が曲がってプラプラ揺れていた。どうやら内側から掛けられていたものを壊してしまったようだ。だが、今はそんなことはどうでもよい。

「新海さん！」

蛍光灯の光が照らす新海は、ベランダへ出る窓の下に凭れて、項垂《うなだ》れていた。

その右手には血の付いた果物ナイフが握られ、首からはどくどくどくどくと血が流れている。壁にも、畳にも、赤い斑点《はんてん》が見える。血だ。新海の血で、部屋が赤く染まっていく。

どう見ても、自殺に見えた。

先程の秋葉が自らの首に包丁を突き立てた姿がフラッシュバックする。

どうしてこんなことになったのだろう？

自分が屋外の撮影を行っていたのは、僅かな時間だった。その間に、一体何があったら、こんな惨劇が起こるのだ？

西側の窓ガラスには自分の姿が映っていた。窓にはしっかりとスクリュー錠が掛かっている。

すぅっと室温が下がる。

小鳥遊はガラスに映った自分の背後で、人影のようなものが蠢《うごめ》いているのを見た。

慌てて振り返ると……。

二階の廊下、階段の下り口に、知らない人物がいた。

古めかしい紫色のワンピースを着て、胸には五芒星《ごぼうせい》を象《かたど》ったペンダントが下がっている。最初は女性かと思ったが、妙に大柄で肩幅が広い。左右の腕の長さも違っているから、酷く歪《ゆが》んで見えた。胴体に対して、両足は妙に細い。

一歩こちらに近寄る。裸足には、青いペディキュア。

禍々しい気配が流れ込んで、息苦しい。

頭が痛い。折角治まってきていた吐き気が戻って来る。

外で見た白いコートの女と違い、この人物からは純粋な悪意を感じる。

小鳥遊は室内に後退《あとずさ》りする。

足の裏に冷たい感触。血だ。新海の血だ。しかし、そんなことはどうでもよい。こいつに捕まったら、何をされるかわからない。

迷っている時間はなかった。

新海の屍体に触れないようにしながら、窓のスクリュー錠を開ける。そして、小鳥遊はベランダに出た。玄関の外灯が照らす庭には、誰もいない。

ちらりと視線を向けると、今出てきた六畳間に紫のワンピースの女が入って来るところだった。

小鳥遊はベランダの手摺りを乗り越えると、屋根を下る。

そのまま庭に向かってジャンプした。

＊

鍋島猫助『最恐の幽霊屋敷に挑む』より

嗤《わら》う水槽

一九八二年八月、千葉県F市のマンションで奇妙な事件が発生した。

この物件を管理している不動産会社の社員が、内見を希望する夫婦を案内して、部屋を訪れた時のことだ。リビングの床に、水の入った水槽が置かれていて、中には魚ではなく、切断された男性の頭部が遺棄されていた。

司法解剖の結果、屍体は死後二日から三日が経過していると思われ、口の中からは呪文のようなものが書かれた紙が見つかっている。被害者は県内S市在住の学芸員で、三日前から職場を無断欠勤していた。恐らくはそのタイミングで事件に巻き込まれたものと思われる。

だが、警察が被害者の自宅を訪れると、事件はより一層混迷を極めることになった。

被害者の男性は一戸建ての住宅に一人で暮らしていた。被害者の首のない屍体は、風呂場で発見された。タイルの床に、着衣のまま仰向けの姿勢で横たわり、胸には刺し傷があった。風呂場には血の付いたナイフと屍体の切断に使用されたと思われる鋸《のこぎり》もそのまま残されていた。

現場検証が始まると、住宅に地下室があることがわかった。捜査員たちがコンクリートの階段を下りると、広いスペースに大きな水槽が四つ置かれていた。その内の三つはホルマリンで満たされ、それぞれ赤、青、緑の照明でディスプレイされていた。三つの水槽の中を確認した捜査員たちは驚愕《きょうがく》する。なんとそれらの水槽には十代から二十代と思われる裸の女性の屍体が入っていたのである。後にこれらの女性たちは、家族から捜索願の出されている行方不明者であることが判明した。

地下室の状況と書斎に残された手記から、学芸員の男性は連続殺人犯であり、殺害した女性たちをホルマリン漬けにして蒐集、鑑賞していたことが明らかになった。

そして、何者かがその猟奇殺人鬼を殺害し、その頭部をわざわざF市のマンションの一室に遺棄したことになる。頭部が水槽に入っていたことから見て、その犯人は自分の殺した相手が何をしていたのか知っていたと思われる。

事件の異常性と捜査への影響を考慮し、当時の捜査本部はマスコミに対して公開する情報を制限した。事件発生から間もなくの新聞記事を読んでみると、F市のマンションから男性の頭部が発見されたこと、S市の住宅で男性一人と女性三人の屍体が発見されたことしか書かれていない。

その後の捜査で、物的な証拠が多数見つかり、学芸員の男性と三人の女性たちとの接点も明らかになったので、連続殺人事件の方は被疑者死亡で送検という形で幕を下ろした。

一方、その学芸員の男性の殺害については、ほとんど捜査は進まなかったようで、現在も未解決のままである。現場となったマンションには防犯カメラの類はなく、玄関はピッキングによって開錠されていた。また、住民への聞き込みでも不審者の目撃情報は皆無であった。被害者の口腔《こうこう》内から見つかった紙片については、水によって墨が滲《にじ》んで何が書かれていたのか判別できなかったものの、儀式的な意味合いがあったのではないかと考えられた。

捜査本部は学芸員の友人知人、職場の同僚、不動産会社の社員、現場となった部屋の以前の住人、そして、彼に殺害された三人の女性の関係者に繰り返し事情聴取を行ったが、犯人に繋がる手掛かりは全く得られなかったらしい。

さて、前置きが長くなった。これからが本題である。


スズさんは、かつて事件のあったマンションを管理するF市の不動産会社に勤務していた。男性の頭部が発見された一九八二年は入社二年目で、その時のことはよく覚えているという。

「男の人の首が見つかった時、社員と一緒に内見のお客様がいらっしゃいましたでしょう？　三十代くらいのご夫婦だったんですけど、その部屋に入居されることを決められたんです。勿論、心理的瑕疵《かし》物件ですから、当初よりも家賃は下げさせていただいたのですが、ちょっと私には信じられなかったですね。だって、普通、自分たちが遺体を見つけた部屋に住みたいって思いますか？　私には絶対無理です。まあ、担当者は素直に喜んでいましたけど」

夫婦には小学五年生の娘がいて、三人はその部屋で新しい生活を始めた。

半年程が経過した頃、事件が起こった。夫が娘の目の前で妻を刺し殺し、自分も頸動脈を切って自殺してしまったのだ。現場となったのはリビングで、かなり凄惨《せいさん》な状況だったそうだ。娘は頭から返り血を浴びて、泣き叫びながら近所に助けを求めたという。

「その娘さん、しきりに『水槽の中に！　水槽の中に！』っていってたらしいんです。実際、ご夫婦は熱帯魚を飼育されていたのですが、どうもその中に魚ではない何かを見たらしいのです」

リビングは清掃だけではどうにもならず、床と壁紙を張り替える工事が行われた。

社員の誰もがしばらく借り手は見付からないだろうと思っていたが、事件から二箇月も経たない内に、若いカップルがその部屋を内見したいと申し出た。

「担当者は最初野次馬ではないかと疑ったようですが、話を聞くと新婚生活を送る新居を探しているということで、予算を少しでも抑えたいので事故物件を選択したというのですね」

カップルの切実な事情を聞いて、担当者も部屋で起こった二件の事件について、きちんと説明を行った。流石に事件の詳細を聞くと、カップルも尻込《しりご》みしたようだったが、女性の方が「とにかく中を見せてください」と希望した。会社としては断る理由はない。担当者は二人をその部屋に案内し……。

「その二人はすぐにその物件を借りることにしたようです。そして、入居からもうすぐ一年というところで、今度は奥さんが旦那さんを殺してしまいました。といっても、今回は正当防衛で、先に旦那さんが奥さんを刺し殺そうとしたので、ゴルフクラブで反撃したそうです」

その女性もやはり「水槽の中に変な生き物がいた」といっていたらしい。

「その後も部屋には三組程入居者がありました。どうもあの部屋を実際にご覧になると、『どうしても借りたい！』という衝動が起こってしまうようなんですね。そして、どのご家庭でも一年以内に殺人事件が起こりました」

中には自身の妻子を殺害後、切断して、各々の部位をホルマリン漬けにした人物もいたそうだ。

また、不思議なことに、どの家庭にも必ず水槽が設置され、金魚や熱帯魚が飼育されていたという。

二件までなら偶然ともいえるだろうが、流石に五件も事件が続いたので、会社の中でも「その部屋に入居すると殺人を犯す」という認識が生まれた。被害者たちの幽霊が出没するという噂も立って、いつの間にかその部屋だけではなく、建物全体が幽霊マンションと呼ばれるようになっていた。

「当たり前ですけれど、マンションの住民の皆さんからはかなり苦情が出ました。『あの部屋は呪われてるんだから、人に貸すな』という方もいましたし、直接オーナー側にクレームを入れた方もいらっしゃったみたいです」

スズさんの会社ではこうした異常な事態が発生した場合、いつも処理を依頼する「先生」と呼ばれる男性がいた。スズさんはその男性の名前は知らないという。

「社長も含めて、みんな単に『先生』とだけ呼んでいました。五十代くらいの物静かな紳士です。多分、簡単にいってしまうと霊能者なんでしょうけれど、先生は表向きそうした肩書きを使用していませんでした。ご自身は丸《まる》の内《うち》で企業向けのコンサルタント会社を経営していまして、うちの会社もそこと契約していたようです」

先生を問題のマンションに案内したのは、スズさんだった。それまでの担当者がマンション住民からのクレームで精神的に疲弊して休暇を取っていたので、スズさんが代わりに対応したのだそうだ。

先生はその部屋に入るなり、困った顔をした。

「嗚呼、これは僕には無理だね」

単に無理といわれても困るので、一体この部屋には何があるのかと尋ねた。

「この場所で殺人鬼の首が見つかったよね？」

「はい」

「それね、誰かがその殺人鬼の霊をこの場所に縛り付けるためにやったんだよ。その影響でここに住んだ人間は人を殺したくなる」

「何でそんなことを？」

「そこまではわからない。マンションのオーナーに怨みがあったのか、それともただの遊びなのか、或いは実験か……」

「先生にはその霊は処理できないのですか？」

「うん。僕よりもずっと格上の人間が仕掛けたものだからね。全くお手上げ。でも、こういう案件をさくっと解決してくれる人は知ってる」

　そして、先生は朽城キイを紹介した。

　キイがその部屋の除霊を行ったのは、一九八六年のことだった。同行したのはやはりスズさんである。キイは真っ直ぐにリビングへ向かい、そこで持ってきた古い壺の蓋を開け、呪文のようなものを唱えた。

「何かが吸い込まれるのはわかりました。窓は閉まっているのに、室内で風が起こったんです」

　除霊にかかった時間は五分程度だった。余りにも呆気なかったので、スズさんは拍子抜けしたという。

「でも、効果は覿面《てきめん》でした。基本的にその部屋を借りたいという方は余程の変わり者か、家賃の安さに惹《ひ》かれた方なんですね。それで一応実際に部屋に案内するのですが、どの方も入居することはありませんでした」

「え、でも、朽城キイさんが除霊したわけですから、その部屋には何の問題もないんですよね？」

　筆者が疑問に思ったことを尋ねると、スズさんは苦笑した。

「朽城さんが壺に封じ込めたのは、殺人鬼の霊だけだったみたいです。ですが、その部屋ではもう何人もお亡くなりになっているでしょう？」

そのため、以前よりもずっと部屋の雰囲気が暗くなったらしい。隣の住民は廊下で幽霊を見たというし、スズさん自身も部屋の中でいるはずのない女性の後ろ姿を見ている。

「まあ、その後、先生が全部綺麗にしてくれたみたいですけど」

そのマンションは現在も建っている。筆者が確認したところ、問題の部屋には灯りがついていたから、誰かがそこで暮らしているようだ。

筆者は先生が口にしたという「実験」という言葉が気になった。一九九二年に朽城キイは東京都M区のホテルの霊を封じる際、「またか」と呟いている。そして、バスルームで不審死が続いたことについて、呪術的な実験の可能性を示唆していた。もしかすると、この千葉県F市のマンションの事件も、同じ犯人の手によるものなのかもしれない。


さて、筆者は学芸員の男性の頭部の第一発見者となり、後にその部屋で亡くなった夫婦の娘ミヤビさんにも特別に話を伺うことができた。彼女の話では、引っ越してすぐに、突然両親が熱帯魚を飼おうといい出したのだそうだ。

「それまで熱帯魚なんて全然興味を持っていなかったんですよ。それが引っ越しの片付けも終わっていないのに、大きな水槽とたくさんのグッピーを買いに行ったんです」

水槽が置かれたのは、リビングだった。ミヤビさんはグッピーたちが泳ぐのをよく眺めていたのだが、ふと視線を外した時に、視界の隅に何か大きなものが水槽を漂うのを見たそうだ。

「はっきりは見えません。でも、それを見た時は笑い声が聞こえたんです」

それは男性の声で、まるで自分を嘲笑《あざわら》っているかのようだった。

ミヤビさんが水槽に異状を感じたのは一度や二度ではない。得体の知れない何かが、水の中を漂っている。ソレは平素は隠れているが、こちらが見ていないところでは姿を現しているのかもしれない。

そして、事件のあった日、ミヤビさんは母親を刺し殺す父親の向こうに、水槽を見た。

やはり、そこにはグッピーではない何かが、いた。

その何かは口を大きく開けて、笑っていたそうだ。

第五章　温水清《ぬくみずきよし》（二〇一七年）

1

「あれ？　温水監督？」

池袋《いけぶくろ》の大型書店でそう声を掛けられ、温水清は顔を上げた。

声の主は若い女性である。猫の顔がプリントされた大きめのTシャツに、水玉のロングスカートという装いで、顔には大きめのサングラスを掛けている。温水が記憶を探るよりも早く、彼女はサングラスを外した。

「お久し振りです」

そういって微笑んだのは、小鳥遊羽衣だった。

「ああ、うん、久し振りだね、本当に」

思わぬ人物との邂逅《かいこう》に、温水は素直に驚いた。

温水清は主にホラー作品を手がける映画監督である。代表作には『怨怨回路《えんえんかいろ》』『螺旋状の指輪』『嘆《なげき》』などがあるが、どの作品にも幽霊が登場している。中でも『怨怨回路』シリーズに登場する円美《まるみ》という少女の幽霊は、『リング』シリーズの貞子《さだこ》、『呪怨《じゅおん》』シリーズの伽椰子《かやこ》&俊雄《としお》母子と並び、Jホラーの代表的なキャラクターとなっている。

小鳥遊羽衣がまだフローズンメロンのメンバーとしてアイドル活動をしていた頃、プロモーションを兼ねた映画の企画があり、温水はその作品の監督だった。ホラー映画の主演をアイドルが務めることは業界では頻繁にあり、実際に温水もフロメロ以外のアイドルが出演する作品を何本か撮っている。

小鳥遊がグループを卒業して間もなく、オムニバス形式のスペシャルドラマの演出をする機会があり、主演を彼女に依頼した。小鳥遊の一九八〇年代のアイドルを彷彿《ほうふつ》とさせる容貌《ようぼう》が、作品のイメージに合致したが故のオファーだった。小鳥遊は演技力が優れているわけではないが、科白《せりふ》や表情が素朴で、それが整い過ぎた見た目とアンバランスなため、危うい雰囲気を醸し出す。

また一緒に仕事をしてもいいなと思っていたのだが、今から二年前の二〇一五年六月、小鳥遊は民放の心霊特番の撮影のために訪れた栃木県の幽霊屋敷で、血腥《ちなまぐさ》い事件に巻き込まれてしまった。報道によれば、番組のADがディレクターを殺害した後に自殺、同行していた霊能者も別の部屋で自殺し、小鳥遊のマネージャーも不可解な死を遂げている。唯一の生存者である小鳥遊も、左足を骨折する大怪我を負ったという。

当時、週刊誌の記事やネット上では、生き残った小鳥遊が事件に何らかの関与をしているのではないかという憶測が流れた。しかし、捜査本部が彼女を疑ったような形跡はなかった。それというのも、屋敷内には幾つも撮影用のカメラが設置されており、事件当夜の映像が鮮明に記録されていたからだ。

その後、彼女はしばらく芸能活動を休止していたが、今年に入ってから唐突に「ジャッカロープを追いかけて」という楽曲でソロデビューを果たした。それは一九八〇年代の終わりにリリースされた美沢夏南《みさわかな》という無名の歌手の曲をカバーしたものであった。

美沢は一九八九年に元交際相手に殺害され、屍体《したい》が埼玉県の農業用溜《た》め池で発見されている。どちらかというと俳優業に進んでいた小鳥遊が、どのような心境の変化で音楽活動を再スタートしたのか、そして、何故、美沢のデビュー曲をカバーしようと思ったのか、一切は謎に包まれていた。しかし、小鳥遊の歌う「ジャッカロープを追いかけて」は静かなブームとなり、徐々に売り上げが伸びていると聞く。

「そうだ。これも何かの縁ですから、少し話を聞いてもらってもいいですか？　お時間大丈夫ですか？」

「うん。構わないよ」

温水と小鳥遊は近くのカフェに場所を移すことにした。

書店から出ると、八月の茹《う》だるような熱気が、全身から水分を吸い取ろうと躍起になっている。ハンチングでは日差しを遮る力はほとんどない。アロハシャツにハーフパンツという比較的風通しのよい服装だったが、アスファルトから上がって来る空気はまるでサウナで、温水は瞬く間に全身が汗ばむのを感じた。

隣を歩く小鳥遊はサングラスに日傘を差して、涼しい顔をしている。改めて冷静になると、自分たちはどう見られているのか、周囲の目が気になった。

温水自身は然程《さほど》有名ではないからよいとして、小鳥遊は今でこそ表に出る機会は少ないが元人気アイドルである。アロハシャツで髭面《ひげづら》の中年男と一緒にいるところを目撃されるのは、今後の活動に支障をきたすのではないだろうか。そんな心配をしてしまう。

「ここでいいですか？」

と小鳥遊が訊《き》いてきたカフェは、書店から五分程度の距離だった。

店内に入ると、冷房が効いていて、それだけで生き返る心地がした。

奥の壁際の席に座って、それぞれ注文した飲み物が運ばれると、小鳥遊は若干声を落とし、二年前に最恐の幽霊屋敷と呼ばれる場所で遭遇した恐怖体験を語り出した。

「……屋根から飛び降りて、そのまま意識を失ってしまっていたらしくて、気が付いたら彩花さんに助け起こされていました。左足が凄《すご》く痛くて、自分では立ち上がれなくて、病院で検査したら足首を骨折していたんです」

小鳥遊はアイスクリームの溶けたクリームソーダを啜《すす》る。温水もつられるようにしてアイスコーヒーを一口飲んだ。小鳥遊の生々しい体験談を聞いている間、温水は不謹慎ながら高揚感を抑えきれなかった。そこには今、自分が求めているものが確実にあるように感じる。

「その話は警察にはした？」

「はい」

「えっと、彼らはどういうリアクションだったの？」

「頭ごなしに否定されることはありませんでした。担当の刑事さんは優しかったです。でも、今思うと、そうですね……どうして警察はあたしの話をちゃんと聞いてくれたんでしょうか？」

「これは推測だけど、証拠品として押収された映像の中に、君の話を裏付けるようなモノが映っていたんじゃないかな。話を聞く限り、カメラが設置されていたのは、屋外が玄関、石蔵、池の三箇所、屋内の一階が仏間、奥座敷、風呂場、二階が四畳半の四箇所。この内、風呂場のカメラには秋葉さんが五十里さんを殺害し、君と会話した様子が映っていたし、奥座敷のカメラには岩原さんの死亡した顚末《てんまつ》が収められていたはずだ。もしかしたら、二階のカメラには君が見た紫のワンピースの幽霊も録画されていた可能性がある」

「なるほど。やっぱり監督に聞いてもらえてよかったです。あの時、どうしてあんなに事情聴取があっさりしていたのか、ずっと気になっていたんです」

「それに、あの屋敷で不可解な事件が起こるのは、君の体験したものが初めてじゃない。地元の警察ではそれなりに対処方針が決まっていたのかもしれないよ」

「嗚呼《ああ》、それはあるかもしれませんね。あたしを助けてくれた彩花さんも、何ていうか、とても冷静で、すぐに救急車を呼んでくれました」

小鳥遊によれば、棘木彩花が現場の幽霊屋敷を訪れたのは、朝の六時半のことだったらしい。救急車の手配をした彩花は、大家である父親にも連絡した。駆けつけた大家は家の中の状況を確認すると、すぐに警察へ通報し、それ以降は娘と一緒にずっと小鳥遊の側に付き添っていたという。

「あれから鍋島猫助さんの『最恐の幽霊屋敷に挑む』を読んだんです。そこにはあたしが見たモノやどうしてあんな事件が起こったのか、その手掛かりになるようなことが書かれていました。こんなことなら現場に入る前に、あの本を読んでおけばよかったって、今は後悔しています。多分、あたしが庭で見た白いコートの幽霊は、鍋島さんの相棒だった十文字八千代さんだったんだと思います。彼女が家とは反対方向を指差していたのは、あたしに逃げろって知らせていたんじゃないかって思うんです」

温水は鍋島の著作は未読だったが、この後、書店に戻って購入しようと頭の中にメモする。

「君は自分が体験したことについて、今はどう思ってるの？」

「う〜ん、正直、二年経ってもまだ消化し切れていない部分があります。あたしにとって一番ショックだったのは、やっぱり岩原さんが亡くなったことなんです。フロメロを卒業してからずっとあたしを励ましてくれて、支えてくれた人だったから、その喪失感が大きくて。だから、幽霊を見たとか、ミイラが動いたとか、そういう体験はどうでもいいっていうか……」

「そうか。まあ、そうだよな」

「あ、でも、世界観っていうんですか、そういうのは変わりましたね」

「どういう風に？」

「あれからも不思議な現象に遭遇する機会が何度かあって、それまでだったら気のせいで済ませてたんですけど、今は『あ、これは霊の仕業かもしれない』っていうのが、感覚的にわかるようになりました。ほら、出るって有名なスタジオってあるじゃないですか」

「うん」

そうしたスタジオは業界では珍しくない。

「そういう場所に入ると、キャットウォークみたいな場所にスタッフさんじゃない人がいたりするわけです。これまでだったら、スルーしちゃってたんですけど、今は妙に気になっちゃうっていうか、目がいっちゃうんです。街を歩いていてもそうですね。『あ、何か不自然な姿勢の人がいるなぁ』って思ってたら、電柱に花が供えられていたり」

「それは霊感が目覚めたみたいなこと？」

「違うと思います。あたし霊感はないです。多分、ああいうのってみんな見てるんです。見てるけれど、見えていないというか、気にしていないというか、でも、一回ピントが合っちゃうと、すぐに気付くようになるって感じです」

「うん、それは面白いね。あ、まあ、君にとっては大変な経験だったわけだから、面白いっていうのは失礼なんだけれど」

「大丈夫ですよ。別に気にしません」

小鳥遊はそういって微笑む。

「ところで君が歌手活動をはじめたのって、もしかして幽霊屋敷での出来事が関係している？」

「はい。あの日、何処《どこ》からか歌が聞こえたって話したじゃないですか」

「うん。一回目は夕方に石蔵の中で、二回目は夜に白いコートの幽霊を見た直後だったな」

「そうです。あたし、その歌のことがどうしても気になって、退院してから調べたんです。そしたら美沢夏南の『ジャッカロープを追いかけて』だってわかりました。鍋島さんの本に書いてあったんですけど、あの幽霊屋敷には美沢夏南の霊もいるんだそうです。あの歌が聞こえたのは、彼女の霊があたしに何かを訴えていたからのような気がして、それでカバーさせてもらったんです」

小鳥遊は「あんまり売れませんけど」といって、クリームソーダを混ぜる。からんと氷がグラスにぶつかる。

「そうなの？　結構話題にはなってるじゃないか」

「それは、まあ、そうですけど……」

「まだ復帰して半年くらいじゃないか。そんなに焦らなくてもいいと思うけどな。嗚呼、そうだ。よかったら次回作には出演してくれよ」

「はい！　それは是非！」

「っていっても、まだいい企画が浮かばないんだけど……」

「行ってみたらどうですか？」

「え？」

「最恐の幽霊屋敷に」

それは温水も心の中で考えていたことだった。何だか見透かされたような気がして、少し恥ずかしくなる。

「監督だったら、あの家を舞台に凄い作品が撮れると思いますよ」

2

小鳥遊羽衣と再会した二週間後の八月の終わり、温水は渋谷《しぶや》にある映像制作会社を訪れていた。五十里和江と秋葉胡桃の働いていた会社である。訪問の目的は、二年前に最恐の幽霊屋敷で撮影された映像を見せてもらうことだった。

あの日、小鳥遊と別れてから、温水は書店へ戻り、早速鍋島猫助『最恐の幽霊屋敷に挑む』を購入した。内容は鍋島が最恐の幽霊屋敷に滞在した記録だけではなく、そこが最恐の幽霊屋敷と呼ばれる以前に発生した怪異や怪異を引き起こしていると考えられる八人の悪霊についての記述など、実に様々な情報が記されていた。一つ一つのエピソードが濃いため、それらが実話であることは矢庭には信じられなかった。

本の中では美沢夏南についても、水沢カナデという仮名で詳しく書かれていた。彼女は死後悪霊になって大勢の人々を溜め池に引き摺《ず》り込み、やがて朽城キイによって封魔の壺《つぼ》の中に封印された。その部分で鍋島は、美沢のデビュー曲に纏《まつ》わる都市伝説について触れていた。彼女の曲を聞いた人間の多くが自殺するという不吉なものである。その曲こそ小鳥遊がカバーした「ジャッカロープを追いかけて」だ。

小鳥遊は鍋島の本を読んでいるといっていたから、当然、その曲に関する都市伝説は知っているはずだ。それなのに、敢《あ》えて「ジャッカロープを追いかけて」をカバーしたことになる。小鳥遊にどのような意図があったのかはわからない。だが、調べてみると、既に小鳥遊のファンの何人かが相次いで自殺しているらしい。ネット上では鍋島の著書と小鳥遊の巻き込まれた事件とを関連付け、美沢夏南の呪いが蘇《よみがえ》ったという噂まで流れている。

温水は小鳥遊の行動に対して、大いに疑問を感じた。だから、彼女が遭遇した事件について、もう少し詳しく調べてみようと思ったのだ。幸い「最恐心霊ランキング」を放送している局には知り合いが勤めている。その伝手《つて》から実際に撮影を担当した会社を紹介してもらったのである。

連絡の窓口となったのは、当時五十里和江の同僚だった市村真作という人物だ。温水は事件について小鳥遊から直接話を聞く機会があり、当時撮られた映像に興味があるということを正直に伝えた。市村は上司に許可を得た上で、会社の中でならば映像を視聴することは可能だと伝えてきた。

その結果が今日の訪問というわけだ。

事務所の応接スペースで待っていると、四十代くらいの男性が現れた。温水は立ち上がって挨拶《あいさつ》する。

「お待たせしました。市村と申します」

市村はノートパソコンを抱えていた。その上にはケースに入ったＤＶＤ。

名刺を交換して、ソファーに座り直す。市村は温水の作品を幾つか挙げて簡単な感想を述べてから「お会いできて光栄です」と社交辞令をいった。

温水は「それはどうも」と苦笑いしてから、再度来意を説明した。

「お話はわかりました。実は私どももこの映像の扱いには困っておりまして……」

市村はＤＶＤの入ったクリアケースを指先でとんとんと叩《たた》く。

「警察はコピーしたデータを持っているみたいですが、内容が内容なので処分するわけにもいきませんし、かといってかなりショッキングな映像ですからね、どう頑張っても絶対に使うことはできないわけです」

「そうでしょうね」

「ですから、一度第三者にご覧いただいて、ご意見をもらいたいとは思っていたんですよ。ただ、私どもも業務がありますから、わざわざそうした方を探す時間もなくて」

何処まで本当のことをいっているのかはわからない。しかし、会社側が映像の取り扱いに困っているのは嘘ではないようだった。

「メールにも書きましたが、この映像は社外に持ち出すことはできません。万が一、流出したとなると、うちの会社だけではなく、小鳥遊さんや被害者のご遺族、それに建物の所有者にもご迷惑がかかってしまいます。その点はご理解ください」

「承知しました」

「それでは……」

市村は向かいの席から、温水の隣に移動した。ノートパソコンにＤＶＤを入れると、映像ファイルが幾つも出てきた。

「どれも未編集の映像ですから、適宜早回しをして必要箇所をご覧になっていただいた方がいいと思います」

どうやら映像の流出を防止するため、市村が付き添う形で映像を視聴することになるようだ。

温水は最初に、事件の起こった夜、小鳥遊羽衣が回していた手持ちカメラの映像を確認した。内容はほぼ彼女から聞いた通りのものだった。池から聞こえる水音もしっかり録《と》れているし、映像を一時停止すると、池の水面《みなも》から男の顔らしきものが出ているのも確認できた。微《かす》かに「ジャッカロープを追いかけて」の歌声も聞こえる。ただ、小鳥遊が目撃したという白いコートの幽霊だけは、映像には捉《とら》えられていなかった。カメラの映像は彼女が茶の間に駆け込んで数分後で切れている。

「この歌声の主は？」

「警察の話ですと、声紋鑑定の結果、美沢夏南の声だそうです。警察は誰かが現場で彼女の歌を流していたと考えているようでした」

次に小鳥遊の屋外での行動を客観的に撮影した三つの定点カメラの映像をチェックする。

玄関前のカメラは建物を向いて固定されていたが、本番のかなり前から録画を続けていた。これは誰もいないのに玄関チャイムが鳴るという現象を捉えるためだったようだ。本番の十分前にADの秋葉がバッテリーを交換したため、一旦《いったん》映像が切れる。

その後玄関からヘルメットを着けてカメラを持った小鳥遊が現れた。心なしか緊張した面持ちでこちらに視線を送っている。やがて時間が来ると、「これから一人で庭の探索をはじめたいと思います」といって、向かって左に消えた。

次に彼女が映像に現れるのは、二十分後である。必死の形相で玄関に飛び込んでいく様子が映っていた。この直前に小鳥遊は白いコートの幽霊を目撃しているのだろう。それから十五分後には、近くに何か大きなものが落ちる音が入っている。恐らく小鳥遊が屋根から飛び降りた時の音だと思われる。その後、カメラはバッテリーが切れるまでの間玄関を映し続けている。

「映像が切れる直前なのですけどね……」

市村はその箇所まで早送りする。

再生された映像には、ピンポーンという玄関チャイムの音が明瞭《めいりょう》に入っていた。勿論《もちろん》、玄関には誰もいない。

石蔵の前に設置されたカメラは、暗視カメラである。こちらは本番の十五分前から録画が開始されている。マイクに指向性があるので、小鳥遊が石蔵へ向かってくる時の音声や足音はかなり接近してからでないと収録されていない。その代わり、彼女が到着する前に、石蔵から足音のようなものと「くる」「くる」「くる」という複数人の声が聞こえていた。

「何ですか。これ？」

温水が尋ねても、市村も「さあ」と首を傾げるだけだった。当日誰かが蔵の内部に潜んでいたわけではないようだ。

やがてカメラの前に、小鳥遊が現れる。

「さて、蔵の前に到着しました。ここには幾つもの呪われた品物が収蔵されています。中に入ることはできませんが、何か異状がないか、周りを調べてみます」

そういって、しばらく蔵の周囲を撮影していた。時折カメラのフレームから外れることはあったが、すぐに戻っているので、その場所にいるのは確実だ。その内、不意に強張《こわば》った顔で振り返る。ここで池から水音が聞こえたのだろう。残念ながら石蔵のカメラのマイクにはその音は入っていないが、「今、池の方から水音がしました」という小鳥遊の音声が入っている。

「これから池へ向かってみます」

小鳥遊が映っているのはここまでだ。

しかし、このカメラもバッテリーが切れるまで録画を続けていたので、それ以降も奇妙な音や声が入っていた。例えば、がたんと何かが落ちるような音、甲高い笑い声、複数の人間が会話しているような声、足音、泣き声……そうしたものが断続的に収録されていた。

池の端に設置されたカメラも、石蔵と同じくらいの時間から回っていた。こちらも暗視カメラで、レンズは池の水面を捉えている。本番の開始時刻から程なく、小鳥遊の声が聞こえてきた。その声がどんどん遠ざかっていくのがわかる。そこから池の側を通り過ぎて、石蔵へ向かっていることが推察できる。映像に異変が起こるのは唐突だった。池の中央付近で、突如何かが飛び跳ね、水飛沫《しぶき》が上がった。

映像を一時停止すると、黒くて丸い物体なのが確認できた。明らかに鯉ではない。それは何度かバシャッバシャッと水音を立てている。

やがて画面には足早にやってきた小鳥遊の姿が映った。彼女は水面に手持ちカメラを向けている。定点カメラからは彼女の近くの水面に飛沫が上がっているのが見えた。あの水飛沫の中に鯉たちがいるのだろう。僅《わず》かな間の後、小鳥遊は一瞬、棒立ちになった。ここで男の首を見てしまったのだろう。そして、その場からすぐに走り出す。カメラのすぐ脇を通って、向かって右手に消えた。小鳥遊が去ってしまうと、池はすぐに静寂を取り戻した。それ以降、異常な映像は撮られていない。

ここまで定点カメラの映像を確認した温水は、「小鳥遊羽衣自身が撮影した映像と矛盾はありませんね」と市村に同意を求めた。

「ええ。私もそう思います」

今度は屋内に設置されたカメラの映像を見ることになった。

「あの、再生前に申し上げておきますが、中には非常にショッキングな映像も含まれます」

「それは承知しています」

市村は「念のために」と予《あらかじ》めトイレの位置を教えてくれた。実際、映像を確認した社員の内、数人が嘔吐《おうと》を堪《こら》え切れずにトイレに駆け込んだそうだ。

市村が最初に選んだのは、仏間に置かれたカメラだった。これは玄関方向に向けられて固定されていた。従って、そこから出入りした人間が記録されている。カメラが回されたのは、小鳥遊が外に出てからである。そこから再び彼女が戻るまで、玄関から侵入した者は誰もいない。このカメラが捉えた映像で特筆すべきなのは、一度カメラの前を岩原智子が通ったことである。彼女はふらふらとした足取りで奥座敷の方へ向かったようだった。ちなみに、こちらのカメラにも玄関チャイムは収録されていた。

その次に再生されたのは、風呂場《ふろば》に設置されたカメラの映像だった。このカメラは本番の数分前から回されていた。暗視カメラが風呂場全体を映している。十分程が経過して、女性が声を荒らげているのが聞こえた。風呂場に二人の女性が入って来る。若い女性の手には包丁が握られていて、年上の女性を脅して風呂場まで連れてきたようだった。若い女性は後ろ手に風呂場の戸を閉める。

「包丁を持っている方が秋葉です」

秋葉は譫言《うわごと》を発しながら、五十里に詰め寄って、腹部に包丁を突き立てた。秋葉が包丁を引き抜くと、五十里は膝《ひざ》からくずおれる。秋葉は五十里を押し倒すと、そのまま馬乗りになって何度も何度も包丁を突き立てていた。その間、ずっとぶつぶつと早口で喋《しゃべ》っているが、よく聞き取れなかった。

その内、「秋葉さん?」と声が聞こえ、小鳥遊羽衣が風呂場の扉を開け、その場に座り込む。僅かな間、小鳥遊と秋葉は会話を交わし、最後に秋葉は自らの首に包丁を突き立てた。小鳥遊の姿が画面から消える。その後、カメラは秋葉と五十里の屍体を映し続けていた。

「この映像から秋葉が五十里を殺して、自殺したことがわかります」

「秋葉さんは、普段からその、キレ易い性格だったのでしょうか?」

「いえ、そんなことはありません。どちらかというと物静かで、我々の無茶振りにも笑顔で応じるような娘でした。ですから、この映像を見た時は、私も彼女の豹変《ひょうへん》が信じられませんでした」

そういえば、最恐の幽霊屋敷には、他人に殺人を犯させる悪霊がいるという話だった。秋葉はその霊の影響を受けてしまったのかもしれない。

奥座敷のカメラには驚愕《きようがく》すべき映像が映されていた。このカメラは奥座敷を常に映し続けるため、本番のかなり前から録画を始めていた。障子も襖《ふすま》も閉ざされた部屋の中は何の変化もなく、何時間も静止画のような映像が続く。

しかし、本番が開始して十分程が経過すると、突然、たんっと音がして襖が勢いよく開いた。カメラの角度から出入口の襖の向こうは見えないが、しばらく誰も入っては来ない。その内、緩慢な動作で岩原が部屋の中に入って来る。彼女は部屋の真ん中まで進み、そこで物凄い音がしたかと思うと、あっという間に手足が不自然な方向に曲がり、その場に倒れてしまった。最後に首の骨が折れる大きな音がする。

「これは……」

温水は己の目が信じられなかった。一体どのような力が加われば、人体がこのように複雑に折れてしまうのだろう。そういえば、鍋島の著書にも書いてあった。黒い着物を着た悪霊は、人を折り畳んで殺してしまう、と。

映像の中の岩原はもう息絶えているようだったが、まだ手足や首には力が加えられているようで、断続的にぐいっと動いている。それから小鳥遊が屍体を発見する姿が映り、その後はバッテリーが切れるまで変化は見られない。

最後に確認したのは、二階の四畳半に設置されたカメラである。これは二階の廊下を映すのが目的ではあるが、何者かが階段を上り下りするという怪異も記録するため、若干階段寄りにレンズが向いている。

このカメラは本番の二十分前には録画を開始している。カメラを操作した秋葉胡桃が一階へ下りていく姿から映像が始まる。それからおよそ三十分後に新海渚が現れるまで、二階からは誰も階段を使っていないし、一階から上って来た者もいない。新海は廊下を走って真っ直ぐにカメラの前を横切る。恐らく、この後六畳間に籠城《ろうじょう》することになるのだろう。勢いよく襖が閉まる音がする。それから、微かに「ジャッカロープを追いかけて」が聞こえてきた。

更に十分程度経過して、今度は小鳥遊が二階へ上がって来る。やはりカメラの前を通り、六畳間の方へ向かう。「新海さん、いますか？」という彼女の声の後、襖を叩く音。カメラの角度からその姿は映っていないが、「あたしです！　小鳥遊です！　新海さん、開けてください！」という必死な声は聞こえてきた。それから小鳥遊が強引に襖を開けようとする音もきちんと収められていた。

この後、一瞬ノイズのようなものが走った後で、階段の下り口に人影が現れた。それは階段を上がってきたというのではなく、唐突にその場所に出現したように見えた。

人影はカメラの前を通り、廊下を移動する。シルエットからかなり大柄な人物だと思われるが、全体に歪《いびつ》な輪郭で、それが本当に人間なのか判然としない。これが小鳥遊の見たという紫のワンピースの人物なのだろう。人影はやはり六畳間の方向へ移動する。

「この後、電源が落ちるまでの数時間、誰も廊下を通っていません」

市村はそういった。

「どうして新海さんは二階に逃げたのでしょう？」

温水は思っていた疑問を口にした。

「と、いいますと？」

「彼女が移動した時間を考えると、恐らくは秋葉さんが刃物を持ち出して、五十里さんを脅すのを見て、避難しようとしたのだと思うのです」

「それは、ええ、そうですね」

「だったら、玄関から外へ逃げるのが自然なのではないでしょうか？」

「そっちに何かいたのではないですか？」

「嗚呼、なるほど」

そういえば小鳥遊も外に白いコートの幽霊がいたから、庭に出るのを躊躇したといっていた。新海も同じように、庭にその霊がいるのを察知していたとしたら、上に逃げるのも不自然ではない。

「それに、あの家で内側から鍵《かぎ》がかかるのは、トイレか二階の二つの部屋だけなんです。新海先生が秋葉からの攻撃を除《よ》けようとしたのなら、二階へ逃げるというのは考えられます。あと、先生が逃げ込んだ部屋には、ご自身の荷物も置いてありました。そこに携帯電話を置いておいたと聞いているので、外部に助けを求めようとした可能性もあります」

小鳥遊から聞いた体験談と撮影された映像に矛盾はない。仮に小鳥遊が嘘の証言をしていたとしても、関与できたのは新海渚の死のみである。

その新海だって、内側から掛け金のしてある密室の中にいたのだ。もしも無理矢理小鳥遊が襖を開けようとした時点で新海が生きていたら、何らかのリアクションを起こしたはずだ。それがなかったということは、小鳥遊が六畳間の前に立った時点で、新海は既に死んでいた可能性が高い。小鳥遊はベランダに出る窓の鍵が閉まっていたともいっていた。やはり新海は自殺と考えた方が妥当なのだろう。

「この映像を保管するようになってから、ここでも妙なことが起こるようになったんですよ」

市村は疲れた表情を浮かべる。

「突然、ブレーカーが落ちたり、収録した映像データが全部消えていたり、カメラやパソコンはやたらと故障するし、五十里と秋葉の幽霊を見たなんて奴まで出はじめまして。一度社員全員お祓《はら》いをしてもらったんですけど、全く効果なしです」

市村は溜息《ためいき》を吐くと、「本当にもうこのデータ、処分してしまいたいんですけどね」といった。

3

翌日、温水は神楽坂《かぐらざか》のイタリアンレストランで、友人の犀倉濃縮《さいくらのうしゆく》と食事をしていた。前々から決まっていた予定で、ホラー作家である犀倉が飯田橋《いいだばし》の出版社で打ち合わせをした後に合流し、夕食を共にする約束であった。

犀倉は温水と同じ四十代半ばだが、むさくるしい容貌の温水と違って、非常に爽《さわ》やかだ。すらりとした長身に、血色の良い顔、柔らかい癖毛は毛先がくるりと丸まっていて、きっと幼稚園児の頃から大して変わらないのだろうなと思わせる無垢《むく》さがある。着ているコットンのシャツは月の光のように淡い黄色だった。とても禍々《まがまが》しいホラー小説を書くようには見えない。当たり前だが、犀倉濃縮というのは、ペンネームである。その由来はクラーク・アシュトン・スミスの「魔道士エイボン」という作品に登場する木星の呼び名サイクラノーシュである。

温水が犀倉と知り合ったのは、三年前だった。彼の長編小説『七人の幽霊』が映画化されることになり、その監督・脚本を務めたのが温水だった。

最初に会った時、犀倉はこんなことをいって、温水を驚かせた。

「温水さんの『嘆』の幽霊表現は、非常にリアリティがありますね。黒沢清《くろさわきよし》監督の『降霊《こうれい》』を見た時も、かなりリアルだなぁと思いましたけど、『嘆』の廃墟《はいきょ》のシーンは特に本物っぽかったです」

聞けば、彼には所謂《いわゆる》霊感があるようで、幼い頃から人とは違ったモノが見えるらしい。自身が目にする幽霊と温水の『嘆』の幽霊描写が極めて近いことに感銘を受けたといった。その時犀倉は、作品の構想を練る時も、わざわざ心霊スポットのような曰《いわ》く因縁のある場所を巡るのだと語っていた。

常軌を逸した人物だなぁというのが、正直な第一印象である。余り関わり合いになりたくないとも思った。しかし、実際に映画化に当たって具体的な打ち合わせをしてみると、妙に馬が合うことに気付いた。その日は出版社の人間も交えて会食にも行ったのだが、温水と犀倉はその席で意気投合し、以来頻繁に連絡をやり取りしている。月に一、二度は飲みに行くし、何度か一緒に取材にかこつけた旅行にも出かけた。

今夜の話題は、当然、最恐の幽霊屋敷だった。温水はビールを飲みながら、先日の小鳥遊羽衣との偶然の再会から、昨日映像制作会社で見た二年前の惨劇が収録された映像について説明した。犀倉は赤ワインと腸詰のグリルを味わいながら、温水の話に歌うように相槌《あいづち》を打っていた。

「久々にぞくぞくした」

温水の話を聞き終えた犀倉は、心底楽しそうな表情でそういった。

「僕も鍋島猫助の『最恐の幽霊屋敷に挑む』は読んだけれど、正直、あの本に書かれている現象程度で『最恐』と謳《うた》うのはどうかと思っていたんだ。しかし、温水さんの話はかなり痺《しび》れたね。一夜にして四人もの人間が亡くなるというのは、どう考えても異常だ」

「まあ、実際に異常な死に方をしたのは、小鳥遊君のマネージャーだった女性だけなんだがな」

五十里和江、秋葉胡桃、新海渚の死は、悪霊の影響を受けたのかもしれないが、人間が手を下しているという点では不思議はない。しかし、映像で見る限り、岩原智子は見えない何かに手足を折り畳まれているようだった。

「確認したいことがある」

そういって犀倉はグラスに残っていたワインを飲み干した。

「何だ？」

「現場に設置されていたカメラのバッテリーは、どの程度の時間もつものだった？」

「使ってたバッテリーによって多少差はあるだろうが、どれも三時間弱は録画できていたよ」

「となると、午前三時近くまでは誰も玄関から出入りしていないということになる。窓の鍵についての情報はあるかい？」

「それは小鳥遊君に聞いた。彼女が大家の娘に発見された時点で、玄関と二階のベランダへ出る窓以外は、すべて内側から鍵が掛かっていたらしい」

「なるほど」

犀倉は店員を呼んだ。

「温水さんも飲み物頼む？」

いわれてみれば、既に自分のグラスも空だった。

今度は二人ともスパークリングワインを選び、料理も追加した。

飲み物が来る間、犀倉は前髪を弄《もてあそ》びながら、何かを思案しているようだった。温水は話をしている間食べられなかった料理に手を付ける。

「何が気になる？」

飲み物が運ばれたタイミングで、温水が訊いた。

「新海渚の死には違和感がある。同じ違和感は、鍋島の本を読んだ時、十文字八千代の死にも感じた」

「説明してくれ」

「遺体の状況から、彼女たちは自ら刃物で頸《けい》動脈を切断して死に至ったと考えられている。だが、彼女たちが悪霊によって突発的な自殺を誘発させられたとして、どうして都合よく手許に刃物があるんだ？」

「確かに……」

いわれてみればそうだ。

「十文字は死ぬ寸前、一人で奥座敷に籠《こ》もっていた。もしも彼女が自殺したというなら、この段階で彼女は刃物を持っていなければならない。しかし、何のためにそんなものを携帯しているんだ？　鍋島の本を読む限り、十文字が心霊スポットで刃物を使用するなんてことは書かれていない。新海についてもそうだ。彼女は二階の六畳間で死んでいる。そんな場所に刃物があるのは不自然だ」

「いや、新海の場合は、秋葉の豹変に身の危険を感じて、キッチンから自衛のためナイフを持ってきたとも考えられる」

「それはない」

「どうして?」

「いいかい。秋葉は五十里を刃物で脅しながら風呂場に移動した。つまり、キッチンを経由して風呂場に行っている。もしも新海がキッチンへ向かったとしたら、刃物を持った危険人物と同じ方向へ移動したことになる。普通の神経なら逆方向に逃げるだろう?」

「そうか。そうだな」

「新海がまっすぐ二階へ逃げたとすると、やはり何処で刃物を手に入れたのかわからなくなる」

「最初から荷物に入っていた可能性もあるぞ」

「それは否定しない。しかし、テレビのロケ現場に刃物なんて持参するのは、どう考えても不自然だと思うよ」

「だとすると、どうなる?」

「十文字と新海は、何者かに殺害された後、自殺に偽装された」

「まさか……」

「鍋島の本にもあったじゃないか。ほら、水族館に勤めていたカップルの話。あの時、彼氏は朽城家で起こった悲劇について合理的な説明を試みている。二人の霊能者の死にも何らかの合理的な説明がつくんじゃないかと思うんだ」

もしも犀倉のいう通り二人が他殺だとしたら、現場に残された刃物の謎はなくなる。しかし、より一層複雑な謎が発生することになる。

十文字が殺されたというのなら、密室状況の奥座敷から彼女を消し去り、庭まで移動させて殺害しなければならない。また、新海の屍体が発見された時、窓には鍵が掛かり、出入口の戸には掛け金が下りていた。更に現場にはカメラが設置され、映像には新海と小鳥遊の二人が部屋に入る様子しか映っていない。これが他殺だとしたら、所謂密室殺人、それも鍵とカメラによる二重の密室状況における殺人になるのではないか。

温水がそうした疑問を早口に並べ立てると、犀倉は苦笑しながら「そんなことはわかっているよ」といった。

「じゃあ、二つの密室について、何か考えがあるんだな？」

犀倉はミステリ仕立ての作品も数多く手がけているし、妻はミステリ作家の舘島密《たてしまみつ》である。こうした謎解きは得意なのかもしれない。温水は期待の籠もった視線を送ったのだが、犀倉は肩を竦《すく》めた。

「いや、残念ながら今はまだない」

「ないのか。それじゃあ、他殺だとして、犯人の目星はついているのか？」

「一番怪しいのは大家の棘木なんだろうが、はっきりと犯人だといえる確証はないよ。仮に棘木が犯人だとしても、動機が全くわからない」

落胆とまではいかないが、多少がっかりしたのは確かだ。そんなこちらの気持ちを察したのか、犀倉は片方の眉《まゆ》を上げて「だけど……」と言葉を続ける。

「現場の状況がもう少し詳しくわかれば、二人の死が他殺だったと証明できるかもしれない」

「行ってみないか？　最恐の幽霊屋敷に」

温水は思い切って提案した。

小鳥遊から実際に体験談を聞いた時点で、温水は最恐の幽霊屋敷に俄然《がぜん》興味を持った。それは超常現象が記録された映像を目にしたことで、より強くなった。

最恐の幽霊屋敷で起こる怪異が見たいというわけではない。そこへ行けば、新しい作品を撮る上での何らかのヒントを得られるような予感があったのだ。小鳥遊は最恐の幽霊屋敷を舞台に作品を撮影することを提案していたが、温水はそこまではまだ考えていない。幽霊屋敷の中に身を置き、そこから吸収したもので、具体的な企画が思い浮かぶのではないかと期待している。

だが、一人で行くのは不安があった。ホラー作品を撮っているとはいえ、温水は実際に心霊スポットに赴いた経験はほとんどない。犀倉のようにその手の場所に慣れている人物が同行してくれれば心強いと思ったのだ。

「入居の手配は温水さんに任せるよ。僕も新作の着想を得られるかもしれないしね」

犀倉はそういってウインクした。その気障《きざ》な仕草に、やはりホラー作家には見えないなと思う。

ともかくこうして温水と犀倉は最恐の幽霊屋敷への滞在を決めたのだった。

4

温水清と犀倉濃縮が最恐の幽霊屋敷を訪れたのは、十月十八日水曜日のことだった。

二週間の滞在予定で、十月三十一日のハロウィンも現場で過ごす予定になっている。人によっては想像を凌駕《りょうが》するような恐怖体験をして、予定よりも早めに退去する者もいるようだが、中には最長の三箇月間を屋敷で過ごした人物もいるらしい。温水たちがどうなるのかはわからないが、新作の構想がある程度固まるまでは滞在を続けたいと思っている。

本格的な紅葉にはまだ早いが、行楽シーズンではあるから、屋敷へ来る途中には観光客を乗せた大型バスを何台も見かけた。おおよそは高齢者の団体と修学旅行生で、世界文化遺産のある日光市へ向かっているようだった。幽霊屋敷の周辺にも温泉施設が幾つかあるようだから、滞在中は観光客気分を味わうのも悪くないと思う。

予定通りに最恐の幽霊屋敷に到着すると、不動産会社の人間から簡単な説明を受けて、鍵を受け取った。家賃には光熱水費はすべて含まれているので、この時点で電気、ガス、水道はすべて使用できる状態だった。

温水と犀倉は車から荷物を降ろすと、まずはひと通り屋敷の中を見て回ることにした。

温水は小鳥遊の話を聞いたり、鍋島の著作を読んだり、映像でもある程度確認しているので、改めて実際の現場を訪れても目新しさはなかった。一方の犀倉は鍋島の本は読んでいるといっていたが、存外に丁寧に庭を巡っていた。石蔵を前にした時、「ここには近づかない方がいいよ」と忠告してきた。

母屋の中に入ると、まず一階のすべての部屋を確認した。茶の間を抜けて、ダイニングキッチンと風呂場の東側の部屋を見てから、仏間、隣の八畳間、奥座敷と西側へ移動する。犀倉は奥座敷に入ると、建具や収納を細かく確認した。この部屋には窓はなく、出入口は八畳間との間の襖と縁側に面した障子だけになる。二人で何枚か畳を上げて、床板に抜け穴がないかも調べた。

温水は長押《なげし》に並んだ若い男女の遺影の視線が落ち着かなくて、早くこの部屋から出たかったのだが、犀倉は呑気《のんき》に床の間に飾られた幽霊画を眺めている。

「やはり人が隠れるようなスペースはないね」

「そりゃそうだ。警察だって現場検証してるんだから、そんなものがあったらとっくに見つかってる」

「それもそうだ」

二階も東側の部屋から、真ん中の四畳半、そして西側の六畳間の順に見て回った。六畳間の掛け金は流石に新しいものに直されていた。この部屋には北側に押し入れがある。蒲団《ふとん》が入っているが、この中になら人間が隠れることはできる。新海を殺害した後、犯人は襖に掛け金を掛けて、ここに潜むことはできただろう。そして、小鳥遊羽衣が窓の鍵を開けてベランダに出た後、自分もそこから脱出すればよい。

温水がそういうと、犀倉は「それは駄目だ」といった。

「駄目？　何処が？」

「だってさ、小鳥遊さんがこの部屋に来たのは、偶然じゃないか。たまたま外で十文字八千代の幽霊を見たから外に逃げられなかっただけで、普通なら玄関から逃げる。犯人だってそう考えたはずだ」

「うん。それは、そうだな」

「小鳥遊さんがこの部屋に来なかったら、犯人は押し入れの中にずっと留《とど》まることになる。小鳥遊さんは現場の状況から警察に通報するだろうし、そうしたら警察が現場に来てこの部屋に入るまで、脱出の機会がないじゃないか」

「嗚呼、なるほど」

「そもそも犯人は、本来この密室が破られるのは、もっとずっと後、多分朝になってからだと思っていたんじゃないかな。それを小鳥遊さんが先に破ってしまった」

「どうしてそう思う？」

「この部屋の外にはカメラが設置されていたよね？　もしも誰かが二階にやってきたら、映像に残っているはずだ。しかし、撮影された映像に犯人らしき人物は映っていなかった」

「ああ」

「だったら、犯人は撮影が始まるよりも前に、この部屋に潜んでいた可能性が高い。この時点で犯人は行き当たりばったりではなく、かなり計画的に犯行に及んだと考えられる。あの夜、もしも一階で惨劇が起こらなかったとしたら、どうなると思う？」

「その場合は撮影が夜通し続いただろうから、新海は朝までこの部屋には戻らなかっただろうな」

「そうだよね。すると、どうなるか。当初の計画では犯人は朝までの長い時間、ここでターゲットを待ち伏せる予定だった。そして、新海を殺害後に自殺に偽装、何らかの方法で部屋を密室にして立ち去る。後は新海が二階から下りてこないことを不審に思った関係者たちが、彼女の遺体を発見する」

「まあ、確かにその場合は押し入れに隠れるのはリスクが高いが、実際は突発的なトラブルが起こったわけだろ？　犯人だってかなり焦ったはずだ。お！　こんなのはどうだ？　犯人は現場を密室にする気はなかった。だが、誰かが二階へ上がって来る音を聞いて、咄嗟《とっさ》に鍵を掛けて、押し入れに隠れた」

「ないない。犯人が密室に拘《こだわ》らないのなら、それこそベランダに逃げた方がいいじゃないか。もしも小鳥遊さんが押し入れを開けたらアウトだよ。顔を見られたら彼女も殺さなきゃならない」

「最初から小鳥遊君のことも殺す計画だったんだ」

「それなら庭で意識を失っている間に、彼女を殺していないのは辻褄《つじつま》が合わない。それに、犯人の元々の計画では、現場からは自殺に偽装した新海の遺体だけが見つかるはずだったんだ。その後は当然警察が来るだろうから、小鳥遊さんを殺害する機会はなくなる。やはり犯人の目的は新海渚だけと考えるのが妥当だよ」

犀倉は南向きの窓の鍵を開けて、ベランダに出た。温水も後を追うことにする。ベランダは部屋の床よりも少し高い位置にあった。この段差に新海渚の屍体は凭《もた》れていたのだろう。

外に出ると、涼しい微風《そよかぜ》が心地よい。視線の先には稲刈りの終わった田圃《たんぼ》が広がっている。

温水と犀倉はほぼ同時に煙草に火をつけた。屋内は全室禁煙なのだ。犀倉はしばらく黙って煙草を吹かしていたが、唐突に「この家は可怪《おか》しい」といった。

今更何をいうのだろう。温水は苦笑する。

「そりゃここに来る前からわかってたことじゃないか」

「そういう意味じゃないよ」

「じゃあ、どういう？」

「数が足りない」

「俺にもわかるようにいってくれ」

「鍋島猫助の本には、この家にはかつて朽城キイが壺に封じた八人の凶悪な霊が潜んでいると書かれていた。まあ、一部は特徴が混じっているものもあるようだが、概《おおむ》ね鍋島の取材した悪霊の特徴と一致した存在がこの家で目撃されていた」

「そうだな。そう書いてあった」

「でも、いないぞ」

犀倉は断言した。

「いない？」

「ああ。この家にはそんな強い悪意を持った霊は、八人も存在しない」

「そういうのってわかるものなのか？」

「そりゃ正確にこの家に何人の霊が取り憑《つ》いてるかまではわからんさ。実際に屋敷の中を見て回ったが、かなりの量の霊的存在がここにいるのは間違いない。人も、人以外も含めてね。でも、鍋島の本に書いてあった特殊な悪霊は、ここにはいないはずだ。もしもそんな奴らが八人もいたら……」

犀倉は紫煙を吐き出す。

「……家に入る前に吐いてるよ」

犀倉は、もしも八人も禍々しい霊がこの屋敷に存在していたら、自分は間違いなく体調を崩すというのだ。具体的には、頭痛や吐き気、悪寒などの症状が出るらしい。しかし、二人で屋敷の中を隈《くま》なく歩いてみたが、それに近い症状が出たのは、石蔵の近くに行った時だけだったという。

「あの中には間違いなく、触れちゃいけない呪物の類《たぐい》が保管されてる」

「悪霊の数が少ないのは、何人かの霊が合体してるからじゃないのか？」

温水は思い付きを口にした。

「ほら、鍋島の本にもあったろ？　奥座敷の黒い着物の女とウズメさんの顔が混ざってたって」

「その場合、数は少なくなるけど、悪霊の力の大きさに変化はない。そうなると、僕が身体に受ける影響も変わらないはずだ。しかし、それがないということは、やはりここに八人の悪霊はいないということになる」

「じゃあ、この家には危険な霊はいないってことか？」

「少なくとも人の生命を奪うような力のある悪霊は、今のところ感じられない。まあ、隠れてる可能性もあるから、一〇〇パーセント安全かといわれれば、それは保証できないけど」

「俺たちが来る前に入居した奴が、全部除霊したんだろうか？」

「いや、それはない」

「どうして断言できる？」

「確かに八人の悪霊とやらはこの屋敷にはいないが、その他の霊的な存在はうじゃうじゃいるんだよ。中には質《たち》の悪そうなモノもいた。もしも、強い悪霊を八人も祓えるような奴だったら、今、この屋敷にいる霊をすべて祓ってしまえるはずだ。あと、そんな大掛かりな除霊を成功させた奴がいたら、ネットで自分の成果を吹聴するんじゃないかな」

「嗚呼、確かに……」

温水は煙草を咥《くわ》えたまま、スマートフォンを取り出す。ＳＮＳにそれらしい書き込みがないかざっと見てみたが、生憎《あいにく》見つけることはできなかった。

犀倉は二本目の煙草に火をつけてから、「状況を整理しよう」といった。

「二年前、この家では四人の女性が亡くなっている。その内、テレビ番組のスタッフ二人と小鳥遊さんのマネージャーの死には、悪霊の影響——それも鍋島が本に書いている八人の悪霊の影響が関係していると思われる。温水さんが小鳥遊さんのマネージャーが見えない力で手足を折られる様子を映像で確認しているのだから、これは確実だ」

「うん」

温水は岩原智子の手足がぐにゃりと折られる様子を思い出して、気分が悪くなった。

「このことから、少なくとも二年前までは八人の悪霊の内、何人かはこの屋敷にいたことがわかる。だが、現時点ではそれらの悪霊の気配は全くない」

「でも、他の霊はいるんだろ？」

「そう。だから、大規模な除霊が行われたわけでもない。そうなると、答えは一つしか考えられない」

「何だ？」

「悪霊が移動したんだよ」

「え？」

「一定の場所に留まる霊が移動する事例は幾らでもある。有名なのはタクシー幽霊だ。あれは現世の乗り物を使用して別の場所に行くわけだが、もっと手っ取り早いのは人間に憑依《ひょうい》する方法だ。彼ら八人の悪霊は、この屋敷を訪れた者に取り憑いて、この場から解放されたのではないかな」

そこで温水は小鳥遊羽衣のことを思い出した。彼女が唐突に美沢夏南の曲で歌手活動を始めたのは、もしかして……。

「つまり、この屋敷はもう最恐の幽霊屋敷ではないってことさ」

犀倉は少しだけ残念そうに紫煙を吐き出した。

5

数年振りに十文字八千代の名前を聞いて、鍋島猫助は胸が締め付けられるような思いがした。最恐の幽霊屋敷で十文字が死んでから、もうすぐ四年になる。背中を覆う程の長い黒髪に、透き通るような白い顔――どう見ても霊能者というより幽霊にしか見えない彼女のことを、今でも時折夢に見る。

鍋島は麻布十番《あざぶじゅうばん》にある芸能事務所のミーティングルームにいた。テーブルの向かいには、元アイドルの小鳥遊羽衣とマネージャーの武《ぶ》節崇彦《せつたかひこ》が座っている。

鍋島は二年前に最恐の幽霊屋敷で起こった事件について、小鳥遊へ取材を行っていた。心霊特番の撮影ロケの最中、ＡＤがディレクターを滅多刺しにした後、自殺。小鳥遊のマネージャーは原因不明の不可解な死を遂げ、頼みの綱の霊能者も自ら頸動脈を切断して死んでしまうという凄《すさ》まじい事件であった。

人気アイドルグループであるフローズンメロンの元メンバーが巻き込まれた事件として、当時のマスコミは挙《こぞ》って事件を取り上げた。最恐の幽霊屋敷周辺に報道関係者の車が溢《あふ》れ返り、近隣住民とも幾つかトラブルが発生したらしい。幽霊屋敷への不法侵入で逮捕者まで出たと聞く。それでも報道は過熱の一途を辿《たど》り、テレビも雑誌もこの事件とその関係者について根掘り葉掘り穿《ほじく》り返そうとしたようだ。

だが、ある日を境に、報道は急激に沈静化する。鍋島が聞いたところでは、強引な取材を行っていた記者の何人かが、同日同時刻に別々の場所で自殺してしまったのだそうだ。ある者は会議中に窓から飛び降り、ある者は移動中に車の前に飛び出し、ある者は目の前にあるボールペンで自分の右目を突き刺した。

祟《たた》りという言葉が、マスコミ関係者の間に広がり、それは最恐の幽霊屋敷を忌避する動きとなった。もっともそんなものは迷信だと取材を続ける者もいたようだが、そうした人物は悉《ことごと》く……死んだという。

実は事件直後、鍋島は小鳥遊に取材の申し込みをしていた。あの場所で何があったのか、どうしても知りたいと思ったからだ。しかし、その時は彼女の健康状態と精神状態を理由に拒否された。その後、小鳥遊が芸能活動を休止してしまったため、鍋島もしつこく取材の依頼をするのは控えた。あの屋敷で数日を過ごした鍋島には、小鳥遊が受けたであろう精神的なダメージを何となく想像することができたからだ。

今回、改めて小鳥遊への取材をしようと思ったのは、彼女が歌手として芸能活動を再開したことが契機だった。それもよりによって、美沢夏南の「ジャッカロープを追いかけて」を選んでの再スタートである。鍋島にはその背後に何か禍々しいものが潜んでいるのではないかという疑いがあった。

小鳥遊は澱《よど》みなく最恐の幽霊屋敷での体験を語ったので、既に幾つか取材を受けたのかと思い、訊いてみた。すると、「あの事件についての取材は鍋島さんが初めてですよ」といわれた。

「この先もあの家で起きたことについて、鍋島さん以外に取材を受ける気はありません」

「それは光栄ですが、どうしてです？」

「きっとあそこで実際に怖い思いをした人じゃないと、あたしの話をきちんと理解してくれないんじゃないかって思うんです。それに、あたし鍋島さんの本を読んでホントにびっくりしたんです」

「どうしてです？」

「あたしが見た紫色のワンピースの幽霊を鍋島さんも見たんですよね。五芒星《ごぼうせい》のネックレスのことまで書いてあって、『嗚呼、やっぱりアレはあそこにいたんだ。あたしの頭がおかしくなったわけじゃないんだ』って思いました」

「なるほど」

できるだけ平静を装ったものの、紫色のワンピースの幽霊——卜部美嶺の霊のことを思い出すと、鍋島は未《いま》だに鳥肌が立つ。

「それに、十文字さんの霊に会ったことは、きちんと鍋島さんにお伝えしたいと思ったんです」

「それは、ええ、ありがとうございます」

小鳥遊への感謝は嘘ではない。まさか今更十文字八千代の近況が聞けるとは思ってもみなかった。

小鳥遊の話を聞く限り、十文字はどうやら悪霊にはなっていないようだ。

「逆に、どうしてあたしが取材を受けていると思ったのですか？」

「いやぁ、初めての取材にしては、当時の様子をスムーズに思い出せていらっしゃるので、既に何度かこのお話をなさっているのかと思ったものですから」

「何度も話しましたよ。二年前は何度か警察の事情聴取がありましたし、今年の夏には偶然知り合いに会いまして、その時にもこのお話をしました」

隣の武節は「聞いてないぞ、それ」と眉間《みけん》に皺《しわ》を寄せる。

「いってないもん」

「ちなみに、そのお知り合いというのは？」

鍋島が尋ねる。

「映画監督の温水清さんです」

「え、あの『怨怨回路』シリーズの？」

「そうです、そうです。あたし、フロメロにいた時に温水監督の作品に出ていて、その後も一度お仕事をさせていただいたんです。池袋で偶然に監督を見かけて、急に最恐の幽霊屋敷のことを思い出して、それであの事件についてお話ししたんですよ」

確かに知り合いのホラー映画監督ならば、小鳥遊の恐怖体験を真摯《しんし》に受け止めてくれる可能性は高い。

「そうだ。この前、温水監督から連絡があって、今、お友達とあの家に滞在しているそうですよ」

「小鳥遊さんのお話を聞いた後であそこに行くというのは、何というか、凄いですね。肝が据わっているというか。流石はホラー映画を何本もお撮りになるだけのことはありますね」

「あの家で新作の構想を練るってお話でした。次回作にはあたしも出してくれるっていってましたから、今から楽しみです」

「それも聞いてないぞ」

武節は憮然《ぶぜん》とした表情でそういった。

「俺も来週に棘木さんのところにお邪魔する予定なんです」

「取材ですか？」

「ええ。棘木彩花さんに、事件が起こった日のことをお伺いする予定です」

「そうなんですね。あの時は、棘木さんにも、彩花さんにも、ホントにお世話になったんです。退院してから一度お礼には伺ったんですけど、それ以来はご無沙汰《ぶさた》しています。お二人に会った時には、小鳥遊がよろしくいっていたと伝えてください」

「ええ、それはもう」

鍋島は営業用の笑顔で応じる。

「えっと、今度は芸能活動の再開に関しても幾つか伺いたいのですが」

「はい」

「小鳥遊さんは、美沢夏南の『ジャッカロープを追いかけて』についての都市伝説ってご存じですか？」

「勿論です。だって、美沢夏南さんのことを知ることができたのは、鍋島さんの本のお陰でしたから。あそこに都市伝説について書かれていますでしょう？」

「はい。えっと、つまり、あの噂のことを知った上で、楽曲をカバーされた？」

あの噂というのは、「ジャッカロープを追いかけて」を聞いた人間が相次いで自殺しているというものである。流石に鍋島のこの質問について武節はいい顔をしなかった。しかし、小鳥遊は「そうです」と屈託のない笑顔で頷く。

「『暗い日曜日』の都市伝説もそうですけど、実際に死亡者が出ていたとしても、それって偶然っていうか、曲のせいじゃないって思うんです。少なくともあたしにとっては『ジャッカロープを追いかけて』は縁を感じた大切な作品です。あの幽霊屋敷で生き残れたのは、美沢夏南さんの霊にシンパシーを感じたからかもしれません。あの家にいた時にはよくわかりませんでしたけど、今はそう思っています」

「そうですか。あの、これは答えたくなかったら結構なのですが……」

鍋島はそういってちらりと武節を見る。彼は厳しい表情でこちらを睨《にら》んでいた。

「ネット上では、『ジャッカロープを追いかけて』を聞いた小鳥遊さんのファンクラブの方が数名お亡くなりになったという噂が流れていますが、それに関してはどう思われます？」

「亡くなられた方々には心よりご冥福《めいふく》をお祈りします。でも、それは『ジャッカロープを追いかけて』が原因ではありません。あたしは、あの曲の都市伝説を知っている人間が、無責任な噂を流しているに過ぎないと思っています」

鍋島は「そうですよね」と納得したような素振りを見せたが、内心では釈然としないものを感じていた。小鳥遊が鍋島の本を読んでいるのならば、悪霊と化した美沢夏南の危険性は十分に理解しているはずだ。美沢の霊は朽城キイに封印されるまで、溜め池で大勢の人々の生命を奪った。「ジャッカロープを追いかけて」の都市伝説だって、単なる噂ではないことは、当時の担当編集者が飛び降りをしたエピソードと共に、鍋島自身しっかり書いている。それにも拘《かか》わらず、あの曲の都市伝説を否定し、カバー曲をリリースするというのは、どう考えても不自然に思えた。

「生前の美沢夏南さんが出されたのは、カップリングも含めて六曲しかないんですけど、今後は残りの曲もカバーする予定です」

現在、小鳥遊のカバーした「ジャッカロープを追いかけて」は、その不吉な噂と相俟《あいま》って、不思議な売れ行きを見せていた。怖いもの見たさならぬ、怖いもの聞きたさという感情は、思ったよりも強いようで、原曲である美沢夏南の「ジャッカロープを追いかけて」も音楽配信サービスのチャートで順位が上がっているらしい。

これからも小鳥遊が美沢の楽曲をカバーし続けたらどうなるのか。鍋島は何か恐ろしいことが起こるような気がして、曖昧《あいまい》な笑みを浮かべたまま、硬直してしまった。

6

ピンポーンと玄関チャイムが鳴った。

時刻は午前二時二十四分である。今夜で四日連続、玄関チャイムは鳴っている。

仏間に座っていた温水清は、テーブルの上のカメラを手に取って立ち上がった。犀倉濃縮は無言のまま顔を上げる。温水は視線だけで合図をして、三和土《たたき》に下りた。

曇りガラスの向こうに、人影はない。

玄関の戸を開けて確認したが、やはり近くには誰もいなかった。

仏間に戻って、カメラを止めると、温水は再びノートパソコンのディスプレイに向かった。画面には新作のプロットに使えそうなアイディアが箇条書きされている。

「毎晩毎晩、本当に律儀に鳴るね」

犀倉が感心したようにいった。彼もまた、自身のノートパソコンに向かい、短編小説を執筆している。

温水と犀倉が最恐の幽霊屋敷で過ごすようになって、四回目の夜が来た。初日から夜型の生活スタイルで、睡眠は朝から昼過ぎに取るようにしている。二人とも仕事を持ち込んでいるので、旅行というより合宿である。殊に犀倉は来月末が今書いている短編の〆切《しめきり》なので、存外に真剣に仕事に打ち込んでいる様子だった。

　温水はこの屋敷に来てから体験した不可解な現象についてメモを取っていたが、どれも些末《さまつ》なものである。初日から今夜まで一貫して起こっているのは、ラップ音と真夜中に玄関チャイムが鳴るという現象である。これらは二日目まではそれなりに興奮したものの、三日目になると飽きてしまった。

　それから、二日目の夕方と昨日の夜中には、二人とも仏間にいるにも拘わらず、階段を上る音が聞こえ、そのまま二階を誰かが徘徊《はいかい》するような足音がした。温水はカメラを持って二階へ行ったが、案の定、誰の姿もなかった。

　昨日の夜からはようやく、仏間の神棚に飾られた民芸品のような人形が囁《ささや》き声を出すようになり、断続的に仏壇に置かれた位牌《いはい》が振動することがあった。

　温水と犀倉はこの家の風呂場を使用しているが、今のところ女の声が聞こえるという怪異は起こっていないし、壁を透明な怪物が這い回ることもない。

　初日に犀倉は「この屋敷はもう最恐の幽霊屋敷ではない」といっていたが、丸三日が経過してその言葉の妥当性は身をもって体感している。期待外れとまではいわないが、温水がこれまで撮影現場で経験した怪異とこの屋敷で経験したそれとは、大して差があるとは思えなかった。今も神棚の人形たちは小さな声で何事かいっているものの、温水も犀倉も全く相手にしていない。

「ちょっと一服してくる」

犀倉はそういって、外へ出ていった。

温水は座布団を枕にしてごろりと横になる。

数日間この家で生活してわかったのは、今まで自分が事故物件や幽霊屋敷に対して過剰な思い込みをしていたということだ。確かにこの家では不可思議な現象が起こる。しかし、それらの現象はあくまで日常の枠組みから少しだけはみ出しているように見えるだけだ。その場所に長く住めば、心霊現象だって日常になる。

勿論、テレビの心霊特番ならば、その種の現象だけでも十分に成立するだろう。視聴者はその場所に住むわけではないのだから、日常性は剝奪《はくだつ》される。だが、現象の持つインパクトが脆弱《ぜいじゃく》なのは間違いない。

例えば、温水がここで体験したことを実話怪談にしようとしても、それは難しいだろう。何故なら、ありがちな話になってしまうからだ。映画にするとなれば尚更《なおさら》だ。今のところ温水自身が体験した現象で、進んで映像化に採用しようと思ったものはほとんどない。その程度のことは、ここを訪れなくても想像できる。そんなものには価値はないと思う。

先程、過去にこの屋敷に滞在した人々がネットに上げたものをざっと見てみたが、どの体験もやはり温水同様にささやかなものだった。動画サイトにアップされているものは玄関チャイムの現象を収録したものが多い。ただ、どの書き込みを見ても切実さよりも、心霊現象を体験した喜びや興奮を綴《つづ》ったものばかりで、緊張感は皆無だった。

一方で、鍋島猫助や小鳥遊羽衣のように、この場所で恐ろしい体験をした人々がいたことも事実なのだ。鍋島にしても、小鳥遊にしても、幽霊を見ただけではなく、同伴者が死亡するというショッキングな体験をしている。

この差は何だろうか？

何か特別な条件でもあるのか？

温水が天井の顔のような染みを見つめていると、神棚からの声がぴたりと止んだ。

首筋を冷たい風が撫《な》でる。

起き上がろうとしたのだが……身体が動かなかった。

金縛りである。

それでも温水は慌てたりはしなかった。仏間は蛍光灯がついていて明るいし、すぐに犀倉も戻って来る。どうせならこのまま少しうたた寝してしまってもよいのではないかとすら思った。すると……。

ずずっ。ずずっ。

暗い奥座敷で物音がした。

ずずっ。ずずっ。

温水は目だけ動かして、そちらを見る。

誰もいなかったはずの座敷に、何かがいた。

最初、ソレは巨大な蜘蛛《くも》のように見えた。丸みを帯びた胴体から、幾本もの脚が飛び出しているようなシルエットだからだ。

ずずっ。ずずっ。

しかし、近付くにつれて、ソレが紫色の服を着て、俯《うつぶ》せになった人間の姿をしていることがわかった。だが、背中が異様に膨らんでいて、そこから左右に太さの違う腕が何本も伸びている。

ソレは幾つもある手を使って匍匐《ほふく》前進で、こちらに寄って来る。

ずずっ。ずずっ。

ここから見る限り、上半身しかないようだ。

髪が長く女性のように見えたが、顔貌は暗闇に溶けて、見えない。

温水はソレの胸元の特徴的な五芒星のペンダントを見て、ある名前を思い出した。

卜部美嶺……。

鍋島猫助と小鳥遊羽衣が目撃したという紫色のワンピースの幽霊だ。

彼女はこの屋敷に取り込まれ、悪霊となってしまったという。

逃げ出したいのに、相変わらず身体は動かない。

頭痛と共に痺れるような感覚があって、このまま脳味噌《のうみそ》をどぅるんと吸われてしまうような不安に陥る。

ずずっ。ずずっ。

鍋島が顔を見てはいけないと書いていた意味がわかる気がした。

ソレはもう、隣の八畳間の半分を過ぎた。

蛍光灯の光を受けると、背中から伸びている腕には細い女のものと毛の生えた男のものがあるのがわかる。まるで大勢の人間がワンピースの中に押し込められているかのようだ。

ソレがぐっと両腕を伸ばして顔を上げようとした刹那《せつな》、がらりと玄関の戸が開いた。

途端に身体の自由が戻って、温水は勢いよく起き上がる。

八畳間を見たが、既にあの霊の姿はなかった。

全身が汗だくだ。温水は生まれて初めて、明瞭にこの世のものではないモノを目撃した。

「嗚呼、何か出たね」

犀倉は笑っていた。

温水は答える気力もなく、テーブルの上のペットボトルのコーラを飲んだ。少し炭酸の抜けた甘ったるい味が口の中に広がる。

靴を脱いだ犀倉は、温水の脇を通って、八畳間に入る。

「見えるのか？」

温水が訊くと、犀倉は「いいや」と首を振った。

「もうここにはいない。奥に戻ったようだよ」

そういって奥座敷を指差す。何も説明しなくても、犀倉にはあいつが奥座敷から出てきたことがわかったようだ。

「カメラは回したの？」

犀倉はこちらに戻ってきた。

「いいや。そんな余裕はなかった」

温水はつい先程の金縛り体験を犀倉に話した。実際の体験はあんなにも恐ろしいものだったのに、言葉にすると何処か絵空事のようになってしまう。温水の語彙《ごい》が乏しいのか、それとも、怪異を語る時は誰もがこうなってしまうのか、自分では判断がつかない。

話を聞き終えた犀倉は、「よかったじゃないか」と微笑んだ。

「そういう体験がしたくてここに来たんじゃないのかい?」

「いや、まあ、それは……」

どうなのだろうか?

自分はあんなモノが見たくて、ここに来たのか?

「僕もね、外で十文字八千代の霊に会ったよ」

「ホントか?」

「うん。でも、こっちの呼び掛けには全然応《こた》えてくれなかった。ずっと屋敷の外を指差していたよ」

それは小鳥遊から聞いた話と一致している。

「『出てけ』っていいたいんだろうさ」

犀倉はそういった。

「どうしてだ?」

「わからない。ここが自分たち死者の居場所だから、僕たちが邪魔なのか。それとも、このままこの家にいたら何か危険があってそれを知らせているのか。どっちにしても、僕があのまま十文字に従ってたら、温水さんは大変な目に遭っていたかもしれないね」

笑えないジョークだ。

温水は無性に煙草が吸いたくなったが、一人で外に出る気にはなれず、仕方なくまたコーラを飲んだ。

「あとね、一服している間に、密室から十文字八千代が消えた謎と新海渚の密室殺人の謎も解けたよ」

犀倉はさらりとそういったが、温水には幽霊を見たという発言以上に衝撃的だった。

「それじゃあ、犯人も？」

「うん。今から謎解きを始めよう」

犀倉は芝居がかった口調でそういった。

7

四年振りに最恐の幽霊屋敷を前にして、鍋島猫助は郷愁のようなものを感じていた。

十月二十二日、日曜日のことである。

かつて鍋島がこの家を訪れたのは年末であった。あの時は広葉樹が葉を落とし、松や柘植《つげ》が目立っていたが、今は楓《かえで》が燃えるように赤く色づき、銀杏《いちょう》の葉も黄金色をしている。手入れされた花壇には、コスモス、ガーベラ、パンジーと色彩豊かな花々が咲き乱れ、ここが心霊スポットであることを忘れさせた。

母屋の外観は、あの時と変わったようには見えない。ただ、ベランダの物干し竿《ざお》には洗濯物が見えて、生活感があった。今、この家には映画監督の温水清とホラー作家の犀倉濃縮が滞在しているという。車庫にはシルバーの乗用車が停められているから、どうやら外出はしていないようだ。

時刻は十六時を少し回っている。

ここへ来る前、鍋島は棘木家を訪れて、棘木と娘の彩花から二年前の事件について話を聞いた。四年前、彩花は鍋島の取材には応じてくれなかったが、今回は直接話を聞くことができた。

十三時に訪問の約束をしていたのだが、五分前に鍋島が到着すると、棘木は庭に出ていた。

「お久し振りですね」

そういって微笑む棘木は、少しだけ白髪が増えたような気がするだけで、容貌に変化は見られなかった。相変わらずお香のような匂いがして、鍋島は寺院を連想した。

「さあ、どうぞ中へ」

棘木家は平屋のせいか、旧朽城家よりも大きく感じた。棘木は七年前に妻を亡くしてから、娘と二人でこの家で暮らしているのだそうだ。

鍋島が案内されたのは、玄関から近い茶の間で、既に彩花もそこにいた。

初めて彩花を目にした時、誰かに似ているような気がしたのだが、それが誰だったのかは思い出すことができなかった。最近会った人物ではない。それならすぐに思い出せたはずだ。また親しい相手でもないだろう。以前テレビで見た俳優だろうか？　取材相手にこの種の思いを抱くことはしばしばあるので、鍋島は殊更に気にすることはなかった。

鍋島は、二年前にテレビ局から番組収録の企画が持ちかけられたところから、順を追って話を聞いた。最初は父親の棘木の方が口数が多かったが、実際に心霊特番のロケについては彩花が詳しく説明してくれた。彼女の話は無駄がなく、非常に聞き取り易かった。

以前棘木からは持病があるため内向的な性格だと聞いていたが、今日の彩花はそれを克服したかのように見えた。そもそも二年前の時点でテレビ番組のロケに参加していることからして、何か心境の変化があったのかもしれない。

「庭で小鳥遊さんが倒れているのを見つけられたのは、彩花さんだったのですよね？」

「確か朝の六時半でしたよね？　どうしてそんな早くにあの家へ行ったのです？」

「そうです」

「あの日は本来なら撮影が終わった時点で、ディレクターさんからうちに連絡がもらえることになっていたのです。聞いていた予定では、五時半くらいには終わるというお話だったのですが、幾ら待っても連絡がなくて、それで何かあったんじゃないかと思って、あちらへ行きました」

彩花は小鳥遊を発見し、救急車を呼んでから、棘木にも連絡したという。

「彩花から連絡をもらってから、すぐに私もあちらへ行きました。小鳥遊さんからざっと事情を伺ったので、念のため奥座敷を確認したところ、小鳥遊さんのマネージャーの方が亡くなっていたので、現場保存のためにそのまま外へ出ました。警察へは私が通報しました」

その後、到着した救急車には彩花が同乗し、病院まで向かったそうだ。棘木は最恐の幽霊屋敷に残り、警察への対応を行った。

二人の話に、小鳥遊羽衣から聞いていた話と矛盾するところはなかった。

それから棘木は事件後の近隣住民とマスコミ関係者とのトラブルについて、長々と話した。正直、こちらとしては然程興味のある話題ではなかったが、あくまで取材に応じてもらっている立場なので、神妙な顔をして相槌を打っていた。

当時、棘木は事件についてマスコミの取材に応じていない。というのも、棘木自身がマスコミ関係者の執拗《しつよう》な態度に憤慨していたし、小鳥遊の所属事務所からできるだけ事件については他言しないでほしいという依頼もあったのだそうだ。

「あの事件があってから、新聞や雑誌の記者という方々があの家を借りたいと申し出てきたのですが、ちょうど夏場でしたからね、既に予約はいっぱいだったのです。十月になれば多少空きもあったのですが、それまでは待てないというお話でした。管理していただいている尾形さんのところには、理不尽なクレームもだいぶあったようです」

その挙げ句が、男性記者の屋敷への不法侵入だそうだ。

「あの時は女子大生のグループが滞在されていましたから、変質者が出たといって大騒ぎになりました」

ただでさえ心霊スポットにいるという非日常を過ごしているのに、そこに得体の知れない男がいたら、女性でなくともかなり驚くだろう。

「それでも二箇月くらいで急に静かになりましたね。やはり人の噂も七十五日ってことだったのですかね」

どうやら棘木は、マスコミ関係者に起こった同時多発の自殺について知らないようだった。確かに、最恐の幽霊屋敷の祟りの噂は業界の内側で語られたものであって、それ自体を報じた媒体はなかったはずだ。鍋島だって付き合いのある編集者から直接話を聞いたのである。

最後に棘木は半年程前にまた霊能者があの家で亡くなったといった。

「榎田《えのきだ》エノクさんという男性でしたが、鍋島さんはご存じですか？」

「いいえ。その方は入居者としてあの家に？」

「はい。お一人でご利用ということでした。あの家に来て三日目でしたかね、様子を見に行ったら、ベランダの手摺りで首を吊《つ》っておられました」

それはかつてあの屋敷の除霊を依頼された糸口白蓮と同じ死に方である。スマホで榎田エノクについて検索してみたがヒット数は少なく、非常に限られた範囲で活動していた霊能者らしい。榎田の自殺は地元の新聞でも報じられなかったそうだ。

最恐の幽霊屋敷についての話題が断続的に続いたので、鍋島は思ったよりも棘木家に長居してしまった。二人に礼をいって辞去した時には、十六時になろうとしていた。

そのまま帰ってもよかったのだが、鍋島の足は自然と最恐の幽霊屋敷に向いていたのである。一度温水に会ってみたいという思いもあった。小鳥遊羽衣の体験を聞いて、彼ならどんなことを思ったのか、それが気になった。

挨拶して迷惑がられたら、すぐに帰ればよい。鍋島は玄関チャイムを押した。

僅かに待ってみたが、反応はない。

もう一度チャイムを押して待ったが、やはり誰も出てこない。物音もしないから留守の可能性もある。玄関の戸に手をかけると、鍵が閉まっていた。車はあるのだから、徒歩で外出しているのだろう。

鍋島はタイミングが悪かったことを残念に思いながら、最恐の幽霊屋敷を後にした。

しかし、翌日、驚愕の事実が明らかになった。

最恐の幽霊屋敷の茶の間で、温水清と犀倉濃縮こと倉田農《くらたみのり》の屍体が発見されたのである。報道によれば、第一発見者は犀倉の妻である。急に連絡が取れなくなったのを心配し、最恐の幽霊屋敷を訪れたが、鍵が掛かっていた。そこで管理している不動産会社に連絡して、その会社の人間と一緒に中に入り、二人の屍体を発見したのだという。

温水と犀倉の死因は、毒物による中毒死であった。二人は毒の入った緑茶を飲んで死亡したらしい。毒物が検出されたのは、二人が使用した湯呑《ゆのみ》からだけで、ポットの中の湯や茶葉には混入されていない。

現場が施錠されていたこととノートパソコンに遺書が残されていたことから、温水による無理心中であると考えられるそうだ。ちなみに、屍体には動かされた形跡もなかった。死亡推定時刻は十三時から十五時の間だという。つまり、鍋島があの家を訪れた時、既に温水と犀倉は死んでいたのである。

小鳥遊羽衣からは温水の死にショックを受けたというメッセージが届いた。温水と犀倉の死も衝撃的だったが、それ以上に小鳥遊が個人的なメッセージを自分に送ってきたのは驚きだった。

更に翌日には、栃木県警の刑事が二人、鍋島を訪ねてきた。用件は棘木父娘のアリバイの確認だった。勿論、それは鍋島のアリバイの確認でもある。

「状況から見て自殺だとは思うのですが、念のため関係者の証言の裏取りをしているのです」

やや訛《なま》りのある中年の刑事はそういった。隣の若い刑事は無表情にこちらを見ている。

鍋島は十三時から十六時近くまで棘木と彩花の二人に取材をしていたことを伝えた。その際、鍋島と彩花はそれぞれトイレに行くために五分弱席を立ったが、あとはずっと一緒だった。鍋島は取材の後に最恐の幽霊屋敷を訪れたことも正直に話した。

「その時には玄関に鍵が掛かっていました」

刑事たちは「ご協力ありがとうございました」といって、存外にあっさりと引き上げていった。

温水と犀倉の死について、鍋島は当初またあの家に巣食う悪霊の影響かと思った。しかし、改めて報道内容を確認すると、二人の死が悪霊のせいだというのには違和感があった。

これまで最恐の幽霊屋敷で起こった自殺は、刃物によるものや首吊りのように、突発的なものと考えられる方法が取られてきた。しかし、毒物による中毒死となると、使用する毒物を予め用意している必要がある。従って、温水は悪霊に唆されて自殺を選んだのではなく、自らの意思で生命を絶った可能性が高い。

このことを確認するために、温水のSNSの書き込みを調べてみたが、生憎自殺の兆候は見られなかった。小鳥遊に訊いてみても温水が自殺するとは思えないという返答だった。

「温水監督はあの家の悪霊に殺されたんです」

小鳥遊はそう強く主張した。

幽霊屋敷の影響なのか、温水の計画的犯行なのか、どちらの説を取ってもしっくりこない。温水と犀倉の死は、鍋島の頭の中に凝《しこ》りのように残った。

金曜日の夜、鍋島は普段は見ていない生放送の音楽番組を見ていた。

今夜は小鳥遊羽衣が「ジャッカロープを追いかけて」をテレビで初披露するのである。サングラスを掛けた司会者は、久々に歌い手として登場した小鳥遊に心境を尋ねている。小鳥遊はアイドル時代とは異なり、グレーの前衛的なドレスを身に着け、メイクも少し濃い。曲のイメージから、一九八〇年代を意識しつつも、現代的にアレンジを効かせた衣裳《いしよう》なのだろう。

鍋島は配信では小鳥遊の「ジャッカロープを追いかけて」を聞いていたが、彼女が歌っている姿を見るのは初めてだった。

取材の時にいっていたが、小鳥遊はこの曲をリリースするに当たり、ボイストレーニングとダンスレッスンを再開したそうだ。確かに歌唱力はフローズンメロンの頃よりも格段に上がっている。生歌であるのに、リリースされた音源と遜色《そんしょく》ない歌声だった。それにクラブミュージック調にアレンジされた曲に合わせたダンスは複雑な振り付けであったが、小鳥遊は切れのある演技で魅せていた。

次第に画面の小鳥遊に引き込まれていく。

彼女の歌声が脳髄に響いて、頭の芯《しん》が蕩《とろ》け出す。痺れ出す。

小鳥遊羽衣の姿に、何故か美沢夏南の姿がオーバーラップして……。

無性に死にたくなった。

鍋島は唐突に訪れた死への欲求に戸惑いながらも、決して抗《あらが》おうとはしなかった。

今、あの世へ旅立つことは、とても自然なことなのだと思う。

だから、すぐにあの窓を開けて、ベランダから外へ飛び降りなければならない。

鍋島が立ち上がって窓に向かおうとすると……。

長い黒髪に真っ白のコートを着た女性が立っていた。

「十文字さん……？」

十文字八千代だと鍋島は瞬間的に悟った。

「憑いてきたんですか？」

その問いかけに、十文字は答えない。

ただ、生前と同じように、赤い唇の端を持ち上げて、不気味に笑う。

刹那、何の前触れもなく、室内のブレーカーが落ちた。

照明も、テレビも消えて、暗闇が室内を支配する。

そして鍋島は、もう死にたいとは思わなくなっている自分に気付く。

十文字は暗闇に滲むようにして、消えた。

ただ、姿が見えなくなっただけであって、まだそこには彼女の気配が残っている。

「お帰りなさい」

鍋島がそういうと、パンッと大きな叩音《こうおん》がした。

その夜、全国で三百人を超える自殺者が出たという。

終章　貘田夢久（二〇一八年）

最恐の幽霊屋敷の仏間には、六人の人物が座っていた。

私は隣の八畳間に立って、彼らを見下ろしている。

今、仏間、八畳間、奥座敷の建具はすっかり開け放たれ、一階は広々とした空間となっている。

朽城キイがこの家で拝み屋のようなことを行っていた頃は、ここは近隣の住民たちで賑《にぎ》わっていたというが、今は空虚感が漂うばかりだ。

今年は梅雨明けが早く、七月に入ってからは連日暑い日が続いていた。しかし、この屋敷では縁側の窓を網戸にし、八畳間と茶の間の窓を開けて、風の通り道を作ると、エアコンや扇風機を使用しなくても、十分涼しかった。時刻は十五時を回っているが、外はまだ明るい。

仏間の中央には長方形の大きなテーブルが置かれている。部屋の北側には、棘木父娘が並んで座っていた。私の近くには彩花が仏壇を背にして座り、棘木はその隣の神棚の下にいる。南側の玄関に面した席に座っているのは、オカルトライターの鍋島猫助と友人の尾形琳太郎である。東側には小鳥遊羽衣が私と向き合う形で腰を下ろしている。こんな平凡な和室なのに、小鳥遊がいるだけでドラマのワンシーンのように見えるから不思議だ。今日は完全なプライベートなので、マネージャーは同伴していない。

そして、五人とは少し離れた位置に、菱川野乃子が控えている。菱川はナイトメア探偵事務所の事務員であって、助手ではない。従って通常はこうした現場に同行することはないのだが、今回は本人がどうしてもこの屋敷に来たいと、それはそれは執拗《しつよう》に頼み込むので、仕方なく連れてきたのである。あの目力で迫られて断れる者などいないだろう。

先程から尾形は落ち着きなくちらちらと小鳥遊のことを盗み見ていた。きっとサインを頼もうか否か逡巡《しゅんじゅん》しているのだ。この大事な局面で緊張感の欠片《かけら》もないが、それが逆に尾形らしいとも思う。

六月に尾形から依頼を受けてから一箇月、私はこの屋敷で発生した事件、事故、自殺について調査した。幸い尾形の会社がそれぞれの案件について資料を作成していたので、概略を摑《つか》むには然程《さほど》時間はかからなかった。それに加えて鍋島の『最恐の幽霊屋敷に挑む』に目を通すことで、まだ朽城家が平穏な日常を営んでいた頃まで遡《さかのぼ》ることができた。

前もって菱川から聞いていた話の通り、死亡しているのは所謂《いわゆる》霊能者と呼ばれるような人物たちの割合が高かった。死亡者たちの特徴にある程度の偏りがあるということは、そこに何者かの意思が介在した可能性も想定できる。即《すなわ》ち、霊能者たちの死には、何か裏があるのではないかということだ。

最初に私が行ったのは、この屋敷で死亡した者の内、明らかに事故や自殺だと断定できるものを除外することだった。次に、他殺の内、既に犯人が特定されているものについても、調査からは外した。例えば、勅使川原玄奘が弟子に殺害されたのは、目撃していた別の弟子の証言で明らかであるし、秋葉胡桃による五十里和江殺害についても、カメラで撮影されている以上疑う余地はない。

更に、死亡した状況が不可思議なもの――事故にしろ、自殺にしろ、余りにも奇異な死に方に見えるものについては、保留することにした。例えば、奥座敷で折り畳まれて死んだ岩原智子の死などがこれに該当する。これらはあたかも超自然的な力によって引き起こされたように見えるが、私としては未知の自然現象や一般には知られていない科学的メカニズムによって説明できると考えている。しかし、それらについて専門的な知識のない私がどれ程思索を巡らしても、答えに辿《たど》り着けるとは思えない。無駄な時間を費やすよりも、私ができることを優先すべきだと考えた。

その結果、最後に残ったのは、一見すると自殺のようだが、他殺が疑われる三つの案件だった。私はこれらに絞って、調査を進めることにした。可能な限り関係者の許《もと》も訪れ、事件が起こった当時の様子を詳しく聞いて回った。そして、ようやく事件の真相を突き止めることができたので、この屋敷に主たる関係者である五人を集めたというわけだ。

「さて、今からこの家で起きた三件の殺人事件について、その真相をお話ししようと思います」

私がそう口火を切ると、棘木がわざとらしく首を傾げた。

「三件の殺人といいますと？」

「はい。第一の事件の被害者は霊能者・十文字八千代さん、第二の事件の被害者は心霊研究家・新海渚さん、そして第三の事件の被害者は映画監督・温水清さんと作家の犀倉濃縮さんです」

「ちょっと待ってください」

慌てた様子でそういったのは、鍋島だった。

「その人たちは自殺ではないのですか？　犀倉さんは温水さんの道連れになったわけですから、他殺なのはわかりますけど」

「順を追ってご説明します」

「はあ」

「まずは一つ目の事件についてです。これは二〇一三年十二月に起こりました。事件当日、皆さんがいる仏間では、鍋島さんが棘木さんにインタビューを行っていました。十文字さんも同席していましたが、彼女は奥から朽城キイの霊に呼ばれたといって、一人で締め切った奥座敷に籠もってしまいます。そうですね、鍋島さん」

「ええ」

鍋島は返事をしながら、棘木を見る。彼も同意するように頷《うなず》いた。

「しかし、十文字さんは一時間程が経過しても、奥座敷から出て来なかった。心配した鍋島さんが棘木さんと一緒に確認すると、十文字さんは奥座敷から忽然《こつぜん》と姿を消してしまい、庭で遺体となって発見されました」

鍋島は幾分暗い面持ちになった。

「十文字さんが奥座敷にいる間、仏間には鍋島さんと棘木さんがいて、奥座敷のみならず、玄関や縁側からも誰も出入りしていないことを確認しています。皆さんも今お座りになっている場所から奥座敷、玄関、縁側を見渡すことができると思います。縁側の奥まった辺りは死角になるかもしれませんが、流石に玄関の戸や窓が開けば気が付くはずです。つまり、十文字さんは密室状況の奥座敷から消失し、庭に移動したことになります。このことは鍋島さんの本に書いてありますね」

鍋島はこちらを向く。

「十文字さんが消えたことはこの目で見ました。棘木さんも一緒でしたから間違いありません。あれはテレポーテーション――超常現象としか説明がつきません」

「そうでしょうか？」

「え？」

「私は非常に単純なトリックだとしか思えません」

その言葉に、鍋島は戸惑いの表情を浮かべた。

「どういうことです？」

「鍋島さんと棘木さんが見たのは、十文字さんが仕掛けたトリックです。彼女は悪霊に消されたのではなく、自分の意思で奥座敷から脱出したのですよ」

「何のためにそんな……？」

「恐らくは話題作りのためでしょう。もしも自分が密室から姿を消して、庭で倒れているところを発見されれば、それだけで雑誌の記事の目玉になります。幽霊を見たというような主観的な記事ではなく、明確に超常現象だと思われる現象が観察されれば、十文字さんと鍋島さんコンビへの注目は高まります。実際、事件のことを記述した雑誌も、鍋島さんの本も発売当初は話題になりましたでしょう？」

「それは……ええ、確かに……。でも、それじゃ、どうやって十文字さんは密室から抜け出したんですか？」

「十文字さんは頃合いを見て、縁側に面した障子から奥座敷の外に出て、そのまま待機していたのです。先程もいいましたが、仏間からは縁側の奥は死角になります。恐らくはその辺りに彼女は身を潜めていたのです。そして、鍋島さんと棘木さんが奥座敷に入ると、彼女はそのまま八畳間――

つまりこの部屋に移動し、襖《ふすま》の陰に隠れていたのでしょう。それから鍋島さんたちが縁側に出る音を聞いて、今度は奥座敷に戻ったわけです。十文字さんはずっとお二人の後ろを尾《つ》いていたわけですね。鍋島さん、あなたが消えたと思っていた十文字さんは、すぐ後ろにいたのですよ」

私の言葉に、鍋島は驚きではなく、何ともいえない複雑な表情を浮かべた。私は予想外の反応に若干の戸惑いを覚えたが、説明を続けることにした。

「そして、鍋島さんと棘木さんが二階へ行ったことを確認して、十文字さんは玄関から外へ出た。当初の計画では、その場で意識を失った振りをするだけだったのでしょうが、何者かに頸《けい》動脈を切断され、自殺に偽装されたのです」

「う〜ん、その方法ってバレるリスクが高くないですか？」

そういったのは、小鳥遊である。

「もしも鍋島さんか棘木さんが振り返っちゃったら、十文字さんはすぐに見つかっちゃいますよね？」

「その時は『入れ違いに外に出た』といって誤魔化せばいいだけの話ですよ。いいですか、十文字さんは別に犯罪行為をしているわけではありません。密室からの消失が失敗したところで、別に痛くも痒《かゆ》くもないのです」

「そっか。十文字さんの計画には自分が死ぬことは入っていないんですもんね」

「その通りです。鍋島さんの本には奥座敷と玄関に設置したカメラの電源が切れていたとも書かれていましたが、それも事前に十文字さんが屋敷を訪れて細工したのだと考えられます。鍋島さんは事件の起こった日、駅に十文字さんを迎えに行っていますね」

「ええ」

「その時、彼女はたった今駅に到着したように装っただけなのです。十文字さんは前日からこちらに滞在していました。私は彼女が宿泊していたビジネスホテルも突き止めています」

「誰が、一体誰が十文字さんを？」

鍋島が強張《こわば》った表情でこちらを睨《にら》む。

僅《わず》かな沈黙の間に、二階から足音が聞こえた。

尾形と小鳥遊が天井を見上げる。

私は気にせず説明を続けることにした。

「鍋島さんのご質問にお答えする前に、二つ目の事件についてお話ししましょう。次の事件は、二〇一五年六月の夜、テレビ番組の収録中に起こりました。当時、この屋敷には小鳥遊羽衣さん、新海渚さん、番組スタッフの五十里和江さんと秋葉胡桃さん、それに小鳥遊さんのマネージャー岩原智子さんの五名がいました。間違いありませんね？」

私が確認すると、小鳥遊が頷く。

「事件が起こった時、小鳥遊さんは一人で屋外の撮影を行っていました。そして池や玄関前で不可思議なものを目撃し、慌てて家の中に戻ってきました。この様子は庭に設置されたカメラと小鳥遊さん自身が撮影していたカメラに収められています」

「あの時は池の中から男の人の顔が飛び出してきて、それですぐに逃げ出したんです。そしたら家の前に十文字さんの幽霊が……」

そういって小鳥遊はちらりと鍋島を見た。

「小鳥遊さんが家の中に入った時点で、浴室内で秋葉さんは五十里さんを殺害していましたし、奥座敷で岩原さんも亡くなっていました。新海さんは二階の西側にある六畳間に逃げ込みました。現場検証の結果、荷物の中から携帯電話が見つかっていることから、新海さんはそれを使用して警察へ通報しようとしたのでしょう。この一連の様子も、屋内に設置されたカメラ映像で確認することができます」

私は岩原が生命を落とす様を思い出し、戦慄《せんりつ》した。映像の中の彼女は、見えない力によって、四肢や頸部を強引に折られていた。あれも新海を殺害した人物と同一犯の仕業なのか、それとも全く別の自然現象なのか。今のところ私には合理的な説明がつけられずにいる。

「浴室へ行った小鳥遊さんの目の前で、秋葉さんは自殺されました。小鳥遊さんはその後、奥座敷で岩原さんの変わり果てた姿を目撃し、新海さんを捜しに二階へ向かいます。小鳥遊さんが二階へ行った時、新海さんが使っていた六畳間の戸は開かなかったのですよね？」

私がそう確認すると、小鳥遊は「はい」と頷く。

「あの時は襖を開けようとしたら動かなくて、だから、新海さんが内側から掛け金をかけているんだと思いました」

「そこであなたは力任せに戸を開けた」

「はい。掛け金は結構細い金属だったので、力を入れれば開けられると思いました」

「こうして部屋の戸を開けた小鳥遊さんは、掛け金が壊れていることと部屋のすべての窓の鍵《かぎ》が内側から掛かっていることを確認しました。間違いありませんね？」

「間違いないです」

「小鳥遊さんの証言から、新海さんは密室で亡くなっていることがわかります。更に二階の四畳半にはカメラが設置されていました。このカメラは秋葉さんが操作して、本番の二十分前から録画が開始されています。映像は秋葉さんが一階へ戻っていくところから始まり、それから三十分後に新海さんが六畳間に飛び込む様子が映っていました。この間、誰も二階の廊下を通っていません。そして、十分弱が経過して小鳥遊さんが二階へやって来るまで、やはり誰もカメラには映っていないのです。従って、二階が密室状況だったことは、このカメラ映像も証明しています」

鍋島は以前から状況を把握していたようで、「二重の密室だったということですよね?」といった。

「その通りです。こうした状況から、警察は新海さんを自殺だと判断しました」

「違うのですか?」

そういったのは棘木である。

「ええ、残念ながら」

私がそういうと、鍋島が疑問を口にした。

「新海さんが殺されたとしたら、犯人はどうやって密室に出入りしたんです? 窓には鍵が掛かっていたし、出入口には内側から掛け金が下りていた。しかも廊下にはカメラが見張っている。まさかずっと押し入れに隠れていたなんていいませんよね?」

「もしも犯人が押し入れに隠れていたのなら、その後の現場検証で何らかの痕跡《こんせき》が見つかっているはずです。それなら警察も自殺だと断定しないでしょう」

「じゃあ、一体どうやって?」

「それを明らかにするには、まず新海さんの殺害が前もって計画されていたということを押さえておく必要があります。犯人は何らかの事情から、新海さんを亡き者にしようと企《たくら》んでいた。しかし犯行の直前に、一階で秋葉さんによる五十里さんの殺害や岩原さんの原因不明の死が起こってしまった。では、もしもそれらのトラブルが起こらなかったら、犯人はどのような計画で新海さんを殺害したのでしょうか？　カメラに犯人が映っていない理由はわかります。犯人はカメラが操作される前に、既に部屋に入っていたのです。彩花さん、本来なら撮影は朝まで続く予定だったのですよね？」

「はい。予定では朝の五時半くらいには終わるという話でした」

「犯人の計画では、撮影が終わって、新海さんが控室であるあの部屋に戻ってきたところを襲う予定でした。当然、自殺に偽装して。つまり、犯人は最初からあの部屋を密室にするトリックを使用するつもりだったのです」

「あの襖に何か細工がしてあったのですね？」

小鳥遊が尋ねる。

「ええ。犯人が使ったトリックはこうです。犯人は新海さんを殺害後、あらかじめ掛け金を壊しておきました。誰かが戸を開けた時、自分が掛け金を壊したと錯覚させるためです。後は襖の下の部分に霧吹きなどで多めに水を吹きかけておく。この水分によって敷居と襖は一時的に膨張し、戸は開き難くなります。犯人はこうして六畳間が密室であると錯覚させたのです」

鍋島は釈然としない表情だった。

「つまり、犯人は襖から外へ出たと？」

「そうです」

「じゃあ、その後犯人は何処《どこ》に消えたんです？」

「六畳間を出てすぐの収納スペースに隠れていたのです。二階に設置されたカメラは階段の下り口を向いて、やや斜めになっていました。ちょうど六畳間の出入口周辺は死角になっています。犯人は密室が破られた後、小鳥遊さんと同じようにベランダから庭へ下りたか、カメラが止まったのを確認してから、玄関から外へ出たのでしょう」

「じゃあ、あの夜、あたしが聞いた美沢夏南の歌は何なのです？」

小鳥遊が尋ねる。

「恐らくは番組側が用意していた演出なのではないでしょうか。ベランダ辺りにオーディオを設置して、タイマーで歌を流していたのだと思いますよ。しかし、犯行後に犯人がオーディオを回収してしまったので、まるで超常現象のように感じられたのです。そうですよね、彩花さん？」

私の言葉で、全員の視線が彩花に集中した。

彩花は不思議そうにこちらを見て首を傾げている。

「十文字さんと新海さんを殺害したのは、棘木彩花さん、あなたです」

私は右手を彩花へ向けた。

「十文字さんは事前に棘木さんと彩花さんに奥座敷からの消失について相談していたのではありませんか？　或《ある》いは、あなた方から十文字さんにそのことを持ちかけた可能性もありますね。それを巧みに利用して、十文字さんを殺害した。新海さんを殺害するには、かなり前からこの屋敷の中で待機する必要があります。この場所に縁もゆかりもない人間では犯行は不可能です。その点、彩花さんは当日撮影に参加されていますから、そのまま帰った振りをして二階に留《とど》まっていればよい」

小鳥遊はこちらを向くと、「そういえば、撮影の日、彩花さんがいつ帰ったのか、あたし知りません」といった。

「更に、彩花さんは、去年の十月、十文字さんの死と新海さんの死の真相に気付いた犀倉さんを温水さんと一緒に葬りました。私は犀倉さんの奥様である館島密さんに直接お話を伺ったのですが、犀倉さんは十文字さんの密室からの消失と新海さんの密室殺人の謎を解かれていたそうです。もっとも真相の詳細は聞かされていなかったそうですが」

彩花は何もいわなかった。ただ、無表情にこちらを見ている。棘木も穏やかな表情のままだったから、私は今ひとつ手応《てごた》えを感じることができない。

すると「あの……」と鍋島が手を挙げた。

「何ですか？」

「それはあり得ないんじゃないでしょうか」

「と、いいますと？」

「た、確かに、獏田さんの推理通り、彩花さんには十文字さんと新海さんを殺害することはできると思います。でも、温水さんと犀倉さんが死んだ時、俺は彩花さんとずっと一緒でした。彼女が席を立ったのは、五分程度しかありません。棘木さんの家からここまでは往復で十分以上はかかります。彩花さんは亡くなったお二人に毒を飲ませるのは不可能ですよ」

「毒殺なんだから、別にその場にいなくてもいいんじゃないですか？　遺書とかは鍋島さんと別れた後に用意すればいいわけですし」

小鳥遊がそういった。しかし、鍋島は「それもあり得ないんですよ」という。

「毒物が検出されたのは、二人が使った湯呑《ゆのみ》からだけなんです。事前に毒物を混入させるには、お湯や茶葉に毒物を仕込んでおく必要があります」

「あらかじめ湯呑に毒を塗っておけばいいんじゃないですか？」

「それも考え難いですよ。お二人がお茶を飲むことは不確定ですし、更に毒を塗った湯呑を使用するとも限らない。もしも彩花さんが口封じを狙っていたのなら、そんな不確実な方法は取らないと思います」

「鍋島さんのおっしゃることは一理あります。確かにそんな方法で毒殺するのは、成功率が低い。ですから、彩花さんはもっと確実な方法でお二人に毒を飲ませました」

「どうやったというんです？」

「彩花さんは、ご自身で毒入りのお茶を淹《い》れて、お二人に振舞ったのです」

「だから、それはできないって、さっきいったじゃないですか」

鍋島が苛立《いらだ》った声を出す。

「いいえ、できますよ。彩花さんが毒を飲ませたのは、この屋敷ではなく、棘木さんのお宅でです。鍋島さんがお二人に取材をされていた時、別の部屋には温水さんと犀倉さんのお二人がいらっしゃったのですよ。つまり、棘木さんも共犯関係にあったということです」

「でも屍体《したい》には動かされた形跡はなかったって」

「ご遺体は動かしていません。彩花さんと棘木さんは、ご遺体が横たわった畳ごと運び、この屋敷の畳と交換したのです。そして、持ってきた湯呑や急須《きゅうす》をセッティングして、自殺に偽装するため、温水さんのノートパソコンに遺書を残した。棘木さんたちは当然この屋敷の鍵をお持ちですから、最後に玄関を施錠して帰られたわけです。鍋島さん、あなたはお二人のアリバイを証明するために利用されたのですよ」

鍋島は、今度は愕然《がくぜん》とした表情で棘木と彩花を見た。まさか自分が取材をしているすぐ側で冷酷な殺人が行われていたとは夢にも思わなかったのだろう。

棘木は微笑みながら「面白いお話です」といった。

「しかし、獏田さんのお話には、具体的な証拠がありません。十文字さんが奥座敷から消えたトリックは興味深く拝聴しましたが、それ以外の推理は的外れというか、自殺を無理に他殺に仕立て上げているように聞こえました」

「おっしゃる通り、これまでの私の推理には物証がありません。特に十文字さんと新海さんの事件に関しては時間も経っていますから、今更捜しても何も見つからないでしょう。ただ……」

「『ただ』何ですか？」

「この屋敷のあちこちに仕掛けられた盗聴器についてはどう説明なさるのです？」

「盗聴器だって！」

尾形が大袈裟《おおげさ》に驚く。

「本当か、それは？」

「うん。棘木さん、あなた方はそれらを使い、犀倉さんの推理を聞いて、彼らを殺すことを決めたのでしょう？　わざわざ鍋島さんが取材に来る時間に合わせ、彼らを家に招いて」

「それも想像の域を出ないですよ」

「では、何のための盗聴器なのですか？」

「ご存じのように、この家では人がよく亡くなります。余りにもそれが続いたので、利用者に何かあった時にすぐに駆けつけられるように、この家の様子を知るために設置しただけです」

棘木がそういうと、尾形は憤然として「私どもは何も伺っていませんよ」と批難した。抗議を続けようとする尾形を制してから、私は更に棘木に問う。

「では、どうして去年温水さんと犀倉さんに異変があった時に、すぐに様子を見に来られなかったのですか？」

「あの時は鍋島さんから取材を受けていましたから、この家の様子はわかりませんでした」

「その後はどうです？　普通、家の中から何の物音もしなくなったら、逆に不審に思うのではないですか？　それなのに、お二人のご遺体を見つけたのは、犀倉さんの奥様とそこにいる尾形です。この状況は先程お話しになった盗聴器設置の理由と矛盾します。それに加えて、彩花さんの存在です」

「彩花さんがどうかしたのですか？」

小鳥遊が不思議そうな顔をする。

「棘木さんは奥様の桃さんを八年前に亡くされてから、ご家族はいらっしゃらないことになっています」

「どういうことです？」

鍋島も眉間《みけん》に皺《しわ》を寄せてこちらを見る。

「そこにいる彩花さんは、棘木さんの娘ではありません。そもそも彩花というのも偽名です」

「じゃあ、一体……？」

私は菱川に視線で合図を送った。彼女は「了解です」といって、手許のスマートフォンを操作する。

「彩花さんの正体、それを知る方に、今からご登場願おうと思います」

二階の廊下を小走りに移動する音と階段を勢いよく下りる足音がして、私と菱川以外は怪訝《けげん》そうな表情を浮かべた。

やがて仏間に一人の女性が現れた。顔が小さく、ショートヘアーを明るい色に染めている。これまでの苦労が滲《にじ》み出るように、表情には陰があった。

「あなたは……」

鍋島が目を見開いて、彼女を見上げる。

「ご紹介します。村崎紫音さんです。棘木さんと鍋島さんは面識がありますね？　彼女はまだ棘木さんがこの屋敷を所有する前に、ここで婚約者の池澤さんと一緒に暮らしていらっしゃいました」

「どうして村崎さんが？」

鍋島にとってはまるで予想外の展開だったようで、まだ村崎のことを見ている。

しかし、彼女の視線はまっすぐに彩花に注がれていた。

「村崎さん、そこにいる女性はどなたですか？」

「藤香――私の妹です」

鍋島、小鳥遊、尾形の三人が、一斉に驚きの声を上げた。

彩花――村崎藤香は、まるで姉の言葉の意味がわからないように、きょとんとした表情を浮かべている。

「鍋島さんの著書にもあるように、村崎藤香さんは現在行方不明になっているはずでした。しかし、灯台下暗しとはよくいったもので、彼女はずっと棘木さんのお宅で暮らしていたのです。棘木さんは私たちには彼女を娘だと紹介していますが、地元住民には遠縁の子を預かっているといっていましたし、警察には年の離れた交際相手だと述べています」

「藤香、どうして？　ずっと心配してたんだよ」

村崎紫音の声は震えていた。

藤香はそんな姉を見ても、何の反応も示さない。

何かが可怪《おか》しい。私は直感的にそう思った。

棘木に戸籍上の娘が存在しないことを突き止めた私は、彩花の正体を探った。近所の住民に話を聞くと、棘木桃が亡くなる少し前から、彩花は棘木の家で暮らし始めたようだった。調査は難航するかと思われたが、温水と犀倉の事件を捜査した所轄の刑事に話を聞いた際、偶然彩花の話が出た。

「あんなに若い彼女がいるなんてね」という言葉に疑問を持った私は、刑事を問い質《ただ》し、彼女の本当の名前を知ったのである。流石の棘木や彩花も、警察の事情聴取では本名を告げていたようだ。

その後は村崎紫音に連絡を取り、彩花の写真を確認してもらった。間違いなく棘木彩花は、村崎藤香なのだ。

棘木が相手によって、藤香について異なる説明をしていたのは、彼女のことを深く穿鑿《せんさく》されることを恐れたためだろう。全くの他人に対しては娘で通すことで二人の関係はすんなり理解される。

ただ、古くから棘木を知る地元の人間は、彼女が娘ではないことはわかっている。妻の存命中から同居していることもあって、あくまで親類の娘という当たり障りのない肩書きを与えたのだ。当然これらは虚偽であるから、警察にはそのまま伝えることはできない。苦肉の策で交際相手だと説明し、「年が離れているので、周囲からとやかくいわれたくない」といって、二人の関係を地元住民には秘密にしていると告げていた。その理由は田舎の狭いコミュニティでは確かに頷けるものだったから、警察も不審には思わなかったようだ。

村崎紫音の登場によって彩花の正体が暴露されたことで、棘木は若干の焦りを見せたが、当の本人である藤香は全く動揺していない。それどころか、実の姉と再会しても、何の感情も表していない。

「ねぇ、藤香！」

村崎紫音が妹の両肩を摑んだ刹那《せつな》、仏間の蛍光灯が消えた。

唐突に、村崎の両腕が奇妙な方向に折れ曲がる。

腕だけではない。

両足も、首も、瞬く間に折り畳まれて、その場に血溜《ちだ》まりが広がっていく。

村崎紫音は声も上げずに、その場で息絶えていた。

私は眼前で起きたことが理解できなかった。先程まで立って、喋《しゃべ》って、妹との再会に声を震わせていた女性が、今は畳の上で奇妙な形に折り畳まれて、遺体になっている。

藤香は姉から流れ出た血液で膝下《ひざした》を濡《ぬ》らしていたが、全く気にしていない様子だった。

尾形は立ち上がって、「救急車を」とスマホを取り出す。鍋島は放心状態で座り込んでいた。小鳥遊は嘔吐《おうと》を堪《こら》えるように、口を手で押さえていたが、我慢できなくなってトイレに駆け込んで行った。

そんな中、棘木の「彩花、駄目ですよ」という落ち着いた声は、仏間に明瞭《めいりょう》に響いた。

神棚の上に並んでいる人形たちから、囁《ささや》き声のようなものが聞こえる。

仏壇にびっしりと並べられた位牌《いはい》がカタカタと揺れ、互いにぶつかって転がり出る。

玄関の靴箱の上に置かれた水槽の中で、何かが動いている。先程まで空っぽだったはずなのに……。

何だ？　何が起ころうとしている？

ついさっきまで私は関係者を集めて、この屋敷で起こった三件の殺人事件について真相解明をしていた。状況証拠しかなかったが、盗聴器の存在と彩花の正体によって、棘木と藤香の二人を追い込んでいたはずだ。それなのに……。

「先生、落ち着いてください」

気が付くと、隣に菱川野乃子が立っていた。彼女の大きな瞳《ひとみ》に、自分の姿が映っている。

尾形は「何で電話が繋《つな》がらないんだ？」といって、仏間の中をうろうろと動き回る。

菱川は大きな溜息《ためいき》を吐いた。

「棘木さん、これ、どうするつもりですか？」

「さあ。私には何とも……」

「惚《とぼ》けても無駄ですよ。あたしには全部わかってますから」

全部わかっている？　どういうことだ？

「朽城キイを殺したのは、棘木さんですよね？　あなた、あの封魔の壺《つぼ》が欲しかったんでしょ？

正確には壺の中身か。あたしも同じような人間だから、気持ちはわかります。欲しくなっちゃいますよね。厄介な悪霊が何人も封印されているんですから。でも、あなたはその大切な壺でキイさんを殴ってしまった。きっと突発的な犯行だったのでしょうけど、そのせいで中に封じられていた悪霊は解放されてしまった。しかも一箇所に詰め込まれていたせいで、悪霊たちは一つの霊に融合していた。蠱毒《こどく》という呪術《じゅじゅつ》には、毒のある生き物を同じ容器に入れて共食いさせ、生き残ったものを使うというのがありますが、あの壺の中はまさにそれと同じような状態だったのでしょう」

「蠱毒とは面白い表現ですね」

棘木は本当に面白そうに笑みを浮かべていた。

「藤香さんの身体の中に、その悪霊の塊がいるんですよね。それが彩花さん」

「本来は災いを意味する『災禍』なのですけどね」

菱川と棘木の間には会話が成立しているが、私はその内容についていけない。

「私にもわかるように説明してくれ」

思わず菱川にそういっていた。

「えっと、そうですね……先生も鍋島さんの著書はお読みになっていらっしゃるから、朽城キイが除霊した悪霊の内、特に凄《すご》いことになってた八人についてはご存じですよね？」

「ああ」

旧家の天井裏で死んだ黒い着物の女の霊、溜《た》め池に遺棄された美沢夏南、ウズメさん、真夜中に玄関チャイムを鳴らす霊、ホテルのユニットバスに憑《つ》いたバラバラにされた女の霊、人食いビルの透明な子供、アパートの廊下に立つ緑色のワンピースの女、マンションの一室で発見された殺人鬼の生首……確か、この八人だったか。

「その八人をはじめ、他にも朽城キイが除霊したものが、封魔の壺の中で混じり合って、一つの悪霊になったんです。まさに最恐の悪霊ですね。棘木さんがこの屋敷を買うまでは、その融合した悪霊がここを支配していました。まあ、場合によっては分離して活動していたみたいですけど」

だからこそ、村崎紫音が遭遇した黒い着物の女はウズメさんのような顔をしていたし、バスルームで女性の呼び掛けが聞こえると同時に透明な子供も出現していたらしい。

「そして、その最恐の悪霊は、霊感のある村崎藤香さんに憑依《ひょうい》し、その意識を乗っ取ってしまった。それが彩花さんなんですよ」

丁寧に説明されても矢庭に信じることはできない。私は最恐の悪霊に憑依されているという藤香を見る。何処からどう見ても、普通の女性にしか見えない。ただ、その傍らには変わり果てた姉の遺体があり、彼女は何の感情も表さないのだけれど。

不意に小鳥遊が仏間に戻ってきた。キッチンから持ってきたのか、何故か彼女の手には包丁が握られている。

尾形はスマホを片手に玄関へ向かった。電波状況のよい場所を探しに行くつもりなのだろう。しかし、三和土《たたき》に下りたところで、背後から小鳥遊が尾形を刺した。

私は声も出せずに、友人がその場にくずおれるのを見ている。

小鳥遊は、何度も何度も何度も、尾形の背中に包丁を突き立てる。

私が友人を助けに行こうとすると、菱川に腕を摑まれた。彼女を睨むと、長い睫毛《まつげ》を揺らしながら、「危ないですよ」といった。

「そんなことはわかってる！」

私の代わりに小鳥遊を止めたのは、鍋島だった。

彼は後ろから小鳥遊に近付くと、隙を見て包丁を奪った。

小鳥遊は抵抗することもなく、動かなくなった尾形の傍らに座り込んだ。放心状態のまま、ただ茫漠《ぼうばく》と虚空を見つめている。唇の端からたらりと唾液《だえき》が糸を引いていた。

三和土は尾形から流れ出た液体で、たちまち血の海になる。

鍋島は血に塗《まみ》れた包丁をテーブルの上に置くと、憔悴《しょうすい》した表情を浮かべたまま、座り込んだ。

気付くと鍋島の側に見知らぬ女性が立っている。

白いロングコートを着たその女性は、冷たい視線を彩花へ向けていた。

すべての光景が映画を見ているようで、現実感が稀薄《きはく》だ。

菱川は私の腕から手を離すと、棘木に向き直る。

「先程うちの先生は、新海渚さんは密室トリックを使って殺害されたと説明しましたが、あれは間違いです」

「間違い？」

何が違うのだ？

「あの夜、秋葉さんが五十里さんを殺して自殺したのも、岩原さんが死んだのも、全部彩花さんの影響です。他人に殺人を犯させる殺人鬼の霊と人間を折り畳んで殺す黒い着物の女の力でしょう。勿論《もちろん》、新海さんの死にも彩花さんが関わっています。あの日、彩花さんは、あらかじめ六畳間に刃物を置いておき、外から梯子《はしご》をかけて二階のベランダに上り、そこで待機していました。新海さんが六畳間に逃げ込んだのを見計らって、『ジャッカロープを追いかけて』を美沢夏南の声で歌ったんです。そのせいで新海さんは自殺した」

そうだ。私の推理では、犯人が何故美沢夏南の歌をあの場で流したのか、説明ができなかった。だから、私はそれを番組側が用意した演出だったのではないかと考えたのだ。しかし、菱川はその歌声こそが凶器だという。

「菱川さん、君は一体……？」

私は遂《つい》にその疑問を口にした。

「あたしの父は霊能者で、勅使川原玄奘といいます」

「勅使川原というと、最初にこの屋敷を除霊しようとして、弟子に殺害された？」

「そうです。まあ、母とはとっくに離婚してましたけどね」

菱川は少し寂しげにそういった。父親の死んだ場所だからこそ、菱川はあんなに執拗にこの屋敷へ来ることを望んだのだろう。

「棘木さん、どうしてあの人があなたの依頼を受けたのか知っていますか？」

「それは勅使川原さんがキイさんと交流があったからだと伺っていますが」

「それは嘘ですよ。あの人はね、朽城キイが封印した悪霊に興味があったんです」

「と、いいますと？」

「鍋島さんの本にも書いてありますけど、朽城キイが壺に封じ込めた悪霊の内、都内のホテルの客室の霊と、千葉のマンションの殺人鬼の霊は、誰かが呪術的な実験をして、その場所に仕掛けたものです。そして、その実験を主導していたのが、他でもない勅使川原玄奘なんですよ」

鍋島が顔を上げて「それは本当ですか？」と問う。その隣には、まだあの女性——恐らく十文字八千代が立っている。

「ええ。あの人は表では除霊だとかヒーリングだとか耳当たりのよい言葉で商売してましたけど、ホントのホントは最低の屑《くず》野郎でした。あの人は如何《いか》にして呪いや怨《うら》みによって人を殺せるのか、その実験を繰り返していたんです。関東近郊にはあの人が仕掛けた悪霊がまだたくさん残ってますよ。あの人は自分が生み出した悪霊を取り戻したくて、この屋敷へ来たんです」

「しかし、勅使川原さんは悪霊を回収する間もなく、お亡くなりになった」

棘木は嘲笑《あざわら》うような口調でそういった。

「確かに勅使川原玄奘は死にました。でも、その霊はどうなったと思います？」

「勅使川原さんの霊？」

「誰もこの屋敷で勅使川原玄奘らしき霊は見ていませんよね？　それはどうしてだと思いますか？」

「それは勅使川原さんの霊が、悪霊にならずに成仏されたからでしょう？」

「違いますよ。棘木さん、勅使川原玄奘は今、あ、な、た、に取り憑いているんです。そして、生前と同じようにこの場所で実験をしようとしている」

「実験？」

「霊能者ばかりをこの屋敷で殺すことで、ここを呪われた場所にしようとしているんです。それが十文字さんや新海さんを殺害した動機です。他の霊能者だって、自殺に見せ掛けてあなたや彩花さんが殺したんですよね？　すべてはアレを造るために」

そういって菱川は奥座敷を指差した。

まだ黄昏《たそがれ》時には時間があるのに、奥座敷は異様に暗い。

その真ん中に、いつの間にか紫のワンピースを着た人物が立っていた。

全身に影を纏《まと》っているようで、外界との境界が曖昧模糊《あいまいもこ》としている。

俯《うつむ》いているので顔はわからない。

長い黒髪は油が塗ってあるようにてらてらしている。女性にしては身長が高く、手足の長さが不揃いだった。まるで寄せ集めたパーツで全身が構成されているようだ。胸には五芒星《ごぼうせい》を象《かたど》ったペンダントが光っている。

「殺された霊能者の内、恐らく卜部美嶺さんが最も霊力が強かったのでしょうね。彼女の霊魂をベースに、幾人もの霊能者の死霊が一つになり、強力な怨霊《おんりょう》になっている」

ソレを見た瞬間、私は激しい頭痛と吐き気を覚えた。

「獏田先生、アレは見ない方がいいですよ」

菱川は私の耳元にそう囁いてから、棘木に大きな瞳を向ける。

「ねえ、棘木さん。あなたはホントに自分の意思で、アレを造ろうと思ったのですか？　単に勅使川原の霊に操られているだけではないのですか？」

「私は……」

ゆっくりと立ち上がると、棘木は奥座敷のソレを見る。

「確かに、あなたは最恐の幽霊屋敷を作りたかったのかもしれない。でも、それは彩花さんの力を使ってではないのですか？　そして、その願いは叶《かな》ったはずです。藤香さんの身体に彩花さんが憑依したことで、この屋敷は取るに足らない霊の出る、一般的な幽霊屋敷になってしまいました。しかし、彩花さんを手に入れたことで、あなたのお宅こそが最恐の幽霊屋敷になったのでしょう？

だから奥様は亡くなった」

紫色のワンピースの霊は、こちらに近付いてきた。

「あなたはこの家を最恐の幽霊屋敷として復活させようとしている。でも、それは本当にあなたの願いなのですか？」

「も、勿論、そうです。私はより強力な恐怖をもたらす家を作ろうとしただけです」

「それなら彩花さんをこの家に住まわせればいいだけではないですか。いいですか。アレは人を殺すだけのただの化物ですよ」

菱川の言葉に反応したのか、ソレの背中から何本もの腕が飛び出した。

まるで邪悪な仏のように見える。

「あんなものを造って喜ぶのは、あたしの父だけです」

棘木は明らかに動揺していた。恐らく菱川に指摘されたことで、今まで気付かなかった自身の矛盾点を認識してしまったのだろう。

ソレはもう八畳間に入って来た。

私と菱川は仏間に後退《あとずさ》りする。

鍋島も立ち上がって、玄関へ向かった。

もうあの白いコートの女性はいない。

三和土では小鳥遊が小声で「ジャッカロープを追いかけて」を歌っていた。それは横たわった尾形へ向けた子守歌のように聞こえる。

藤香——彩花は感情の乏しい顔のまま、まだその場に座っている。

天井のあちこちでパチパチと何かが弾《はじ》けるような音がする。
笑い声が聞こえる。
そして、紫色のワンピースの人物は、ゆっくりと顔を上げた。
私は咄嗟《とっさ》に目を逸《そ》らす。
しかし、棘木はまともにソレの顔を見てしまったようだ。
次の瞬間、彼は、目、鼻、口、耳から大量の血を流して、後ろに倒れた。
口から飛び出しているぶよぶよした灰色のものは、脳だろうか。
「「ざまあみろ」」
棘木の屍体を一瞥《いちべつ》した菱川と彩花は、異口同音にそういった。
そして、にんまりと笑う。
私には、二人がまるで姉妹のように見えた。

〈主な参考文献〉
朝里樹『世界現代怪異事典』笠間書院
笠原敏雄『超心理学ハンドブック』ブレーン出版
徳田和夫「わざはひ（禍、災い）の襲来」小松和彦編『〈妖怪文化叢書〉妖怪文化研究の最前線』せりか書房
橋爪紳也『化物屋敷』中公新書
水木しげる画・村上健司編著『改訂・携帯版 日本妖怪大事典』角川文庫
宮田登『妖怪の民俗学』岩波書店

本書は書き下ろしです。

大島清昭（おおしま　きよあき）
1982年、栃木県生まれ。筑波大学大学院修士課程修了。研究者として妖怪や幽霊に関する研究を行い、2007年に『現代幽霊論―妖怪・幽霊・地縛霊―』、10年に『Ｊホラーの幽霊研究』を上梓。20年、「影踏亭の怪談」で第17回ミステリーズ！新人賞を受賞し、同作収録の連作短編集『影踏亭の怪談』で小説家デビュー。ほかの著書に『赤虫村の怪談』『地羊鬼の孤独』などがある。

最恐《さいきょう》の幽霊《ゆうれい》屋敷《やしき》

2023年７月21日　初版発行

著者／大島清昭《おおしまきよあき》

発行者／山下直久

発行／株式会社KADOKAWA
〒102-8177　東京都千代田区富士見2-13-3
電話　0570-002-301（ナビダイヤル）

印刷所／旭印刷株式会社

製本所／本間製本株式会社

ISBN 978-4-04-113637-9　C0093